谨以此书

献给舞阳河畔为生活、理想奋斗不息的亲人

夏花丘山

珺季

王承吉 著

山西出版传媒集团
北岳文艺出版社
·太原

图书在版编目(CIP)数据

夏花丘山 / 王承吉著 . — 太原 : 北岳文艺出版社，2023.7

ISBN 978-7-5378-6730-6

Ⅰ . ①夏… Ⅱ . ①王… Ⅲ . ①长篇小说—中国—当代 Ⅳ . ① I247.5

中国国家版本馆 CIP 数据核字（2023）第 110662 号

夏花丘山

王承吉 / 著

出品人
郭文礼

选题策划
金国安

责任编辑
王国柱

助理编辑
金国安

书籍设计
张永文

印装监制
郭勇

出版发行：山西出版传媒集团・北岳文艺出版社
地址：山西省太原市并州南路 57 号　邮编：030012
电话：0351-5628696（发行部）　0351-5628688（总编室）
传真：0351-5628680
网址：http://www.bywy.com　E-mail：bywycbs@163.com
经销商：新华书店
印刷装订：山西人民印刷有限公司

开本：787mm × 1092mm　1/32
字数：250 千字
印张：8
版次：2023 年 7 月第 1 版
印次：2023 年 7 月山西第 1 次印刷
书号：ISBN 978-7-5378-6730-6
定价：58.00 元

引子

得知金雪莲客死他乡后，我忍不住掩面而泣。几十年来，我心里是否还一直暗恋着她，如今，也说不清楚了。我们这些从山沟沟里出来的人，多年来为生计所累，几乎无暇思索生活以外的事情。现在年纪大了，衣食稍安，才开始回望过去。但是，惊讶地发现，这一切的一切，早已远我而去了。当我看见，刘红学以事主的姿态，忙前忙后，料理了金雪莲的后事，我的内心也有一种五味杂陈的感觉。在遗体告别的现场，刘红学哽咽着，哽咽着，他原本红润的脸庞，失血似的发白。对此，我宁愿相信，他是因为劳累，而不愿意相信，他是出自对金雪莲之死的悲痛。刘红学是金雪莲的前夫，他与金雪莲有一段短暂的婚姻，据说他俩积聚了太多的恩怨。在我的印象中，他与金雪莲早无任何瓜葛了。他已经有了他的家庭，她也有了她的归宿。我还知道，金雪莲与王星农青梅竹马，十分要好。或许是上天的旨意吧，王星农却意外身残。也许是为了逃避，也许是为了自立，他孤身出走了。此时，原本祥和的金雪莲一家，也因其父的意外事故，蒙上了阴影。是什么原因让钟情于王星农的金雪莲突然嫁给了刘红学，又是什么原因让金雪莲在刘红学开矿掘金、事业如日中天的时候，又悄然离他而去。真让人一头雾水。

我、王星农、金雪莲、张五工，还有刘红学与刘红兵等，是20世纪50年代初出生于这群山之中的。刘红学与刘红兵是亲兄弟，初中毕业后，刘红学当了兵，复员后，担任过村里的治保主任。后来他又开过煤矿，曾在这山沟沟里红极一时。经营失败后，他远走他乡，另谋生路。他的兄长刘红兵，小学毕业后，从师学徒，走街串巷，当上了铁匠；唯独张五工考上了大学。毕业后，在县城中学担任过政治教师。后来从政。他人生的顶峰是担任桑木乡党委书记。受处分后，潜心写作，成了当地小有名气的作家。我与王星农本来是留在村里专心务农的，搞不清楚是一股什么力量推着我们走上了不同的发展道路。我鬼使神差似的干了煤矿。后来又辗转他乡经营过许多企业；而王星农身残志坚，最终也成了痴迷于雕刻的艺术家。可以说，我们几个都在磕绊、碰撞、退缩、试探或者冒险中走出了大山。但是，从离开的那一刻起，我们每个人都有了一种更本质意义上的切近与回归。

这是一块生活的原态。即使妙笔生花的语言大师，欲描述出它的悠扬、完美，且富有古老气息的包浆之美，想必也是要下一番大功夫的。更何况我这推土机般隆隆的笨拙之笔，要想将这块出自沙河之中的璞玉，打磨得光滑、圆润，显然是不可能的。那就让它保持着原本的粗粝、怪丑与缺空吧。

不瞒你说，我也是时断时续听说的这些故事。加之，原本历史专业的学习，让我潜意识里有了求真的惯性，少了些夸张、虚构的能力，这也限制了我对故事文学化的叙述。在用第一人称叙说的过程中，我本人也全身心地投入其中了。我仿佛真的成了故事中的主人——杨学军。我苦他所苦,累他所累,在叙述到一些情节波折处,或寝食难安,或以泪洗面。

还需说明的是，千万不要在我叙述的这些故事中，企图寻求要反映什么样的社会现实。这样的话，就低估了我故事的意义与价值。况且，我原本就没有要反映什么社会现象的主观愿望。当然，也没这个能力。就如同一位画家的画作，只不过是外在景物与内在情愫碰撞时，擦闪的一丝火花。

下面，就容我把故事主人对我的叙述，慢慢呈现在你的面前吧。

第一章

一

还是先从懵懂少年的往事说起吧。

我总是滚爬在爷爷那盘土炕上玩耍。那张泛黄的草席，涂过油脂似的发亮；折叠整齐的被褥，像一块发酵很差的面包，紧挨墙壁，摞成一叠。我那两只不守规矩的小脚，总是踢踢这，踹踹那，弄得他那盘整洁的小坑，总有些凌乱。爷爷对我总是好脾气。有时实在烦了，就用手拨弄一下我的小腿，有时也故意板着脸，吓唬我。不过故意吓唬我的愠怒神色中，总有一种藏不住的慈爱。我并不怕他。与其他人家的屋子比起来，他的土窑洞确实有些小了，但我觉得，这种小屋子更能给人以温馨的感觉。

爷爷屋子里另外一个特点是，不像其他老人家里那样，总有一股浓郁的烟草味，或者一些牲畜粪便的臊臭。相反，总是飘荡一股淡淡的墨香。这样的环境，在20世纪50年代的山沟沟里是很少见到的。爷爷毕竟是一个再平凡不过的农民，甚至全家，还时不时过着食不果腹的日子。当时的乡下人，除了想办法弄些食物，喂饱肚子外，就是一大口一大口地冒着雾状旱烟。仿佛那些用烟叶、土蜡木叶及油渣混合而成的东西，是除了食物以外，能够维持他们生命延续的另外一种东西。在那时，几乎每一个男人的腰间都插着一根旱烟锅子。每根烟锅杆子上都缠绕着一个脏兮兮的烟包。

我的爷爷却不是这样。他除了在田地里劳作以外，几乎每天都坚持写毛笔字。仿佛在一笔一画的书写中，能体会到某种神秘的无限。他常常在一张纸上不断重复着写。新的黑涂抹在旧的黑上，湿的黑覆盖了干的黑。就这样，时间久了，轻的纸变重了，软的纸变硬了。那一张张本来白色的纸张，就完全变成了一个个黑夜的颜色，只是纸的四周还保留着本来的暗白。

他那陈旧、灰黑，甚至有些脏污的墙壁上，时常挂着几幅我不认识的条幅。只是条幅下端那些鱼跃出水、肚兜胖娃，以及喜鹊攀枝的图画，让我百看不厌。我想象着，什么时候才能像画上的胖娃那样幸福地生活，或者什么时候才能看见一条真正的鱼，抓到一只像画上那样漂亮的喜鹊，等等。那时候，我并没有觉得生活有多么的苦，反而觉得非常有趣。

可以说，这时候，我每天都憧憬在一些美好的想象里。

那时的爷爷单从年岁上来说，并不算老。即是不老，在我的眼睛里，他也是很老，很老的人了。反正在我看来，来他屋子里的人都是老人。就连他们说的话，也是一些古老的话题，都是我不感兴趣的一些事儿。比如，包公如何断案呀，陈世美之心如何恶毒呀，那一块地过去是谁家的呀，谁家的儿子力气大呀，等等。有一天，他们竟然谈起了我的二爷。我这才知道，原来还有一位我未曾谋面的爷爷。

从他们断断续续的谈话中，我大致能够勾略出我二爷的体貌特征与生活图景了。

他身材不高，体格健壮。能用两条腿夹起麦场里的石头滚子，能用一个扫堂腿踢断几根木桩，还能用两只手挥舞起门前的石锁子。周围十里八乡的人，与其说都敬他，不如说都怕他。他成了我心中模糊的英雄，进而有些渴望见到他的朦胧想法。

除非外面的人，家里的人很少提到二爷。这也使我非常疑惑。只有时隔多年后，我才明白了其中的缘由。

在人们断断续续的交谈中，二爷的形象逐渐浮现出来了。同时浮现出的，还有那个时代大致的轮廓。

多年来，我一直在想，这人生呀，就像一个跷跷板，当这一头高了的时候，另一头很可能就低了。有时低得连自己也浑然不知。

二爷是当地一位有名的拳师，且擅长棍术。他为人耿直，爱打抱不平，在方圆几十里都受人敬畏或者称赞。

当二爷极致地发挥自己优势的同时，却在不知不觉中把自己推到了风口浪尖。他常年打抱不平，爱管闲事，难免让当地一些人心生怨恨。

民国时期，地处三县交界的几个零星山寨，处于群山之中。政府弱于管理，盗匪、村痞横行乡里。在这样的情况下，每个村寨，甚至每户人家都力求自保，但又都难以自保。这样，每个人都想依附一个强势之人，就像我们现在的一些贫穷人家，总想依靠一些富翁一样。当然，每个村寨都希望村里的强势之人，能保护村寨的利益，哪怕这些利益是不正当的。而每一个村子里，后起的强势之人，都想通过挑战另一位业已强势的人，来树立自己的威信或地位。这有点像现在我们常常挂在嘴边的，希腊著名历史学家修昔底德提出的“修昔底德陷阱”。一个新崛起的势力必然挑战现存势力，而现存势力也必然回应这种威胁，使双方战争不可避免。这样，在二爷正值中年的时候，他的对手，在附近一个村庄的陈姓人家出现了。

同我们村一沟之隔的冯家寨，尽管只有几户人家，但建村的历史却比较久远。相传，明末李自成兵败京城的军队，四处逃窜，有一股陈姓的父子兵，分散藏匿于这群山之间的几个荒芜村寨，从而繁衍生息，重新建村立寨。冯家寨就是这陈氏的后裔建立起来的。至于为什么要称作冯家寨，有多种说法。有一种说法是当时为了隐瞒姓氏身份，对外称“冯家”；还有一种说法是，过去这一片土地是坟茔之地，所以，冯家寨其实是一片坟场。从近几年人们对这一片地无意挖掘中发现的坟墓状况，似乎也能为这一说法提供佐证。但这并不是我此次叙述的重要内容，暂且将其搁在一旁吧。

一个名叫陈强的青年男子在冯家寨出生，并逐渐长大成人了。陈强自幼体格健壮，苦练武术。为了提高武艺，他跋山涉水，先后到河南、山东、河北等地，拜师求艺。据说，他学成回乡后，倍受周围十里八乡人们的瞩目。

本来，习武之人应该胸怀坦荡，相互包容。可当时的乡俗文化与环境，很难使他们独善其身。村民们需要处理周围乡村一些纠纷时，往往就把几个习武之人推到前台，让他们出面交涉。什么土地纠纷、婚姻说和，甚至偷盗抢劫之事也让这些人来论断。

陈强本来就年轻气盛，再加习武归来，学得一手好刀法，更是目中无人。据说，他对我二爷几十年来努力获取的威望与地位，有了取而代之的想法。

就在这节骨眼上，临近两个村庄因为一个女人，发生了冲突。

时年秋天，石头寨一户人家的儿媳妇被李家寨的一位男子拐走了。这本来是一件黑白分明的事情，但李家寨的人却仗着人多势众，非但不认错，还口出狂言。说什么，没本事就不要娶从画上溜下来的女人。当地人把漂亮的女人，说成画上的女人，如果说哪个女人像画上溜下来的，说明这个女人是非常漂亮。李家寨人的意思是，凡是漂亮的女人，你石头寨的男人都不配。

为此，这两个村寨发生了多次激烈的冲突。为了制衡对方，石头寨的人邀请我二爷主持公道，李家寨的人则邀请了刚刚习武回乡的壮汉陈强。

本来被邀请之人是来调解纠纷的，但周围十里八乡之人却把这两位武林高手的调停，看成了他俩一场实力的决斗。

别说石头寨与李家寨的人了，就是我们村寨与陈强所在的冯家寨的人，也为此捏着一把汗。

随着约定见面时间一天天的临近，中间传话人也越来越多。每一个传话之人都添油加醋地说了许多加重冲突的闲话。来我二爷家传话的人，说陈强身上带着暗器，想把我二爷置于死地。去陈强家传话的人则说，我二爷准备好毒药，如果两人在一起喝茶喝酒时，千万要留个心眼。本来出发时我二爷是什么器具也不想带的，但最终，还是在我大爷的劝说下，带上了他最擅长的三尺短棍。临走之时，村里一位长者又给他怀里塞了一个纸包，并一再嘱咐，如果遇上万一，就用它脱身。

同样，据说陈强家里的人也做了充分的准备，除了让陈强提了一把长刀外，还在怀里藏了一把匕首。见识过我二爷棍术的人，一再嘱咐陈强，如果长刀被人打掉了，就拿短刀防身。

就这样，两位习武之人在当时所处时代的愚弄下，在十里八乡人们的注目之下，怀着对对方深深的猜忌，踏上了为各自主人主持公道的调停之路。

二

石头寨与李家寨是两个相邻的村寨，位于北岭山南麓一片向阳山坡。不论是我二爷，还是壮汉陈强若要从南往北，到达这两个村寨，必须经过一条刀切石崖，树木茂盛的十里长沟。走进这条沟，你就会看到，两岸裸露着岩石的骨骼。从这些骨骼缝隙间挣扎而起的灌木，隐忍而坚强。这条沟过去一直是狼群出没的地方，所以当地人们称作狼营沟，也就是说野狼扎营的地方。出了狼营沟，再爬上一面背阴的山坡，就有一块较为开阔的地带。在这块开阔的地带中间，有一处遽然而起的土垣。站在土垣上，就可以望见周围十里八乡被烟雾笼罩的村庄。这里，乍一看，北有北岭山以宽厚的胸背做靠山，两边有菊花山与罗云山张开双臂，成环抱之势，且向南开阔，沟壑辏聚，确实是一块藏风纳水之宝地。可是不知什么年代，也不知是谁，在此修建了一座庙宇。由于庙里曾供奉过一尊铁制的佛爷，人们称之为“铁娃庙”。相望周围十里之遥，除此一地较为平坦以外，四周沿途多为崎岖山路，沟坡相连。因为此处平坦、开阔，地势向阳，所以南来北往之客，途经这里，都要歇息片刻。或晒晒太阳，或吃点干粮。此处也是盗匪常常出没的地方，加之庙宇之地，又流传着一些鬼怪故事。因此，天黑以后或者天亮之前，一般是没有人敢在此地停留的。

世界上的许多事，往往是由一些偶然事件引起或者决定的。有时候，一次巧合可以成为一段绝好的姻缘，也可能会造成一桩旷世的罪孽。二爷知道，他要去的石头寨与陈强要去的李家寨必定是同一条路。为了避免路上两人相遇，他故意选择在鸡叫头遍后，就上路了。他估摸着，到了铁娃庙后，稍做歇息，天亮以后再赶往石头寨。这样，就可以避免白天在路上遇到陈强的麻杂与难堪。

而陈强也恰巧是这么想的，他也在天不亮前就出发了。

二爷到达铁娃庙的时候，周围还是一片漆黑。他遥望对面李家寨与石头寨两个村庄，都还在夜色的淹没之中。有几声稀疏的犬吠飘荡在漆黑的夜空。他想，如果此时走进石头寨，势必会引起人们的惊慌。此刻，他有些后悔自己起身过早了。

正在二爷犹豫之时，狂风突起，从树梢传来的呼呼声，撕扯着夜色。深秋的风，像一股连续不断的狼群哭号着经过。刚才，还因快步急行而浑身发热的他，现在，却一阵阵发冷。

他看着矗立在夜空中黢黑的庙宇，似乎有了主意。于是，迈着大步缓缓地走进庙里。他想，歇息一下吧，避一避风寒。

这座庙，谁也说不清建于何年，也说不清为何建在此处。在空旷的夜晚，破败的土坯墙早已在经年风雨侵蚀中，显露出一副摇摇欲坠的状态。两个窗户黑魆魆的，像两只失神的眼睛；快要散架的木门敞开着，像输光所有钱财赌汉的褴褛衣衫。从外向里看，是一个更加漆黑的世界。不过在隐约中，还可以看见里面一些杂乱的柴草。当年，铁制的佛爷早已不知了去向。为了给过冬的牲口储存草料，人们把附近地里来不及运回的干草、玉米秆等，竖立在庙墙的四周。就连那两扇透气的小方窗，也被堵得死死的。除非二爷这样的人，换个别人给他二两银子，想必也不敢在此时进庙的。

这个鬼地方是不会有人来的。二爷摸进庙里避风时，心里一直这么想。他顺手把一捆干草放倒在地，解开其捆绑的草绳，铺摊开来，并顺势躺下。

黑夜里，他身下的干草噼啪作响。

庙外的风实在太大了。那声音稀奇古怪的，实在有些瘆人；被风卷起的尘土与草屑，不时冲进庙门，像一群鬼魅，在屋子里盘旋一会儿后，又徐徐落下。二爷有些犯困了，想打会儿盹，但怎么也睡不着。

无奈，他只好直起上半身，摩挲着口袋里的烟锅，准备过一口烟瘾。就在这时，他突然看见，一个黑影直入庙门。隐约中，还看见来人，竟然提着一把明晃晃的长刀。

他大呼一声："呸！敢来杀我！"

他话出手到，棍打脚踢。来者，还没有反应过来，已被打出了庙门。

就这样，在没有任何观众的情况下，两个拳师在庙外一片空旷的野地里，开始决斗了。

他们的杀喊、号叫之声与呼呼风声混合在一起，盘旋在暗黑的庙宇上空，并持续不断地四散开来。

这愤怒、凄厉的杀喊之声，并没有迅速撕开漆黑的夜色，却引来周围几个村寨持续不断的狺狺狂吠。

紧接着，远处村寨里的窗户像一只只在黑暗中睁开的眼睛，依次亮起了豆光；有些胆大之人甚至披着夹衣立在院子里，疑惑地竖起耳朵，听着从庙宇方向传来的，忽近忽远，忽高忽低的声音。

陈强不愧为一位舞刀高手，而且年轻力壮。他步步紧逼，而年迈的二爷却有些体力不支，步步后退。看来，确实不是他的对手了。

在天色泛亮的时候，二爷手中的那根三尺长对节木棍，已经被陈强锋利的刀刃，削掉了一大半。陈强正用带血的刀尖，把他逼到了一个土垅的角落。

突然，二爷从怀里掏出一个白色的纸包，迅速向他扔去。陈强顺势一刀，劈开了那个大大的纸包。瞬间，一股红色粉末儿状的东西向他扑面而去。红色的粉末即刻笼罩了他的头脸、脖颈及上半身。

陈强大叫一声，后退而去。

原来，二爷他扔去的是一包辣椒面。搏斗中的陈强正气喘吁吁，辛辣的粉末迅速钻入了他的口腔、鼻孔以及眼睛，他一下子就失去了战斗力，并慌不择路地逃跑。

最后，陈强跌落到一个石崖下面。除了手中长刀的“咣当” 之声，渐行渐远以外，再也没有了其他的声响。

二爷杀人了。

当闻讯而来的人们赶到时，二爷把陈强已经背上了山坡。他把陈强背进庙里，放在他刚刚躺过的那些干草上。

二爷看着陈强那张因失血过多而苍白的脸，看着他脸上瘀血凝结而成的几枚盛开的紫红色花朵，他缓缓地脱下自己的外衣，盖在陈强的脸上。

二爷倒退着出了庙门。然后，转身而去。

三

相比人们口中相传的二爷，我的爷爷却显得与之大相径庭。当地流传着一则关于爷爷年轻时求学识字的故事。

民国时期，山村的人们只知道面朝黄土背朝天干农活。如果谁能断文识字，那可是一件让人羡慕不已的事情。周围十几个村庄，能识字的人也没有几个，就连过年时写个对联，在我们这个村庄，也成了一个天大的难事。每逢过年，人们为了在门上能贴一副红红的对联，也要费很大的周折。有的人翻山越岭，去求一些识字之人；有的家户则把多年的对联一直保存着，每年拿出来挂一下，随后，又收回保存；还有些人家为此闹出了许多笑话。据传，有一户不识字的人家，请人写了一副对联。

书写之人把剩余的一些红纸条，随手写了几条吉利的话，什么“小心灯火”“大吉大利”“槽头兴旺”等吉祥字样的小条幅。在春节的时候，人们也常常把这些吉祥小条幅贴在适合的位置上，以增加节日的喜庆。可这位不识字的村民，竟然把“槽头兴旺”几个字贴在了家里做饭的地方。这一贴，就是几个月。直到夏季，一位中医大夫给他家老太太诊病时，才指了出来。这件事情，让全村人感觉既好笑，又蒙羞。

据说，爷爷正是在这件事情的刺激与鞭策下，决心学识字的。在当时的山沟沟里，求学识字可不是一件容易的事情。据说，要交上几斗麦子，才可以去几十公里外，一个叫陈庄的地方上三个月的冬季私塾。可当时我们家里的条件实在不允许，只好作罢。后来，他就想办法自学。每学会一个字，就记在一个用粗麻纸装订的本子上。这一记就是几十年。当然，这也养成了他每天写字的习惯。

可想而知，在当时的村子里，通过左邻右舍的老人们零碎教他认识的字，是非常有限的，也难免有些错误。这使他非常苦恼。有时，他为了求证一个字的正误，要去很远的地方。一年春天，他扛着木犁吆喝着一头肥壮的公牛去犁地。沿途一树树似云如雾的桃花、黄刺梅及迎春花，令他心旷神怡。突然，在狭窄的山间小路上，他迎面遇上同村一位中年男子。那家伙笑着对他说：“哈哈，秀才、秀才，你也犁地呀？”他知道这人是故意跟他开玩笑，或者说戏谑他，也没太搭理，就驱赶着黄牛继续往前走。

“哎呀，秀才呀，我还真的要问你件事呢！你看看，我今天在安庄村的木作坊，买了这架耧，这个‘耧’字怎么写呀？那个木匠让我打个条子，可把我难住了。”

正在急于赶路的爷爷本来不想搭理这个取笑他的男子，听他这么认真地一问，反而止出了脚步。他紧皱眉头思考了一会儿，在路边一块平整的土上，拿小石子慢慢地写了一个“木”字，又在“木”字的右边，一笔一画地写了个“鲁”字。那位他称呼曹叔的男子，扛着一架崭新的带有木香味的耧，把他那贴了一层像薄毡片似的头发的脑袋，扭过来歪过去，从不同角度看了好大一会儿，才说：“哎呀，这字这么麻烦呀！记住了，记住了。橹，橹，橹。”然后，才如释重负地哼着无名的曲子，消失在乡间小路上。

曹叔嘴里重复念叨着那个“橹”字走远后。爷爷的心里有一股莫名的满足感，随即却又像无意踩落的圆石头，咕噜噜，空空无着的感觉。

“橹”字对吗？他心里嘀咕着。忽然想起，在一本书上看过，在河里划船的人说在“摇橹”。那么？他越想越不对劲儿。

那时的乡下，早饭是送到地里吃的。当家人把早饭送到地里的时候，看见黑灰的土地里静悄悄的，没有一丝耕作的痕迹。朝阳下，一头黄牛正慢慢地啃食着泛绿的树皮。家里人左等右等就是不见他回来。很是着急。等了好长时间，才在向北的方向，看见他正上气不接下气地往地里跑。

原来，为了这个字，他竟然把耕牛系在地垄旁的一棵树干上，一口气跑到六七里以外的邻村，去问一位先生了。

这是在人们口中流传的有关我爷爷一些好学的故事。

在我的印象里，他总是那样。待人和气，不善言辞，每天忙碌着他力所能及的营生。如果有闲暇的时间，就写几个毛笔字，或者看看那几本谁也不去问津的发黄的边角有些破损的书本。

爷爷难得的好脾气，不论我们怎么闹腾，从没有看见过他发火训斥的样子。“人勤土生金”是他挂在嘴边的话。并一再教育我们“巧诈不如拙成”的道理。

天性好动的我，哪里能听进去他这些老旧的话题呢？有时还真不耐烦他那过于迟缓的动作，还真想念那位没曾谋面的能舞枪弄棒的二爷。只是到了成年以后，才发现爷爷对我的那些话，那长年累月的教育与影响，像生命力顽强的基因，早已经植入我生命的某个深处。或者是骨髓或者是心灵。

第二章

一

长大后，我终于明白，男孩子喜欢恶作剧与女人爱闹情绪一样，或许是基因决定的，不需要太放在心上。那时候大人们的心里，好像并没有这样的认识。他们常常把喜欢恶作剧的男孩子，看成坏孩子，把那些乖乖男孩看成好孩子。几十年以后，再回头看看，你会惊讶地发现，其实并不是这样。原来在村子里，总惹大人们生气的那几个男孩子，长大了，还挺文明的，且大多也有出息。而那几个乖乖男孩，倒显得唯唯诺诺，爱动心思，为人处世并不十分磊落。

应该说，我就是当时大人们眼里的坏孩子吧。

世界是随着我们的认识而无限扩大的。稍大一些，当我在母亲的带领下，走出屋子，走出院落，走出村庄，走向广野的时候，我才发现，这个世界原来这么大呀！我贪婪地吸吮着这个世界的一切。仿佛一切都那么新奇，那么有趣，那么富有想象。当然，现在我也非常着急地想告诉你，我当时看见的世界。

从我家屋子后面，遥不可及的什么地方，有几匹肥壮的烈马，狂奔而出。它们头也不回，向东南方向跑去。我看不见它们的尾，也看不见它们的头，只能看见它们隆起的脊梁，或大或小，或高或矮，一副用尽全力的样子。此刻，似乎有什么东西挡住了它们的去路，它们停止了奔跑。那种突然收住脚步的力量与向前狂奔的力量迅速集聚，隆起，形成一股向上的冲力。所以，每一座山，不，是每一匹奔驰的烈马，都隆起了高高的脊梁。

小时候，我常常对着这几匹戛然而止的狂奔烈马想，究竟是什么阻挡了它们前进的脚步呢？也许前面有一条沟壑，有一股溪流，有一望无际的草原。或许，它们正回望相告呢；当然，也许有一只看不见的手，突然勒紧了它们的缰绳……

我曾把我的想法告诉过我的小伙伴们。它们都说，这几匹骏马一定是看见了广阔的，一望无际的青草。你看看，跑在前面的那几匹，它们舒缓了身子。说不定，正低下头吃草呢。而两边的那几匹小马正淘气地回过头，可能是召唤更多的小伙伴。或者是告诉那些山羊、野兔之类的小动物，它们看到的景象呢。

这些奔驰的骏马，就是我们村周围那几座绵延不断，层峦叠嶂的山脉。说实话，从过去到现在，我还一直说不上它们具体的名称呢。我问过不少人，有人说是吕梁山，有人说是姑射山，也有人说是北林山或罗云山。我想，现在弄清这些山的具体名称已经不十分重要了，还是套用当时人们的习惯称谓吧。也就是说，它们靠近哪个村子，就以该村的村名为它命名。只不过，在村名的前面加上了几个方位词而已。比如石头寨北山，安庄东山等。

追山而去的，是一条条河流。在山与山之间，这一条条蜿蜒而去的河流，或藏身于翠绿之间，或裸露出亮白的石卵，隐首藏尾，左扭右拐，给人以诡异之感。奇怪的是，对于这些河流人们倒有具体而有趣的名字，什么八石沟呀，神管沟呀，后阳沟呀，等等。这些沟沿着山的走向，奔涌而出。最后，都统统奔向一条大河。这条河就是舞阳河了。

在河与河，或者沟与沟的交汇之处，一般都有一块较为低缓的山坡。在很久，很久以前，在这些向阳的山坡上，也许是一些拴马歇息的疲惫过客，一觉醒来再也不愿离开了，也许一些兵败的将士，隐藏于此，深怕被外人发现，也许无地可耕的饥民，发现了一块可以养家糊口的良田。等等，等等。就这样，一个个村庄不知什么时候就在这里长了出来。

小时候，我常常站在村头的桃树下，向四周瞭望。一群掠过头顶的白鹤，使天空变得更蓝；群山环绕，把白鹤与天空切入一个大大的圆；脚下的路交叉延伸，弯曲向前，像一根伏倒在地的老树枝干，每一个枝头都结着一个村庄。远远望去，有的村庄，像一片片破碎的瓦片，毫无规则可言；而有的则像压扁的蜗牛，它的身上，还有星星点点的亮光。而大部分的村庄，都是顺着地势走向铺展开来的，像一条用旧的头巾，长长窄窄，好像还有些无法修补的破洞。

我们还根据这些村子所在的地貌与动物形状进行比较，给这些村子起上一个动物的名字。什么乌龟村、蝎子寨、蜘蛛庄啦，等等。不过，这些名字只有我们孩子们知道。我们也常常用这些独特的村名，来打诨邻村的孩子们。我们的村庄就长在后阳沟与舞阳河的交汇处，我的邻村就长在舞阳河与八石沟的交汇处。从整体的走势来看，我们这里的山脉、河流都朝东南方向。如果站在高处向下看，一定像一个大大的壶罐，它的罐口朝东南方敞开着。难怪我们这里的大人们，一说起要出远门，就是朝东南方向而去。好像东南方向就是我们的前途与命运。大人们的嘴里，也常常说，“如果将来孩子们能走出去”的话。依我当时的理解，他们说的走出去，就是能从东南方向走出大山。换一个角度来说，好像从东南方向来的客人，都是尊贵的客人，包括一些亲戚与其他的人员。

我那时也一直在想，什么时候，我也可以朝东南方向而去，走到很远很远的地方。亲眼看一看，那一匹匹骏马究竟是遇到了什么，从而收住了脚步，保持了这千年不变的姿势。

二

说了半天，我还是没说到，大人们眼里坏孩子的事情呢。

小时候，感觉好像就没有吃饱过饭。一年四季总觉得饿。不过，孩子们总能找到可吃的东西。秋天当然好啦，漫山遍野的野果子，什么金黄的杜梨、奶白的山楂、黑红的酸枣、褐色的松塔等等。我们每天都在广阔的野地里，四处奔波。嘴里还哼着不很理解的诗词——蓝天浮白云，红叶满秋山。时闻铃铛声，不见牧羊人……

冬天的寒冷，也抑制不住我们寻找食物的欲望。一般的情况下，我会与几个年龄相仿的伙伴，去山上采集沙棘果儿。

在冬季，山上的空气寒冷而清冽。一些背阴的山坡，积雪要覆盖整整一个冬季。甚至到了春季，有些地方还有薄薄的残雪。沙棘果儿好像并不把这些寒冷与冰雪放在眼里。在冰天雪地里，成片成片的沙棘果儿，不畏严寒，在落光叶子的树枝上密密麻麻地结着。它们那红黄透亮的色彩与冰天雪地，形成鲜明的对照，实在诱人极了。我们几个不怕刺扎的男孩，钻进沙棘丛中专挑那些最繁的枝梢。我们把它折下来，扎束成捆。嘴里一边吃着，一边用木棍挑着沙棘捆，走在回家的路上。

回家后，有时可以看见，一些大一点的孩子们，竟然把逮住的麻雀，用湿黄的泥巴包住，在火堆里烧。烧熟后，那些麻雀的羽毛就粘在了烧干的泥壳上，他们摔破泥壳，啃食着里面冒着热气的麻雀肉。哎呀，我可从来不敢吃麻雀。有时看见他们吃，还躲着呢。

更多的时候，我看见他们在村旁点着了柴火，就趁家里人不注意，拿一个玉米棒子，或者抓几把豆子，把它们埋进炽热的灰土里。当那些烧熟的玉米粒或豆子，在火灰堆里一个个炸裂，爆开，向四周抛溅起或白或黄的米花时，我们会开心地捡拾它们，并随即揣进嘴里。

当春天的暖阳融化了积雪，大地就逐渐苏醒过来了。有些背阴处的积雪还没有完全融化，在一些草地的向阳处，已经可以看到一些红绿色针状的叶子，破土而出了。这就是野蒜。这是我们最愉快的时候了。我们用铁铲，小镢头或者木棍，顺着这根针状的叶子挖下去，就可以发现一个个嫩白的圆脑袋。

野蒜，我们也叫它为小蒜。刨出这些野蒜以后，我们擦去外面的泥土，把它一根根吞下。野蒜吃的时候，很爽，但它的口味很重，吃完后，我们每个人嘴里都有一种辛辣的味道。如果挖下更多的，还会拿回家里，大人们用它做调料。当然，我们也会拽一些刚刚露头的韭菜，或者一些嫩白草根，这些都是山村孩子春天的美食。

夏天是山里孩子最快乐的季节，不过也是我们挨大人责骂最多的时候。我们几个伙伴会把还没有成熟的核桃摘下一大堆；会趁着夜色，钻进邻居家的葡萄藤下，把他家酸涩的葡萄摘下来拿走。那时候，种小块地是不允许的，那可是“资本主义尾巴”呀。可一些人口多的家户，还是避人耳目，在一些沟沟坡坡的草丛里，开一块小地，种上些西红柿、辣椒等。

有时候，这些大人们的做法或许能够瞒住忙碌的队长，可一点儿也瞒不住我们这些成天在野地里疯跑的孩子。一次，我竟然带领两个伙伴，把一户人家的西红柿，青的红的，大的小的统统摘了。还给他家窗户上放了两个。那位长辈尽管知道是我们几个作害他的西红柿，但见了我们也不敢说。因为，他实在怕村里的队长知道了，割他资本主义的“小尾巴”。这让我们有一种从未有过的窃喜与兴奋。

不管怎么说，我心里还是有些忐忑不安。偷摘了人家的西红柿，这家人一定记恨着我呢。闹不好什么时候，还要遭到这家人的报复呢。

一个深夏的午后，太阳热辣辣地照耀着大地，劳累的人们大多躺在凉快的地方，午睡去了。我也躺在炕上，听见窗外的柳树上几只金蝉在死命地叫唤。趁大人不注意，我翻身而起，向外面跑去。本来我是计划上树去逮金蝉的，可是远远就看见，二狗几个鬼鬼祟祟在密谋着什么。走近一打听，原来他们计划去摘梨子吃。这可是再好不过的事了。我觉得嘴里都酸酸的，要流口水了。我们几个爬到生产队里的梨树上，三下五下，就摘下许多还没有成熟的梨子。就在我们气喘吁吁，准备跑的时候，恰好被路过的队长发现了。那位平时和蔼可亲的大个子队长，今天却一反常态，满脸的愤怒与凶狠。

“这几个小家伙，谁叫你们摘梨呢？”他不但训斥我们，还把一根鞭子似的绳索，举过头顶。

就在这时，我们曾偷吃过人家西红柿的那位长辈也走了过来。这位长辈，村里许多人叫他“死皮”。什么意思呢？就是他家人口多，经常是缺吃少喝。因此，借了别人东西从来不还，随意采摘生产队里菜蔬与果子，也从来不怕队长们的处罚。所以，队里的干部与社员对他也睁只眼闭只眼。即使看见他怀里揣着几根玉米棒子，也拿他没什么好办法。实在看不下去，队长们只好指着他的鼻子说：“哎呀！你这个死皮呀！”。当然他也不嫌弃你说他死皮，他只是咧开嘴，嘿嘿地笑一笑，就快步走了。

有时也会有些人，直截了当地说他偷集体的粮食，他大多一笑而过，低头走了。可有一次，他竟然给硬要夺下他玉米的治保主任，争辩起来。

“死皮，把你怀里的嫩玉米拿出来！你这坏东西，总偷队里的粮食。”治保主任一把撕开他胸前的几粒扣子，鹰爪似的手，去夺他怀里的三根嫩玉米。

平时，总给人赔笑的死皮叔，这次竟然与治保主任动起手来。他虎一样扑过去，把治保主任摁倒在地，并夺回玉米。他辩解说：“我哪里是偷呀！我是在救人命，我是在救人。知道吗？”

从此后，人们一旦遇上死皮叔，偷摘了队里的什么东西，就讥笑着说：“死皮呀，怎么又去救人啦！”

其实，当时在村里偷粮食的事是普遍的。不同的是，其他人是偶尔偷一次，并且偷得很多。而他总是零打碎敲地偷。所以，落了个坏名声。

可不管怎么说，我们曾偷吃过“死皮”叔家的西红柿呀！如果他今天借机报复我们，与队长一起，揍我们几个，那可糟了。

我那几个小伙伴都看着我，好像他们是受了我的指使他们是冤枉的。我看队长的脸色，可能他也是这么认为的。我看见他的指头就是指着我一个人训骂呢。反正就这样了，指使就指使吧，我从小就被我那没曾谋面的二爷形象鼓舞着。凡事硬撑胆子。这算什么呢？有一天晚上，几个伙伴凑在一起，讲有关鬼的故事。讲完后，那个经常跟在我屁股后跑的二狗，竟然挑衅起我来：“黑蛋呀，你敢去庙里拿根干草吗？”他说的干草，是指谷子的秸秆。不知什么时候，人们把一大堆谷子秸秆，放在了庙里。我说："谁说我不敢。""你要敢现在去庙里，拿一根干草回来，我就爬上树，给你摘一兜核桃。如果你不敢，那你就给我摘一兜核桃去。"

我知道，他这是在大伙儿面前要我出丑。你不是胆子大吗？看看你是不是敢在这漆黑的夜里，去庙里逛一趟。

黑暗中，二狗眨巴着那双会说话的眼睛。哦，我明白了，原来这小东西，是这个意思呀！

我说："好吧，我现在就去庙里拿干草去，你可不要后悔哦。"。我拔腿就走。几个伙伴，远远地跟在我身后。

初秋的夜晚，黑暗与寂静淹没了四周的一切。月亮把大部分的金黄喂养了黑暗，镰刀似的倒挂在庙院的树梢上。那弯月也太单薄瘦弱了，似乎黑暗迅疾就会完全吞没了她；转眼间，那弯月又不见了，她悄悄地躲在了树叶的后面。我有些后悔了，头上的汗不断地冒出；胸口像揣了兔子似的，跳个不停；而背部，像冷风吹，一阵阵发凉。庙院里静得吓人，一些蛾虫在我的惊扰下，四处逃窜。

我站在庙门口，犹豫着。我不知道，推开庙门的那一刻，会遇到什么。那个泥塑的神仙是不是会向我迎面扑来？人们常常说的那些冤死鬼是不是躲在这里，伸着长长的舌头？就在这时，我听见了"呜哎，呜哎"的几声叫唤。我知道，这是二狗这个坏东西捏着鼻子学鬼叫呢。他是专门吓唬我呢。可能他们做梦也没想到，正是他们这"鬼"叫的声音，反而给我壮了胆。我鼓起勇气，吱呀一声，推开了庙门。一些尘土与柴草，迅速落入我的脖颈。我全然不顾这些，伸出两只手，在黑暗的庙里，摸呀摸。终于摸到了几根草似的东西，我迅速地拽了几根，拔腿就跑。

回去以后，坏小子二狗说，我拿的不是干草，是黍子秆，并拒绝给我去摘核桃。为此，他被我推倒在地。

我知道，他是个胆小鬼。这黑灯瞎火的，他是不敢去野地里摘核桃的。不过也好，这家伙，以后什么也听我的了。

可今天偏偏遇上了这事，这可怎么办呀？二狗看着我。我说：“二狗，快跑！”。我俩猫着腰，几次想跑，但都跑不脱。队长手里的绳索，上下左右，快速地挥动着，尽管没有打着我们，这阵势很凶，把二狗都吓哭了。这可怎么办呀？

怎么也没有想到，这时，“死皮”叔走过来了，他一把夺过队长手里的绳索，大声喊：“金娃，你把孩子们吓着，咋办呀？”

金娃是队长的外号。大家都这么叫，他的名字我们也不知道。只是知道他，短发长脸，身高力大。人们都说，他一顿能吃十个窝窝头，能挑起二百斤重的担子。不知真假。村里人背后都说，在过去，金娃他爸是远近有名的二杆子，曾带着人打鬼子，斗地主。结果，担任了村里的贫协主席。而今，他的儿子金娃又力大无比，在生产队里干活是一把好手，现在又当上了生产队长。人们背后也说，看来，这村里的世事全是他家的了。

金娃一点也没有遗传上他父亲的坏脾气，尽管力大无比，干活踏实，但从不给左邻右舍的人争驳。经常笑呵呵的。他挂在嘴边的一句话是“哎，受苦人，都是受苦人，都不容易”。这么一个高大威武的人，因为和蔼，就连孩子们也不怕他。但他今天不知咋啦，好像我们偷吃的不是队里的，而是他家的梨子一样。

“你看看，这几个兔崽子，把这些梨子糟蹋的。还硬着呢，还不成熟呢！”队长金娃指着我们摘下的梨子，让“死皮”叔看。

“哎呀呀，算了吧，孩子们呀。他们饿，他们需要就能吃下。那你吃几个试一试。”“死皮”叔的一番话，竟让队长金娃，消掉了火气。

他收起了绳索，露出了一丝宽慰的神情。

他说："快，拿走你们摘下的梨子。再也不敢摘了啊，记住，等成熟了再吃。否则，揍你们几个。"

说完，两个大人哈哈地笑着走了。

"这几个坏家伙！"

在我飞快跑的过程中，还能听见，队长金娃还笑着骂我们呢。

事后，我一直在想，为什么"死皮"叔没有乘机报复我们呢？我们可是作害过他家西红柿的呀？

这个问题，直到我长大成人以后，才真正弄明白。

三

自从上次偷吃梨子的事，被"死皮"叔撞上，没有遭到他的报复，反而被他解救以后，我才对他，乃至他一家人有了新的看法。

"黑蛋，那次作害皮娃家的西红柿，可是你的主意。"二狗有一次给我这么说。

"可是，是你发现的呀，如果你没有发现他家在栀子丛里的小块地。我也不会去摘他家西红柿的。"我毫不示弱地回应了二狗的话。

话虽这么说，从二狗的话里，可以听出来，现在不仅仅是他，包括我在内，都为作害皮娃家西红柿的事，感到羞愧。皮娃是"死皮"叔家的第四个儿子。从年龄上来说，实际上和我们差不多，从来不跟我们相玩，也可以说，我们不和他在一起玩耍。他小小年纪，一副大人的模样，沉默寡语，就知道帮家里干活儿。

有时候，他也和我们在一起。他那破烂衣服上总有一股草腥味儿，加上比较木讷，常常是大家揶揄的对象。

“皮娃，快回去吧，你妈叫你给猪割草去呢。”二狗常常撩逗皮娃。皮娃有时还真的走了呢。

他们一家六个孩子，四男二女，凭他爸一个人劳动挣工分。每年分的粮食都不够吃。父母就让这几个孩子，从小学会干活儿。就连皮娃这么小屁点大的孩子，在家人的熏陶下，就知道埋头干活。什么拔猪草呀，捡柴火呀，每天都下。

一次，我们几个孩子搬石头垒狗窝，他也主动帮忙，还说什么，他以后也要搬石头。等积攒的石头多了，要给他家盖房子呢。他的话惹得大家一阵哄笑。“皮娃呀，你搬去吧。垒上一个大窑洞，给你娶上个猪媳妇吧，哈哈”，大家笑着跑开了。

有时，我们在村边的野地里玩儿，也经常看见，他提着一个筐子在拔猪草。不一会儿，他就把灰灰条、马齿齿等猪爱吃的草，拔上满满的一筐子。由于他的父亲总爱偷偷摸摸摘队里的果子、菜蔬等，孩子们总怀疑，皮娃的筐子里是否也有什么问题。

初秋的午后，骄阳把炽热的光照在朝西的坡地上；嫌热的鸡仔把半个身子蹲埋在庙后的沙土里。大人们大多还躲在屋子里，不愿出来，可皮娃却挎着一个小筐子，钻进了东面的玉米地里。不一会儿的工夫，他就从玉米地里，钻了出来。他红扑扑的脸上挂满了汗珠，臂弯里挎着的筐子里，塞满了谷谷草。他怎么也没有想到，他大中午跑到地里的举动，早被队里的护秋员，给盯上了。刚走出玉米地，就被护秋员唬住。

“今天，可逮住你了，把筐子给我。”说着，护秋员一把夺过他的筐子，恶狠狠地拽出谷谷草，把筐子翻了个底朝天。

可是筐子里除了谷谷草，什么也没有呀！

皮娃受了很大的委屈，两颗豆大的泪珠从眼睛里滚落出来。

突然，他豹子一样跃起，紧紧抱住护秋员的头，用尽全力往下摁。

护秋员猝不及防，本来身体就没有保持住平衡，在皮娃有力地攻击下，重重地摔在地上。

护秋员的称呼，其实是我在叙说的时候，突然想起的一个词。当时村里的称呼他是“巡风的”。后来，我听说山下有些村子里叫“巡滩的”。细细想一想，老百姓发明的这些词语，还是很有意思的。“风”是山上人们对偷窃行为的隐秘说法。如果谁家人在半夜里，听见外面有异样的动静。老婆子叫醒老头子时，她会说：“老头子哎，醒醒吧，怎么我听见外面有风声呢？”老头子一听这话，立刻就明白是什么意思了。他会轻手轻脚地起床，慢慢地拉开门闩，看个究竟。而山下的人，最好的地块是那些在河滩的平地，看护嘛，主要是看守这些地块，所以叫“巡滩的”。

平时，默不作声的皮娃，竟然敢攻击巡风的。这在村里还是头一次。因为大家都知道，凡是能在村里管上“巡风”这一差事的人，都不是一般的人。一般要具备没人敢惹，铁面无私，吃苦胆大等几个特点。想一想，有时半夜三更地要去野地里查看，没点胆子能行吗？而我们村的巡风的，真的具备这些条件吗？我觉得未必。

他除了敢吓唬一下孩子们，任何一个大人他都不敢惹。他在村里属于独门独户的人家。没有任何叔伯哥嫂、兄弟姊妹。别看他平时咋咋呼呼的，其实更多的时候是凭着一些小聪明，低头过小日子呢。再加上，他体格矮小，能惹起谁呢？

至于说，为什么能让他担任村里巡风的，村里人是有着不同说法呢。一部分人说，他是独门独户，无牵无挂，相对比较公平。如果让任何一个家族的人，掌管这一事情，那可了不得。专门给他们家族的人放水，那怎么能行呢？还有一部分人说，巡风的，不是个好活儿，是个得罪人的活计，一般人也不愿意干。其实，私下里队长做了几个人的工作，人家都不愿意干。而前几年，巡风的在工作队调查村干部行为的谈话中，说过老队长的不是。老队长对他怀恨在心，专门给他安排这一活儿。明着是重用他，信任他，实际上是害他，让他得罪人呢。人们说，这是老队长借刀杀人的一种做法。但是，几个月下来，巡风的，不仅没有得罪什么人，反而，队里的庄稼也很少有丢失的现象。

每天晚上，他都牵着那条大黄狗在几个村口转悠。那狗一夜都汪汪地叫着。大家以为他每晚都在地里转悠，谁还敢去偷呢。只是他最近发现，靠近村子的那几块地里，少了一些玉米，每次都丢两三个。他断定不是大人所为，怀疑是小孩子们捣的鬼。所以，今天，他想在皮娃身上找个突破，抓个典型，没想到落了个空。还让老实巴交，小小的皮娃重重地摔了一跤。

皮娃把巡风的摔了一跤的事，成了村里头号新闻。

皮娃父亲倒无所谓，可皮娃妈妈却不相让，不断找巡风的麻烦。“你这不是人的，你说，你凭什么怀疑我家孩子？你怎么不敢怀疑别人家的呢？你是拣软柿子捏呢！”“今天你不说出个所以然，我跟你没完；你坏了我娃的名声，叫我娃大了还娶媳妇不？你说。”皮娃妈追到巡风的家里唠叨个没完。

巡风的媳妇一个劲儿地赔着不是：“他婶呀，别说啦，别说啦，谁家是什么人大伙儿是晓得的。我这该死的男人呀，有眼无珠的。你就原谅了吧，别记在心上，别记在心上。”

皮娃妈本来是想出一出怨气的，却似乎听出了巡风的媳妇话里有话。于是，又接上话头叫喊起来：“是的，大伙儿都知道，东山上那两棵柏树是谁偷的。全村人都知道的！要不是晚上让跑夜的小伙子看见，还要怀疑是我家娃呢。”

巡风的本来在家就有些窝火，他背部的伤还火辣辣地痛呢。听皮娃妈这么一说，就更来气了。但回头一想，又怕吵出去，让更多的人知道，他砍伐了东山上的柏树。于是，拽起屁股下面的木凳，做出要打皮娃妈的架势。媳妇怕他惹出更大的事儿来，赶紧连推带打把他赶出了大门。

巡风的忍着腰背的疼痛，一拐一拐，朝生产队长金娃家走去了。

刚进金娃家门，还没等金娃开口问候，他那口齿伶俐的小姑娘已经抢先说话了：“大伯呀，听说你抓错人了？你怎么能怀疑皮娃呢？他那么老实呀！”

巡风的气不打一处来：“去去去，小娃娃家别多嘴。”“队长呀，你去看看那疯婆子正在我家里闹腾呢！”

“来，抽根纸烟。让她闹腾去吧，折腾得饿了，吃她家的饭呢，又不吃你家的。”金娃队长一副和蔼的样子，笑嘻嘻地说。巡风的本来一肚子的怨气，看见队长金娃满不在乎的样子，就像泄气的皮球，一下子没劲儿了。

金娃家的姑娘叫妞妞。虽然只有八岁，长得高高挑挑的。特别是那一双大大的眼睛，清澈无比，好像透过她的眼睛就能看到，她大脑里的一切，以及脑后的东西。她是金娃的心肝宝贝，金娃一点也不愿让她受屈。这也使这姑娘，没大没小的，心直口快，敢在大人面前随便说话。

生产队长金娃已经四十出头的人了，就这么一个孩子。村里人都说，姑娘大了是别人家的，派不上用场。这话虽然谁也不敢在金娃面前说，但金娃心里是非常清楚的。可今天，受了夹皮子气的护秋员，却没话找话地说了一句：“老弟呀，咱们这没人的，以后可……”他话没说完就摇了摇头，一副委屈的样子。还没等金娃接话，他家妞妞又开口了：“怎么我们家没人，我不是人吗？”“爸爸，我去皮娃哥哥家玩去啦！”说完一溜烟跑了出去。巡风的一听这话，觉得自己一急说错了话，这不是在揭人家的短吗？金娃倒也没太在意，只是说："你看看，你看看，你还不如个孩子呢！"

巡风的本来想在金娃身上讨个主意，寻个依靠，不知怎的，却发现自己左右不是人。所以，没等把那根纸烟抽完，就没好气地走了。

第三章

一

人生的趣味大多积聚在孩童时代。当我们一个个被父母拖拽着送进学校，站立在老师的面前时，我们好像长大了许多，好像从迷雾中走了出来，头脑里也似乎出现了一丝丝亮光。

那是一个初秋的早晨。高高的蓝天上，几朵白云向西边山头追去；湿漉漉的空气中夹杂着薄薄的凉气；几只白头鸟儿欢快地叫唤着，它们刚从冒着雾气的沟壑中飞来。吃完早饭的我还想着去野地玩耍，却突然看见，二狗的母亲带着二狗朝我家走来。

“怎么？还准备出去疯呀？”她一边对我说，一边问我母亲，“准备好了吗？”

母亲在围裙上擦着湿湿的手指，满脸微笑着对她说：

“哎，你看看，我还没有给黑蛋说呢。”

“不要总黑蛋、黑蛋的了。娃要去学校念书了，总得有个像样的名字吧。昨晚，我与他爸想了一晚上，什么国、保、民、平等，这些好词儿，好像都让人家用过了。我家二狗该叫个啥呀？”她说着，把二狗拉到她的前面，双手搭在二狗的肩膀上。二狗一副低眉顺眼懂事的样子，一点儿也不乱动。“想来想去，还是他爸有主意。他爸说，睡吧，你想上一年，也想不下个好名字。还是明天，问一问老师吧。”他爸还说，村里就这么几个孩子，除了个别女孩叫什么花呀翠呀娥呀莲呀的，我看这几个屁男孩，都没有什么正经的名字。还不如让老师一块儿给他们起个好名呢。

二狗他妈那些唠唠叨叨的话，我其实没怎么认真听，而是看着二狗那副好笑的模样。这家伙今天咋啦？平时那个鬼精劲儿，一点也没有了，老老实实的，好像还洗了一下头发，黑亮湿滑的头发贴在他那小小的圆脑袋上，像被狗舔过一样滑溜。

我还想着拉他出去玩会呢，可擦完手的母亲也拉起我的胳膊说：“走，今天把你送到学堂吧，家长管不下你们，老师可能管住。走吧。”

就这样，我被拖拽着送进了学校。

说是学校，其实是我们村北几孔黑灰灰的窑洞。原来这里做过马厩，后来又做过库房及木作坊。母亲带着我走过第一孔窑洞时，我看见，窑洞里摆着两排高低不一，新旧不同的桌子。有两个村民与几个大一点的孩子正张罗着涂黑板。还有几个孩子在桌子间打闹。这几个孩子的打闹影响了村民干活，被涂黑板的村民呵斥着。

这间窑洞的隔壁，就是老师的住处兼办公室了。

当我们走近老师的办公室时，看见有几位家长已经领着他们的孩子，来到了这里。二狗趁他妈不在意，还吐着舌头给其他孩子做了个鬼脸。

相比刚才看见的教室，老师的办公室干净了许多。一张长条木桌上，放着一块淡绿色的玻璃板；玻璃板上，一本打着红格的稿纸平平整整地放在上面；一支红色塑料杆水笔插在墨水瓶里；墨水瓶的旁边放着一个好看的罩子灯。紧挨罩子灯的是一摞崭新的课本。课本的封面上，印着戴着帽子的毛主席头像。头像的周围画了一根根向外反射状的线条，我知道这是指太阳的光辉；主席头像的下面，有两行大大的红色的字。那红色的字看上去有些整体向右倾斜，我不知道写的是什么。而一位多事的家长却拿起来，看了看，嘴里嘟哝着说："伟大的领袖和导师毛主席……"他正要打开书本，却被老师给制止了："先别动，好吗？"

报到上学的孩子们在家长的带领下，陆陆续续都来到了学校，有的站立着，围在老师周围，问这问那；有的则坐在老师铺着蓝白相间条纹床单的单人床上，静静地等待着什么。

还是，二狗妈先开口了，她急切地说："宋老师，先给我家娃报名吧。"

"好吧，好吧，你家娃叫什么名字？"这位宋老师，用右手的食指往上推了推他那白色的眼镜，又往后捋了一下鬓角的头发，转过头来，向二狗妈投去询问的目光。并随手，从墨水瓶中抽出那根滴着蓝黑墨水的笔，在瓶口磕了磕，准备书写。

"老师，我家孩子叫二狗。"二狗妈妈平静地回答中，带着一点不好意思的神情。二狗则知趣地点着头。

宋老师抿了抿嘴，没有笑出声来。他又把头转向我，并问我妈妈："那你家这孩子呢？"

我妈赶紧站起来，一把把我推在老师的面前："老师呀，我家娃比他家娃大一岁，今年九岁啦，叫黑蛋。"我有些不好意思，把头转了过去。

这次老师再也憋不住了。他笑了起来，我们也都笑了起来。

我看见，几个孩子的母亲，不知是笑还是在哭，感觉到她们眼睛里似乎含着泪花。

二

还是二狗妈，打破了僵局。她说："老师呀，昨晚，孩儿他爸说了，还是你给娃娃们起个名字吧，这狗呀蛋呀的，总不能跟孩子们一辈子吧。"

这话可赢得了大伙儿的支持，大家你一言我一句："是呀，老师有学问，就给我们的孩子起个好名儿吧。""有个好名儿，闹不好将来还能发大财，当大官呢！"

"什么年代了，还想发财，做官当老爷呢，你是不是还想当地主呢？"谁也没注意，村里的治保主任走进来啦。他这一句话可把大家给镇住了。特别是二狗他妈，吐了一下舌头，再也不敢多说了。

她娘家在一山之隔的蒲县太林村，可是远近闻名的大地主呀。她就是为了逃脱这一沉沉的枷锁，才远嫁到我们村的。

二狗的父亲按理也不是本村人，因为他爷爷膝下无子，从远房亲戚家抱来的。据说，这家远房亲戚按理也是地主家庭，兵荒马乱的年代，被土匪把他家洗劫一空了。为了给孩子以后另谋一条路子，才同意让他远房姨姨家抱走了这孩子的。据说，当时二狗母亲之所以能嫁给他父亲，唯一能看上的就是他爷爷家的历史清白。谁知道，嫁过来才知，他父亲的亲生父母家也是个地主。为此，她在村里谨小慎微了多少年。

"起来，起来。站起来，往一边去。"治保主任推过坐在老师床沿的那几个人，在床上拿过几张报纸，说："起个名字还那么费劲儿，看看吧，这上面可都是些好话、好词儿。随便挑上几个词就是好名字。”

他一把拉过二狗，指着报纸一行标题字说：“来二狗，你就叫这个名字吧，你看‘工农’怎么样？”

二狗毕竟是二狗，他一把挣脱治保主任，说：“不，我不喜欢这个，我喜欢那个。”说着，他用那小手指着报纸上印着的一面红旗。

“哈哈，五星红旗，你还能叫五星红旗。干脆就叫‘五工’吧。在‘五星红旗’与‘工农兵学’里面，一边取一个字，怎么样？”这样，在治保主任的要求与说服下，二狗有了他新的名字张五工。

万事开头难。既然开了这个头，下面的事就好说了。大伙儿纷纷在报纸上给自己的孩子找好听的名字，就连有名字的家长也来凑热闹，看能不能给他家孩子找一个更好的名字。大家似乎把宋老师也放到一边了。找上两个字，先征求治保主任的意见，如果治保主任说好，再问老师看好不好。老师哪里敢说不好呀，所有的人征求他的意见时，他都点着头说，好好，很好。

这样，不一会儿的工夫，几个男孩都有了自己的新名字。二狗叫张五工，皮娃叫王星农，巡风家的那两个孩儿，一个叫刘红兵，一个叫刘红学。就连队长金娃家的姑娘妞妞，本来是有名字的，叫什么花娥的，此刻也在报纸上找了个名字叫金雪莲。

等到大家把报纸上标题中的字都挑选完了，我妈妈才拿上报纸。她豆大的字不识几个，拿着报纸也是白拿。她让这个看看，让那个看看，大家都觉得，好一些的字都选给自己的娃了，剩下的字都不怎么样。但又不明着说，他们都不给我妈出主意，都说：“你看吧，我不懂，我不懂。”这时，二狗妈把手指曲成喇叭状，对着我妈的耳朵，小声地责怪说：“你慢慢吞吞的，咋不早点挑选呢！”

无奈之下，我妈就把报纸递给了老师，她说：“老师你看看，随便给我家黑蛋起个名字吧。我家娃是来上学的，又不是来参军的。凡事就得依靠你老师了。”可能就是妈妈这一句话，给了老师一个启发，就有了我现在的这个名字。

老师说：“在过去，起名字是很讲究的，既不能跟祖辈的名字有冲撞，还要考虑孩子的生辰八字，五行的相生相克。选好字后，还要通过《康熙字典》测算名字的笔画，看看是否吉祥，很麻烦的。如今是新社会啦，不讲究这些了，简单些，顺口就好。我看你家孩子就叫学军吧。”

妈妈刚才说了，我是来上学的，又不是来参军的，可老师给我起的名字里，既有“学”字又有“军”字。这世间的许多事呀，与其说是选择，不如说是宿命。就连名字都是这样，谁能想到，某个年代某一天，一份报纸上的标题，能成为我们这个小山村孩子们的名字呢？又有谁能想到，在山村小学，一位老师的一句话，就在我身上附上了一个新的标记，而这标记，又伴随我的一生呢？

好！我非常喜欢这个名字。

以后我就叫杨学军了。

世界上的事情往往这样，事物原本就是如此，但一旦赋予某个新的符号，或许一切都变了。有了新的名字以后，似乎我们之间也有了明显的区别，好像一夜之间，就长大了许多。再也没有人想着去做过去那些恶作剧了。渐渐地，我们之间也开始有了自己的一些小秘密，有了自己要好的伙伴，当然也有了对其他人内心的抵触。

再说这些名字吧，刚开始叫着确实有些别扭，但叫着叫着大家都习惯了，反而听到别人叫原来的名字觉得古里古怪的。

报完名后，我们每人领到两本书，一本是语文，另一本是算术。拿着书，我嗅到了一股好闻的油墨味与崭新纸张的清香。随便翻了一下语文书，里面有鸡马牛羊，以及一些人物的彩色图画，太好看啦。

老师说："看你那小手，别把书弄脏。"

我知道，我的手，因为剥核桃皮而染上的褐色，还没有完全洗掉。因此，不好意思地把书合上。接着，老师又开始嘱咐家长们，回去给每本书最好包个书皮，别让孩子们把书弄脏了。并要求，给孩子们买写字的石板与石笔。

由于学校只有课桌，没有凳子，老师还特别要求，明天上学时，必须带凳子。如果家里没有单独的小凳子，就两人合伙，拿一条长板凳也行。

于是，母亲们又把自己的孩子领回了家。

在路过村里的供销社时，母亲带着我走了进去。供销社在村子边一座瓦房里。据说，这座瓦房曾是村里一位财主家庭院的一部分，是专供财主家孩子们读书用的。从外观上看，它高高的屋脊上，竖立着一排雕着牡丹、荷花，以及不可辨认图案的砖雕；在屋脊的东西两端，还镶嵌两个张着嘴的动物头形。有人说是龙头，有人说不是；沿着屋脊两侧铺就的瓦，像一排排整齐而弯曲的圆木，一高一低地排列着。那自上而下整齐而弯曲的坡面，给人以曲线的美。在每一行瓦头处，还安放着一个虎头瓦。从下往上看，像蹲成一排的小老虎，正注视着我呢。由于时间太久了，在瓦楞间，竟长出了一些低矮的草木。这些草木好像被固定在那里，那么多年过去了，并没有长高多少。

真是三十年河东三十年河西呀，不知这间瓦房里，多少孩子在此读书写字。此前，人们在这里堆放杂物，现在归集体所用，成了村里人购物的地方了。

三

供销社的门窗是新式的玻璃门窗。窗户木框上，刷着天蓝色的油漆；

透亮的玻璃格子里，竖穿着几根指头粗的铁棍。那是防盗用的；它的门也是天蓝的颜色。只是人们经常摸来摸去的，漆皮有些脱落了。门框边沿处露出原本松木的纹理。门在白天是敞开的，到了晚上，除了锁上一把大大的方形铁锁外，还要挂一扇厚厚的木板。如此的防盗装置，竟然还发生过偷盗的现象。据说，村里有一个手脚不干净的人，经过长时间观察，终于发现了售货员的疏忽之处。售货员每天开完锁后，随手拔掉钥匙，就把锁子挂在门后的铁钩上。由于每天如此，这位手脚不干净的人便心生歹意。他专门去了一趟县城，在百货商店找到了与供销社大门一样牌子与形状的铁锁，随即买了一把。他每天用布头、木头及沙石，打磨铁锁，终于使铁锁的表面变得光滑、陈旧，而又有包浆。而后，他趁售货员不注意，把供销社门后的铁锁换成自己的铁锁。在晚上夜深人静的时候，他神不知鬼不觉地打开供销社的门，抓上一点碱面、食盐之类的东西，又偷偷地换上原来的锁子。

一两个月过去了，售货员竟然没有发觉。有一次，这家伙竟然胆大包天，一次性偷了许多东西。这下可冤枉了售货员。门窗、锁子都好好的，怎么会丢了东西呢？人们把售货员审了又审，发现确实不是。售货员没有偷，哪能是谁呢？

还是村里的一位老人，比较细心。他说，近一段时期来，发现一户人家门口附近，孩子们丢弃的糖果纸比较多。按照他家的经济条件，不可能给孩子们经常买糖果吃的。这一线索引起了办案人员的怀疑，经过搜查又发现了其他物品。这样，一起轰动一时的供销社偷窃案告破。这点东西，放到现在不算什么，在当时，可是很大案子了。案件告破，在村子里召开了公审大会，对人们的教育意义很大。

还是接着说我与母亲走进供销社的事吧。

走进供销社，我闻到一股香甜的味道。特别是门口那两个木质的醋桶里，飘着醋香，让人嘴里即刻浸出一些滑溜溜的口水。木桶的盖子半开着，桶沿上挂着几个大小不一的小提子。小提子是量醋的器物，是在一个小铁桶上，焊接着一根上面带铁钩的细长的铁丝。这些小提子，按照小铁桶的大小不同，分为三两、半斤、八两及一斤等。这样，一个个铁钩顺着桶沿整齐地挂在那里。

"怎么，要点醋吗？"一位穿着蓝布上衣的中年男子站在柜台里面，低声地问。

他身后，是竖着卷成圆卷的花色各异的布匹。布匹的一边整齐地摆放着几种花色铁皮或竹编的圆筒式暖水瓶。紧挨暖水瓶是一排排亮白色的手电筒。我多么想要一只手电筒呀，我心里痒痒的，看着母亲。

"哦，不要醋。"母亲应承着售货员，同时头低着，去看柜台里面的东西。

透过柜台透明玻璃板可以看到，下面是一些或方或圆的盒子。盒子里盛着大小不一的扣子、花色各异的发卡、鱼形的小刀、半截红半截蓝的铅笔，以及一些花花绿绿的糖果。

母亲指着一个纸包的方形片状东西说："给我拿一块石板，还要一包石笔。"

那个中年男子并没有拿出柜台里面放的那块，而是弯下他那笨拙的腰，在柜台下面翻腾了一下，拿出一块新石板。他用嘴吹去上面的灰尘，又弯腰取出了石笔，放在石板上面，一同递给了母亲。

石板是褐色的，看上去是一块薄薄的石头板，拿在手里却感觉沉甸甸的。可能是为了保护石板免受磕碰损坏，制作者还在石板的周围，箍了一个方形的木框。这木框本是白色的，因为涂了油光漆的缘故吧，颜色有些发深。

我小心地打开包着石笔的纸包，里面是石膏石般细细的条状的石头，有的保持着条状，还有的中间已经断开了。看着一根根乳白色的石笔，再看看它上面夹杂的一些或红或黄的斑点，我内心涌起一股从来未有的新鲜与好奇。我端在鼻孔处闻了闻它那清爽的石头味儿，渴望着即刻回家，能用这些石笔在石板上画出我想要的图画，能写出像外面墙壁上那样方方正正的字来。

在我们准备离开的时候，那个圆脸秃顶矮个子的售货员，站在柜台里面，用低沉略带嘶哑的声音，对我妈说："不要一个石板擦吗？"

"那就拿上一个吧。"妈妈在口袋里摸了很久，指间夹着一枚暗白的硬币，递给他。

"够吗？"妈妈问了一句。

"够了，够了。还应该找回你一分钱呢。"接过钱，那个矮个子售货员，弯腰从里面柜台里取出一个轻飘飘的用毡子卷成像山楂卷似的东西，直接递给了我。妈妈从我手里拿过来，看见这个板擦有些压扁的样子，又让售货员重新换了一个。

就这样，我们带着这些东西走回家。我感到非常的新鲜，再也不想着去外面玩了，而是着急地让妈妈给我包书皮。

妈妈揭开铺在炕上的席子，取出压在下面的一张不规则的土黄色的牛皮纸，开始比画着给我包书皮了。在我的印象中，妈妈的身子看上去很笨拙，但她的手很巧，不一会儿，就把书皮包好了。

她说："先别动，放在枕头下面压一会，就平整了。"说着，拿起两个圆木似的大枕头，放在那两本土黄色的书本上面。再说一下，这张牛皮纸吧。它是我很早以前在皮娃家，不，现在应该叫王星农家院子里借住的采石工人那里弄来的。当时，那些工人用这些纸包着一些麦麸一样的暗白色粉末。他们说，这些东西能弄开坚硬如铁的石头。我当时觉得不可想象。没想到多年以后，这东西也成了我采石、采矿的必备之物。它给我带来过欢喜，也给我带来了烦恼与恐惧。

儿时的我，倒头即睡，但这天晚上我却心活得睡不着。那两本包好的书还压在我的枕头下面。妈妈坐在炕头上。油灯下，是一堆花花绿绿的碎布块。她右手的中指上带着一个亮铮铮的顶针，拇指与食指捏着一根针。灯光下，她不时地把针举起，在头发里划一下，又刺向那些碎花布的边沿。我不知道什么时候睡着的。睡梦中，我看见天上的星星溅落在妈妈右手的中指上，她不停地把手举起，又放下，放下又举起，就这样重复着，重复着。

这就是我上学第一天的情景，它像一枚钤印，留在我记忆深处的某个地方。

四

第二天早晨。

“当当当，当当当……”

当上学的钟声回荡在清晨薄雾中的时候，我已经早早地起床了。在妈妈的目送下，我一人向学校走去。我左边的肩膀上，挎着一个用各色布块缝制而成的书兜，右肩上扛着一个小凳子。

“黑蛋，哎哎，学军，看着路，别东张西望的。”

我听见母亲在身后叮咛着。

我确实有些东瞧西望的样子。尽管是自己村子里的学校，第一次，一个人去学校还真有点不好意思呢。我想着，如果能与五工、星农，或者雪莲、红兵等一块去，那该多好呀。

在路上，我慢腾腾地走着，看能不能等着他们。我在路口停留了好一会儿，并不时地左顾右盼。

通往张五工家的那面陡坡上，除了一条饿扁肚子的黄狗，嗅嗅这儿，闻闻那儿以外，并没有什么动静。远远地就看见，王星农家的大门是开着的。他母亲正弯着腰，扫着地上的东西，但不见王星农的影子。这时，我突然看见，在通往生产队长金娃家的那条弯路上，王星农与金雪莲正一前一后，往前走呢。

王星农穿着一件洗得有些发白的军绿色上衣。那衣服像挂在他身上一样，宽宽松松的。衣服的下襟几乎遮住了他的臀部及胯骨。他的右肩上，斜挎着一个劳动布做的书兜。这书兜好像是用一块用旧的衣服布料对折一下，缝合起来的。兜口两侧缝了一条长长的带子。由于他斜挎着，那个装着课本的布兜在左胯处，晃来晃去；他的左肩膀上，扛着一条长板凳。一看就知道，这是雪莲家的。金雪莲扎着两只羊角小辫，在晨风中摆动着，摆动着。她的一只手还往嘴里塞着什么好吃的东西呢。

今天，她那柔弱的肩上，也挎上了一个浅蓝色的崭新布包。那个布包也是一条蓝色的带子，带子边沿缝着黄色的绲边。包口处还缝着一个屋檐似的遮盖。遮盖上，印着几个金色的字。

这几个字，在我们家墙壁的贴画中也有过。父亲曾经读过多次了，我也知道，是“好好学习，天天向上”。看看她书包上那细密均匀的针脚，就知道，那书兜一定是他爸不知从哪里买来的，不像是她妈妈缝制的。

我对王星农说：“来，咱们俩一起抬上走吧。”

星农喘着气，用疑惑的目光看着我，随即“咚”的一声，把那长条凳重重地放在了地上。

我把我的凳子腿朝下，扣在他的长条凳面上。我俩一前一后，摇摇晃晃地抬着长凳，往学校走去了。有时，我那放在长条凳上面的凳子，摇晃得快要掉下来了，雪莲一边用铜铃似的吃惊声音叫唤着，一边还帮我们扶一下。

到学校后，才发现，其他孩子们都已经到校了。

早晨，秋季的山村显得清爽而高远。一些过早飘落的槐叶，在院子里留下一枚枚椭圆的金黄。一些鸟儿，时不时成群地掠过头顶。霞光已从东边的云朵里射出一束束亮光，云朵的周围被镶上了一圈金边儿。尽管四周的群山还是一片暗黑，但附近的田地里却亮了起来。不一会儿，村里上工的钟声，有节奏地敲响了。

在当时，不论是学校还是村子里，都没有一口像样的钟。村里上工的钟，就挂在我家门外一根半截子木头上。它是一个厚厚的铸铁半圆盘。那个铁圆盘上面有磨盘齿一样整齐的凹槽。有人说，它是从山下铁厂的垃圾堆里捡来的；也有的人说，是队长在县城的磨坊里讨来的。其实，它是一个废弃的电磨盘，为了这个铁磨盘，老队长还花了一元钱呢。人们都这样说，没有人去考证。据说，这个铁磨盘原来音色很好，后来，被一个混账小子摔破了，成了大小不同的两半。小的一块就是学校的那个钟了。尽管材质相同，但铁盘的大小也影响着音色与音量，所以，人们还是能从声音上判定，是学校的钟声，还是队里上工的钟声。

在教室门外的空地上，高年级那十几个学生，像电影里的一个小分队一样，整队完毕后，跑着转圈。一个瘦高个男生，像摁在圆圈中间的圆心。他喊着："一二一、一二一"。而那些跑步的孩子们，好像并不围绕着这个圆心，反而，一个个把头扭向我们，一副非常关心我们的样子。

我与王星农略微停顿了一下，等他们跑过后，才走进教室。鼻子里，还有一股扬土的呛味。

刚才说过，是王星农与金雪莲合伙拿了一条长板凳。放好长凳后，他俩就坐在第一排的那张课桌上了。

"你们俩调换一下吧，姑娘你坐在后面。"宋老师看见，雪莲长的个头有些高，如果让她坐在前面，就把与我坐在一起的张五工，给挡住了。所以，老师让雪莲与五工调换了一下座位。

张五工看了我一眼，也看了一下老师，没敢吭气。

金雪莲指着凳子，瞪着那双清澈的大眼睛，拉着长调说了一句："老师，这长凳子，可是我家的呀。"

老师说："我知道，丢不了。"

这样，金雪莲不情愿地离开了前面的座位，张五工也不乐意地坐在了前面。我心里有点别扭，心想，不会把那长板凳也换过来吧。王星农默不作声，手指间捏着一块折叠过的纸板，弯着腰钻进桌子下面。他正试图垫稳前面摇晃的桌子呢。

五

小学生活是在迷迷糊糊中度过的。起先，我还明白，我们前面两排是一年级，我们身后的两排是二年级，再往后是三年级，以此类推吧。后来，不知怎的，总有后面的孩子坐到前面来，把前面的孩子挤到后面去。有时候，前面的学生也听后面学生的课，后面的学生也在老师给前面学生讲课时，回答问题。再往后，我也搞不清楚自己究竟是几年级的学生了。

课堂上，老师教的那些"a、o、e……"拼音字母，我还能够写成。他教的那些发音的口型，我怎么也掌握不了。老师每次都表扬金雪莲，鼓励张五工。对我与王星农，还有巡风的家的那两个孩子刘红兵与刘红学，总是轮换着批评。

当着金雪莲的面，我在桌子中间那条不知多少学生，划过多少遍的竖道上，又拿石笔划了一道。石笔在木质桌子上是留不下任何痕迹的。只是说明，这一边是我的，那一边是她的。心想，如果把她那长板凳换过来该怎么办呀？好在老师并没让调换。

几乎每天，我都看着雪莲张着那张精巧的小嘴，读着拼音字母。她每次准确地发音，都受到老师的赞许。而我在她的衬托下，显得更加愚笨了。特别是那拼音的声调，越急越读错。老师说，如果这样下去的话，不是他能把我教对了，而是我会把他教错的。

老师的这些话，其实是一些玩笑的话，但或多或少伤着了我模糊的自尊。这样，我内心放弃了学拼音字母，特别是发音。反过来，我开始喜欢听老师给高年级的学生上课了。

高年级学生的那些课文，比拼音字母有意思多了。尽管我不认识那些字，但可以跟着他们咿咿呀呀的语调，朗读他们的课文。我竟然慢慢地背会他们课文中的许多内容。

我感觉很满足，而老师却哭笑不得。

最让老师头疼的还有那个王星农。那家伙老老实实不多说话，也不违犯课堂纪律。什么擦黑板、倒垃圾、给老师办公室生火等，样样干得好，就是不学习。准确地说，他是学不会。

每天上课，他都腰板坐得直直的，一副认真学习的模样。一旦老师问他问题，他竟然连老师讲的是啥也不知道。老师说，真不知道他脑子在上课的时候，飞到哪里去了。

由于怕老师说他听课时脑子飞了，后来，他上课也不认真听了，而是低下头在石板上写着什么。有一次，张五工侧身看王星农石板的那股专心劲儿，引起了老师的注意。老师轻轻走过去，一把夺过王星农的石板，看了一下，又笑着举了起来：

弓形的窑顶下，是一个半圆的背墙；背墙上，是一个坑洼不平的长方形的黑板；黑板上，写着几个歪歪扭扭的字母。黑板前面的老师，短头发，在头发遮住的耳朵上，戴着一副眼镜。

他正手持一根细长的教鞭，似乎要打人的样子。

全教室的孩子都认真地看着，有的笑，有的发出“吁吁”的声音，还有的把嘴张得大大的，一副惊讶的神情。

让大家看了一下，老师把那石板举得高过头顶，做出了一个要摔烂石板的动作。最后，还是轻轻地放下了，并小心地递给了王星农。并说：“你呀，如果能好好地学文化……”

这时，我侧目看见，金雪莲脸上似乎冒着一层薄薄的汗珠。

这样的日子并没有持续多久。入冬以后，由于存放在三官庙东侧窑洞里的粮食，被人偷窃了。队里决定，把学校搬到庙里去，把库房搬到我们上学的这里来。

这样，我们又开始在神仙住过的屋子里上学了。

六

庙宇是个好地方。它坐落在村边一片隆起的坡地上，夏季像赭红色的兽脊突起在翠绿丛中；在冬季，树叶落光了，周围一片萧条景色，而它却露出了本来的威严。作为教室，它非常宽敞，而且有大大的两个方格子窗户。脚下是用大方砖铺就的地面，头顶是用麻纸裱糊得平展展的顶棚。只是裱糊的时间有些久了，上面有些蠹虫的小洞。若有风吹，从那些小洞里就会徐徐落下一缕缕灰尘。那些经年的尘埃有时会落在课本上，有时会落在我们的头发上、脖子里，或者衣服上。我总觉得，那尘埃里还有一股木香的味道。

好像没有一个小伙伴会嫌弃这些尘埃。如果徐徐尘埃落在谁的头上，前后左右的同学，会转过身来，围着他开心地微笑呢。而他自己也是一副欢笑的表情，仿佛昔日的神仙给了他骄人的奖赏。当然，有时候，正在上课，老师也会笑，并让他出去片刻。甚至，还可以去老师温暖的办公室，擦一点香皂洗一把脸呢。

庙宇里的冷，是刻骨铭心的。为了御寒，我们在地上跺脚，往手里哈气，有时候，上课都得用手捂着耳朵。由于过于冷，大家的鼻子里都是哼哼唧唧的，有时声音过大，老师的上课都受到影响。

实在没办法了，老师就带着我们去很远的地方拾柴，也去煤矿上去担煤块。

说起担煤块的事儿，我就想起红兵与红学这弟兄俩的事儿了。刘红兵是家里的老大，有点像王星农的样子，经常帮家里干活儿，长的个儿不高，看上去却比较敦实。而他那弟弟红学，与他性格截然不同，人们都说他父亲惯坏了这孩子。

一次，老师叫我们去很远的地方去捡煤块。稍大一些的男孩担着担子，担子两端的铁钩上挂着两个小小的筐子。小一点的同学，特别是女生，两人一组，拿一个筐子与一根木棍，两人抬着。按道理，我们两人一组就可以了。可那小不点刘红学竟然也挑着一副担子。那担钩太长了，挂上的筐子总是触磨着地面。他就把那两个铁钩子折了起来，挂在担子的两端。

冬季的阳光好像只负责照明，尽管艳阳高照，仍然十分寒冷。捡煤块的同学们都迎着寒风，急切地向煤窑附近走去。每个同学都想着早早捡满自己的筐子，早点返回。可在去的路途中，那个刘红学却趁大家不注意，开了小差。大家以为，这家伙一定是拿了两个筐子，怕捡不满或者担不动，吓得跑了。谁也没有想到，原来这家伙没有去煤场附近捡煤，而是在半路上把一只筐子与担子藏在路边的灌木丛中，提着另一只筐子，一个人悄悄爬上山坡，折沙棘枝去了。

当捡上煤块的同学们返回的时候，见他坐在距村子不远的地方，等着大家呢。他的两只筐子里塞着许多沙棘枝条。阳光下，那繁茂的沙棘果儿簇拥在一起，像一粒粒金色的珠子挂满枝头，着实让人羡慕不已。同时，大家也为他回学校后如何应对老师的询问而担忧呢。

刚开始捡煤的时候，大家都争着抢着地捡。生怕自己捡少了。到真正往回担的时候，才发现那煤块重得很，并不是那么容易担回去的。从煤场附近出来，同学们还有那种干劲，有的同学走了那么远也不换一下肩膀，或者休息一下。可是路走远了，大家都满头大汗，气喘吁吁。男孩们甚至摘掉了头上的帽子，女孩也解开了脖颈的围巾。

在距村不远的路上，许多孩子累得实在拿不动了，就索性把好不容易捡拾的煤块丢弃在路上。而刘红学这时才来劲了，他一边往回走，一边捡拾大伙儿丢弃的煤。这样，回到学校的时候，他的两只筐子下面都是煤块，上面还塞着许多沙棘枝条。

老师看见他是低年级的学生，竟捡了两小筐子煤块，还专门表扬了他，肯吃苦，热爱劳动呢。

当他的哥哥与王星农两个肯吃苦的小个子，抬着满满一筐子煤块，最后一组回来的时候，老师已经在村口焦急地等待呢。

老师说："捡了这么多呀，这两个实在的孩子。"

煤块捡回来以后，老师又组织男同学上山拾柴。本来山上那些可烧的干柴很多的，但男孩子们硬是喜欢那些油性大的干松柴，所以都走得比较远。一天下午，大家还没有完全把柴火运出山，就听见野狼在沟底"嗷嗷嗷"叫个不停。老师赶紧吹起了哨子，让同学出来。可那些男孩子一点也不觉得害怕，反而为能近距离听见野狼的叫声，而感到高兴呢。

尽管我的学习成绩不很好，或者说，当时没有几个人是重视学习的，但我在干活方面还是出类拔萃的。特别是冬季教室里的生火，几乎是我与王星农两个人的事。每天晚上下自习后，我们两个人留下把火封好，天不亮就来到学校，又把火捅开。等同学们来上学时，那炉子已经冒起了红红的火苗，像在教室里盛开的一朵硕大的花朵。每当这时，我都有一种极大的满足感。

我觉得，能给同学们带来温暖是一件美好的事。

在上小学的过程中，特别是冬季与王星农一起生火的每个日子里，我与他成了很好的朋友。他有一次给我说，等过两年小学毕业了，他就不去上学了。一方面是出村上学，他家里拿不出粮食，再者他觉得上学也没多大意思。反正最后也要在村里干活，还不如早早就干，还能给家里减轻点负担呢。我知道，他有三个哥哥两个妹妹，他父亲为了养活这几个孩子，在村里也受尽了委屈，以及他人的白眼。

以前，我曾经有过多次跌倒磕破皮肉，也曾与伙伴们争执中被抓破过脸颊，那种火辣辣的疼痛，也曾使我留下过眼泪。但我从来没有悲伤的感觉。那肌肤的疼痛过后，我又是满心欢喜。听了王星农给我说的这些话后，让我幼小的心里，有了一种异样的触动。这就是悲伤吧。我第一次感受到了人世间的悲凉。而且，这种感受在我以后的人生旅途中，还不时地涌起。

“你以后，还上初中吗？”有一次，王星农这样问我。

“我还不知道，我爸爸说，多识几个字就能看住门户了，别人就骗不了。”我回答说。

“如果你也不上学了，咱俩就一起干活吧。”王星农说。

“好吧。咱们把山上那块坡地开了荒，种上一些胡萝卜，喂兔子。”我高兴地回答他。

我俩都高兴地笑了，仿佛真的在山坡上开了一块偌大的地。地里长起了绿油油的胡萝卜。我们那一只只白色的、土灰色的、青紫色的兔子，正在地里欢快地奔跑着呢。

有人说，忘掉了所学的知识留下来的才是教育。这就是在小学在我心中留下的印记。

七

四年级最后一个学期就要结束了。像开学时一样，我们要把所有的书本都装进书包里，背回家。同时，要扛回家的，还有开学时拿来的板凳。还是那样，王星农扛着雪莲家的那条长板凳，缓缓地走着，金雪莲跟在他的后面。

他俩一前一后，走在回家的路上。

这条板凳是核桃木做的，非常结实。尽管四年来，大家搬来搬去，它还是完好无损。

四年来，王星农的个子也长高了许多。由于缺吃少穿，身体有些瘦弱单薄，可他的力气也明显大了。那条沉沉的核桃木板凳扛在他的肩膀上，也不显得十分吃力。

快走到雪莲家大门的时候，雪莲说："要不，这板凳就暂且放到你家吧。"

王星农愣了一下。

雪莲接着说："星农哥，下学期我就不在咱们村上学了。我妈妈说，要我去山下的迴坡底村读初中。"

突然，金雪莲把这悄悄话对星农全说了。

雪莲的话，让星农心里一惊。此刻，他不知道该给金雪莲说什么。最后，还是慢慢吞吞地说：

"离上初中还有一年呢，干吗下个学期就不在村里上学了？"

"我妈说，怕我去了山下的学校，我的功课跟不上。因此，让我去那儿的小学，读五年级。"停顿了一下，她又说，"其实，我真有点不想去呢！"雪莲一副难以描述的表情。

雪莲与星农是两小无猜的伙伴儿，也许有过模糊的情感。从会说话开始，雪莲那甜嘴儿就"皮娃哥，皮娃哥"地叫着。虽然上了小学后，很少叫了。但大家都知道，大伙儿有个什么争执的，雪莲总是向着王星农。这也是我与雪莲同坐一个座位，感到别扭的缘故。

王星农的父亲，原名叫王新生。他本来也不是我们村的人，其父病故以后，母亲无法生活，改嫁到汾西县麻圪头村，一户张姓人家。由于改嫁后又生养了三个孩子，养父对其非常苛刻。小小年纪的王新生就被迫起早贪黑地干活。就连过年时候，也是如此。人们常说，正月初二，就看见他穿着破烂衣服，往地里担粪呢。

这些话，传到嫁到我们村的他姑姑耳朵里，姑姑常常以泪洗面。姑父知道她的心思后，就答应把孩子接回来。

这样，在一年正月十五，我们村举办灯会时，正好王新生来了，姑姑姑父就设法把他留下了。据说，他原来不叫这个名字，来到我们村后随了姑姑家的王姓。王家本来人丁不旺，王新生来了以后，王家接连又生了两个孩子，但都是女孩。所以，王新生实际上就给王家撑持了门户。

王新生姑父的膝下只有几个女儿，一直对男孩有渴望之心，终于在王新生身上得到了满足。王新生给他生了四个孙子。但儿女多拖累大。原先，谁也没有想到，这一大堆儿女，成了这对夫妻沉重的负担。别说吃饱穿暖了，有时吃了上顿没下顿的。基本生存条件满足不了的情况下，对人的规范要求是很难奏效的。因此，星农的父亲也顾不上那么多条条框框了。队里三番五次地要求，不让开小块地。王新生都把它当作耳边风。凡是山梁沟旁，能种地的地方，他都种上了。哪怕能种一株玉米他也不会放弃。他竟然在村后的一条沟两边，开了许多小块地。人们就戏称这条沟，叫新生沟。

在这个贫穷的家庭里，不仅王新生不分昼夜地干活，他家这几个孩子也是这样。有时天气下雨，队里不出工，他家的人都要披上一块塑料布，下地去割猪草。给人的印象是，这个家庭总有干不完的活。

我父亲也常常说，不管人们怎么看待“死皮”这个人，他们这个家庭总是向上的。尽管有时连吃喝都难以为继，他们一家总是保持着吃苦、忍耐与勤勉。

我想，这可能也是他家能与生产队长金娃家相处和谐的缘故吧。

要说队长金娃家算是村里的大户人家了。据村里人讲，金娃亲爷爷弟兄五个，加上堂兄堂弟，人就更多了。这一家人个个都长得人高马大的，在过去的村里，人多地多，谁家也不敢惹。这人多也有人多的苦恼。相传，金娃老爷爷在世的时候家道兴旺，但儿子多了，一个个成家立业后，都闹着要分财产。这样分来分去，到金娃父亲这一辈的时候，落在每户头上的土地房屋已经没有多少了。反而，成了村里的一般的家户。好在，后来土改了，本来家庭成分应该是地主的，最后只划成了下中农。

还有一种说法是，金娃老爷爷在世的时候，认识了一位风水大师。这位风水大师感恩于金家老爷子的情谊，就把村东边的一块风水宝地告诉了他。并说，如果能把祖坟迁于此，可以保证三代兴旺。但三代之后，必须另谋新址。老爷子听从了大师之言，将祖坟迁了过来，果然人丁兴旺，财福俱来。而三代之后，大多分门立户，各自为政，再加上，老爷子早就过世了，后辈们已不把祖坟的事放在心上了。所以，后辈的人丁财运就大不如从前了。

这些都是闲暇之时村里老人的一些闲话。说得多了，就连孩子们也知道了。不管怎么说，他们这一家人长得都非常有气韵。金娃叔人高马大，腰板直挺，方脸大眼，给人以信赖之感。就说他家雪莲吧，虽然十二三岁的孩子，也一副大姑娘的身材，让不少男生暗生爱慕。当然，也包括我在内。

可那金雪莲除了与王星农说说话以外，与其他男生总是保持着一种友好的距离。让人有一种近不得远不得的无奈。

听说金雪莲要离开大伙儿，一个人去外村上学了。我的内心也有一种茫然、不舍的感受。而在王星农告诉我这一小秘密的时候，我却是这样回答他的：

“她去，就去吧，关我们什么事嘛！”

当时，我回答王星农的时候，我并没有意识到，王星农是在寻求我的安慰。此后，他再没有与我提起过有关雪莲外出上学的事情。

暑假开学后，原本与我同坐的金雪莲确实没有来上学。一个漂亮女孩不在身边坐了，我才觉得学校生活突然变得空落落的。起先，我还在桌子中间划过一道竖线呢，现在，我还是坐在属于我的那一边，而那一边却没人坐了。不过，我总觉得那座位，还是属于雪莲的。好几次，刘红学搬着凳子要来这儿坐，都被我推开了。

有几次，我问王星农：“那妞妞真的不回来上学了吗？”

星农每次都避开话题，借故不回答我的问题。

日升月落，春夏秋冬，周而复始。转眼间，我们都彻底告别了本村的小学。

第四章

一

“学军，学军，你去哪儿？”

怎么也没有想到，放暑假的第二天，我就在村边的小路上遇见了金雪莲。一年不见，她出落得更加清秀、俊美了。而且，也不像以前那么害羞了，还主动给我打起了招呼。

“你这是？”不知咋的，看见她落落大方的样子，我反而害羞起来，竟一时结巴得不知该问她什么。

雪莲说：“也是放暑假了呀。”

她站在路边一棵扭曲着腰身的柳树下面。

阳光透过枝叶把一枚枚金币投射在她的身上，金闪闪的，晃着人眼。走路的缘故吧，她的脸红扑扑的，冒着热气，眼睛更加清澈水灵。

只是她那嘴唇看上去，似乎有些干裂，像缺水的样子。

“山下的学校怎么样呀？我还没有走出过大山呢。”我抬起一只脚，踩在路边一块大石头上，同时，把肘弯搁在膝盖处，并用略微弯曲的几个指头撑着脸部，不好意思地问她。

本来，我也没想到金雪莲有多么满意的回答。只想到她会说，很好，不错等应付的话就可以了。没想到她却一副认真的样子，非要给我仔仔细细地说一番不可。

她说，山下的学校比咱们村好多了。人家有专门的学校，不像咱们村学校是临时的地方，一会儿在队里的库房，一会儿又搬到神庙里了。那儿的学生很多，一个班几十个学生呢。而且有许多老师，不同的科目，由不同的老师上课。

她还特别说了，山下的学校，一个年级一个班。可不像咱们这里，所有的学生都在一个教室里上课。另外，迴坡底村的学校有上下两座院子，下面的一座是小学，小学东北角有一道台阶，顺着台阶往上走就是初中了，很方便。

“学军，你见过电灯吗？”雪莲问我。

我摇了摇头，没有作声。

她又说：“人家山下的人都用上电了。晚上，家家户户都用电灯照明呢。我们的教室也用。在那里，看不见用煤油灯的。”

“哦，山下真好，我都想象不出来。”突然，我产生了一股莫名的沮丧。

“不过也有不好的地方？”雪莲略带无奈的口吻说。

我问：“有什么不好的呢？”

我心里想，是不是那里没有像我们这样的好伙伴，或者有人欺负她呢。如果有人欺负她，我还想替她出气呢。

"其他倒没什么，就是山下的天气太热啦。我在那里快一年了，还是适应不了。就说现在吧，回到咱们这儿就有一种凉爽的感觉。如果出了咱们这山口，就有一团看不见的火，向人扑来。哎！快把人热死了。"雪莲说完，还叹息了一声。

"怪不得我看见你嘴唇干裂的样子，快回去吧。"我把那只踩着石头的脚收了回来，站直了身子，做出要告别的样子。

"好吧，不过我还想……这样吧，你下午有事吗？我们家买回一台缝纫机。我妈不识字，你与星农，还有我，咱们帮她安装一下吧。"她说。

我点头答应后，金雪莲摇了摇她那修长的手指，走了。

她走了，而我却站在那里，原地没动。我看着她那离去的背影，感到一阵憋屈与沉闷。人家这么一个姑娘家，走出了大山，看到外面如此新奇的世界，而我比她大，还是一个男孩，却还在这四面环山的山村里瞎转悠呢。我有点厌弃这让我初见光明的地方了。如果我能像金雪莲那样，在山下的村子里有个当队长，或者什么主任的亲戚那该多好呀！

下午，我与王星农相跟着去了雪莲家。她家在村东边的一座老院子里。院子里除了南面的瓦房以外，其他三面的窑洞都住着人家。不过东西两边的窑洞在台阶下面，正北的一排窑洞在高高的台阶上面。雪莲家就在正北那排窑洞的西北角。

午后的阳光正火辣辣地照着这座院子里那一面面斑驳的墙壁。墙壁的裂缝处，有几只麻雀飞出飞进，并不时发出叽叽喳喳的叫声；三五只笨拙的鸡仔，在南墙根荫凉的地方，单腿直立着。偶尔，有一些蚊虫飞过，鸡仔风一样跑出，它们张着那短尖的红嘴追逐着，追逐着，完全不顾阳光的炙烤了。院子中间，在东西两边的墙壁间，拉着两根细长的铁丝；铁丝上，晾晒着洗过的衣服、被单或鞋袜。有的已经干透了，在阳光下微微摆动，有一条红蓝白相间的粗布床单，还滴答着水滴。

这是我第一次见到缝纫机。它装在两个大小不一的浅黄色纸箱里。纸箱子被横竖四条塑料扎条箍得牢牢的。在雪莲妈妈的指挥下，我与星农把它们搬到靠近窗户的草席上，拿着剪刀，我们小心翼翼地剪开那两个箱子。

我们先打开了那个大纸箱。上面是一面平整光滑浅黄色的木质台面；一层垫纸下面，是两个排状的紫红色铁腿。我们几个人，围在一起，几乎头顶着头，阅读琢磨着说明书上的文字与图解。经过好几次装上拆下的反复，终于把那台缝纫机给组装起来了。现在看起来，那是一件非常简单的事。在当时，我觉得是非常了不得的。

雪莲的妈妈也累得满头大汗，但非常高兴。她一个劲儿地夸奖我们两个，说："如果我有这么两个儿子，该多好呀。"

我心想，有这么个儿子有什么好的。有一台像你家这样的缝纫机才是最好的呢。

就在我与星农要离开雪莲家的时候，雪莲说："学军，我觉得你还是跟星农好好说一说吧。还这么小，不上学了怎么能行呢？你们没有去山下看一看，人家所有的孩子都上初中。除非那些傻子，实在没办法的。"

离开她家后，我与王星农谁也没再提上初中的事。我的心里也不好受。因为从雪莲嘴里说出的，山下的学校那么好，而我却去不了。

八月初的夜晚，我们俩坐在大槐树下石磨盘上乘凉。习习夏风吹在我们身上，给人以惬意的感受；周围的玉米地里，蛐蛐的鸣叫与鼓盆而歌的蛙声，形成一组和谐的乐曲，使山村的夏夜更加静谧。我们抬头，看着一轮弯月在薄云中，缓缓地移动，于是，又开始愉快地回忆起小时候那些有趣的往事。说话间，不知不觉又转移到眼下的事情。

“你真的不计划上初中了吗？”我又一次给星农谈起了我们谈了多次的话题。

王星农铁了心似的说：“不上初中了。我想，或者跟人去当泥瓦工学徒，或者干脆就留在村里种地。”

我知道，他家里再也供不起他上学了。大哥铁娃，是个老实巴交的人，虽然能在队里劳动挣工分了，但也到了结婚的年龄，一家人还挤在两间土坯房里，那怎么能行呢？二哥木娃智力有点迟钝，虽说不上是十足的傻子，但没人带着，他也不知道干活儿。老三银娃脑袋比较灵光，父亲把希望寄托在他身上了，让他在邻村上了初中。每次回家，都为拿面粉与干粮的事犯愁。而他后面还有两个妹妹要上小学呢。在这样的情况下，哪里还能允许他再去上初中呢？况且，他觉得自己上学并没有什么前途。

看来暑假开学后，我只有同张五工、刘红兵与刘红学兄弟俩一起，出村上学了。我还从来没有如此地感觉到一种孤单情绪，开始侵扰我的心。

本来读小学时，我们村同一个年级就有六个孩子，现在只剩下我们四个了。事情并没有就此打住，让我没有想到的是，张五工也去了山下的陈村学校读书了。听说，他有个表叔是该村的大队支书。

当我非常沮丧地要把这一连串消息要告诉红兵与红学兄弟俩时，刘红兵却一副满不在乎的神情。他说：“张五工脑子灵，他出去学习是好事。”

“那就剩下我们三个去李家寨上初中吗？”我愤愤地给他说。

“我也不去了，红学是不是去呢？还不一定。”刘红兵说。

“啊，你们两个也……”我有些惊讶。

别看那刘红兵父亲身材矮小，他的能耐可大呢。他家居住在村边的路旁，南来北往的过路人，都难免去他家讨碗水喝。这样，他就结识了各种各样的人，就连他家这两个孩子，有时，也有着与我们不同的想法。

红兵说，为了能让他早点自立门户，他父亲给他联系了一个铁匠师傅，让他跟着去当学徒。他爸说，跟人学技术要趁早，如果等到初中毕业后，那就晚了。他爸打算让他五年后出师呢。我知道，这“出师”二字，在当地是离开师傅，独立门户的意思。你看看，人家刘红兵五年以后就要自立门户，招徒创业了。

红兵接着说，至于红学，我爸想让他跟一个木匠师傅学手艺。本来跟人家已经说妥了，红学死活不去，这几天正闹情绪呢？

我与刘红兵在他家院子里正说着话呢，刘红学气冲冲走了出来：“定了，我跟你一起去李家寨读初中。我才不愿意跟那老木匠吭哧吭哧拉大锯呢。”“走，咱们出去玩吧！”

说完，刘红学一把拉着我，走出了他家的院子。他爸跟着撵了出来，抬起手，一副要打他的样子，但最后也没有动手。

“学木工不是很好吗？你干吗不去呢？”在路上我问他。

刘红学回答说：“我才不去呢，我要去上学。谁稀罕当那土灰灰的木匠呢，我要当队长呢。”

刘红学的话，让我惊讶。心想，这家伙还想着当队长呢。

二

在通往李家寨的路上，我与刘红学并排走着。我俩几乎是一样的装束。我穿着一件洗得干净的长袖粗布衫。这种衣料是村里妇女们亲自纺织的土布。布料上是一道道蓝白相间的花纹。实际上，蓝色的竖线只起到一个装饰的作用，布料整体上看，都是白色的。一般女孩子的衣服也是这样，只不过把那个竖线换成红色的而已。村里有些手巧的女人，能在白色的粗布上染上一朵朵蓝色或红色的花儿，那六个椭圆似的花瓣，大小各异，次第开放。当然，这是非常珍贵的了。一般只用作布兜，或者包袱。而今天刘红学却穿着一件红白相间的粗布衣服，看起来怪怪的，但觉得，这比这蓝色线条的衣服更亮丽一些。

我们俩都用木棍挑着全部的行李，一边是用床单包裹的被褥，另一边是几斤玉米面粉、一布兜烙饼，还有满满的两瓶子便于存放的菜。

毕竟是秋天了，山村小路上，更能感受到秋天的气息。蓝蓝的天空抬高了许多。白云像一件件晾晒的长衫，飘浮在空中；茂密的绿草开始变黄变矮，只有一些紫菀花还在争芳斗艳；几个月来，死命叫着夏天的蝉，一声声有气无力的嘶鸣飘散向远方，像患了哮喘病的老夫人；饱食的鸟儿，飞来飞去，紧闭了它们那圆润的喉嗓。山间的风，已有些带刺的意味了，偶尔吹在我们汗津津的身上，有一股凉飕飕的感觉。

我们向前走着，周围的肃杀，空旷，衬托着我俩孤单的身影，让人有一种说不出的畏惧与难受。近一个时期以来，我总有种不安、虚空、伤感的情绪，进而又有一种破坏、逆反、背叛、对抗等心理活动。这种情绪不断左右着我的行为，可能这就是人们常说的，进入叛逆期了吧。

就在这个叛逆期，我迷恋上了武术。

对于武术的迷恋，起源于我一位多年未曾见过面的叔叔。

前面说过，我二爷是一位远近闻名的拳师，在他误伤了另一位拳师以后，为了躲避仇人的追杀与官府的追究，隐姓埋名流落他乡。直到新中国成立以后，才同家里人有了时断时续的来往。就在我小学毕业，对未来开始迷茫的时候，我这位精通拳术的叔叔出现了。他是我二爷的小儿子，村里的老人说，长得和我二爷爷一模一样。我看着他在院子里一招一式，进退自如的武术招式，着魔一般要跟着他练习武术。仿佛学了武术，就真的能成为刀枪不入的铁人。我就能所向披靡，征服世界。

无奈我的纠缠，叔叔就教给我一些简单的练习方法与基本套路。按照这些方法，我起早贪黑，日复一日，不断重复着练习。这一时期，人们常常可以看见，在树林、操场、屋顶，到处都有我练武术的身影。多年来，我还没有这样痴迷过一件事呢。

叔叔给我传授武术的过程中，一再给我讲明一个道理：武术只是强身健体之用，不能养家糊口，更难创造物质财富。你还小，要图谋长远发展，还是要读书学习，或者学一门手艺。不过，这时候，我总觉得他这些话是一些客套话，根本没有听进心里去。反而，只要一有时间就去练习拳法。可以说，整个初中阶段，我对武术的投入，远远大于对功课的钻研。

李家寨距我们村，就七八里路，但要经过一条长长的深沟，与两道长满灌木的山坡。深沟南北走向，狭窄的河道里，一条小路穿行在茂盛草木之间；河道深处，平时溪水潺潺，像一支柔和的琴曲。举目河岸，是刀削斧砍般陡峭的石灰岩，让人仿佛身处险境，还有悠然自得之感；如果遇上夏天雨季，不知何处的山洪，就会神不知鬼不觉地奔腾而来。顷刻之间，翻滚的激流夹着石头、木料、泥沙，像一只势不可当的猛兽，狂奔而来，绝尘而去，留下满沟的伏草黄泥。可用不了多久，这里又恢复了溪水绕石水拍河岸的悠闲。

正因为这样，夏季走过这条河流时，我们是非常留心河水的变化，与山间的声响。当时的植被特别好。整条深沟林木茂密，在夏天的路上，常常可以看到有毒蛇蜿蜒而过，而在冬天的黄昏，躲在灌木丛中的野狼也会发出瘆人的嚎叫。别说小孩，一般大人们出门，也希望能结伴而行。

此后的日子里，每逢星期天，我与刘红学就往返在这条路上。当然，在我们前后，也有邻村上学的孩子们，三三两两，相伴而行。本来，我们村也有几个高年级学生，而他们却不与我俩融洽相处。有时，还与我们打打闹闹的。这样，我与红学逐渐成了形影不离的好伙伴。

有时候，周日回家，也去找王星农玩耍，可他总是忙忙碌碌的样子。总有事情可做。

有一次，他说有些羡慕我们还能上学。

我问他，最近干了些什么活，他说年龄小，队里没把他当作正经劳力，没人分派任务。前些日子去给一个泥瓦工程队当小工，每天天刚刚亮，就要去一个水坑里挑水，挑完水后，还要和白灰泥，再把白灰泥包，一次一次地提到瓦工手边。

他说，刚开始，肩膀上又疼又肿，后来结了一层死痂，好多了。现在，即使不穿衣服，光着膀子，挑水也不成问题了。可是，那工头又不让我挑水和泥了，要我学着往脚手架上扔瓦。那么多瓦片，要我从下面一片一片扔上去，让上面的一个人接住，是一件非常难的事。我一看这活儿就发愁。一次扔一片的话，太慢了，一次扔两三片吧，瓦在空中就分散开了，上面的人就用粗野的话骂我。接瓦的那家伙是一个脾气暴躁，又干不了技术活的人。三十多岁，力气蛮大，实在惹不起。哎！那活真不好干！怪不得几个小工都不愿干这活儿呢。

“后来呢？掌握了那个技巧了吗？”我关切地问他。

星农用手捋了一下紧贴头皮的长发。他说，有啥掌握不了的，其实都是些粗活，稍微留意一下，就知道怎么回事了。起先，我一次只能扔上去一片瓦，现在，一下就能把四五片扔上去，也不会分开了。

我打心眼里为他能掌握这一技能而高兴，可他看上去，却是不快乐的样子。他说就是太累了，一天下来，都不知道胳膊腿在什么地方了。以前还有些失眠的毛病，这一段呀，不择地方，哪怕是草窝、石头堆，只要一倒下，就睡着了。上周日吧，干活间休息时，倒在墙根就睡着了，谁知风太大了，把一块木板吹了下来，把腿给砸伤了。

“你看看。”说着，他撩起了裤子，小腿上打着白色的绷带。

我一阵揪心，用手轻轻抚摸了一下那鼓起的绷带，问他：“还疼吗？”

“刚开始，钻心地疼，现在……”他没说完，而是摇了摇头。

我问他下一步的打算。他说，等伤养好了再说吧。金娃叔说，让我学着赶队里的骡子车呢。

第五章

一

王星农没等腿伤完全好了，就跟着村里一位叫喜来的长辈学赶骡子车了。在村里，这还是一件让人十分羡慕的活计呢。

何尝不是呢？赶车不用重体力劳动，还出行方便。时不时给村里的供销社，去城里拉货，还可以帮人捎点东西。有时，给自己拉点东西也方便些。还有，那头拉车的青骡子，那可是村里的宝贝，饲料自然也分配得多一点。说是饲料，其实就是黄澄澄的玉米与黑油油的豆子，还有那些土法榨油后剩下的麻饼。这样的美事儿，可不是随便什么人就能让他去干呢。让王星农去学着赶车，村里不少人还背后议论呢。

他们说，队长金娃也不像从前了，也有私心了。

以后的日子里，每当我回到村里，时不时可以看见王星农高兴的模样。赶车的喜来老伯坐在紧靠车辕的地方。他五十多岁，古铜色脸上，总有那么一层油似的薄薄汗水。他脸颊窄，颧骨高，浓密而上翘的眉毛上面是一道道弯弯的河流；他头上，拧着一条用旧的白毛巾，嘴里咬着一只永远冒着青烟的烟锅子。一只握着短鞭的手，轻轻搁在青骡子屁股上，另一只手半举在胸前，好像要随时给人打招呼的样子。

如果是空车，王星农也会跳上去，坐在车上；遇上下坡路，他会很快跳下来，用手拉住那个车的刹把。这时，车轮摩擦刹把，就会发出吱吱喔喔的声音。这种声音迅速地遮盖了，那两个包了铁皮的木轮碾压在坑洼地面上有节奏的声响。

王星农非常喜爱那头驾辕的青骡子。每次驾车前他都要耐心地扫去骡子身上沾贴的草叶或泥土，并把骡鞍安放得妥妥帖帖。喜来老伯很喜欢这个孩子，答应他，如果队里分配一头拉套的小骡子，就让他饲养。当然，星农也是非常乐意的。

几个月后，星农给我说，他已经能够独立赶车了。如果是空车，喜来老伯就躺在车里睡觉，由他来赶车。那头青骡子很听话，轻重缓急，自有分寸。

他还说，他已经去过两趟县城了，都是给村里的供销社拉货物。过汾河的时候，他们赶车通过了木桥。他第一次看见，那么多水在不停地缓缓流动。而在这流动的河里，人们竟然还能架起一座木桥。那包了铁皮的车轮碾过木桥时，不像在坑洼土路上吱吱的声响，而是一种柔软的感觉。不过，桥两边的水实在吓人，总有一种要倾覆到水中的幻觉。而喜来老伯赶着车，一点也不惧怕，还高兴地与从桥下划船而过的人们打招呼呢。

他略带犹豫地说，每次驾车路过逦坡底村子时，都能远远看见这个村的学校。他知道，金雪莲就在那里学习。他想，此刻，她也许坐在教室里专心听老师讲课呢。他希望她安心地学习，但他又多么希望，她能走出校门。这样，或许他就可以看见她了。他会给她招一招手，她说不定会激动得流泪呢。这一段时间，他体会到了，我们中间不论谁，不论年龄大小，一走出这个大山，就是一个大人了。我们也会感觉到胆怯与孤独，都想见到过去的熟人，哪怕原来的关系并不怎么好。这就是人们所说的故乡的土也是亲的吧。

经过这一段时间的劳动锻炼，我觉得王星农的见识广了，说起事情来头头是道。相比而言，我还真的是个孩子。

刘红学在李家寨学校对文化课的学习还算可以，就是对学校经常性的劳动实践不感兴趣，还时不时在下面说些风凉话。“要是在学校干这些农活的话，还不如在队里挣工分呢。”有一次，学校组织学生去附近的一个村里劳动，劳动任务是在玉米地里拔草。老师安排我们每个学生顺着两行玉米往前拔，拔到地头后再顺着另外两行折返回来，并安排我们两人一组到村庄家户吃饭。

初夏的玉米已经高过人头了。海带叶宽的绿叶向两边伸张着。玉米叶子相互交叉，完全覆盖了裸露的土地。我们钻进地里，不一会儿，已经汗流浃背。玉米叶子锯齿般在我们的脸上、脖颈及臂弯来回地剐蹭，许多处都留下了一道道痒痛的红肿。别说再折返着拔回去了，在那长长的玉米地，单程过去，许多人就腰酸背痛受不了。午饭时分，老师在地头吹着哨子，叫同学们吃饭，却怎么也不见我们几个出来。老师赶忙吩咐同学们去地里寻找，原来我们几个根本不在地里，我们早就溜了。

第二天课间操时，老师把昨天我们几个在地里溜了的学生，拉出来站成一排，一个接着一个地训斥。

老师问是谁的主意，由于平时刘红学总爱说些不爱干活的话，老师把目光盯向他。外村里的几个学生也说是刘红学的主意，这下可把刘红学放到难堪境地了。生气的老师操起一根笤帚把就要打红学的屁股。刘学红吓坏了。

就在这时，我承认了："老师，别打他，是我的主意。我本来想的是这村子离家里近些，回去一趟，赶紧返回呢，可是……"话没说完，老师就抡起要打刘学红的笤帚把子朝我打来，我纵身一跳，躲过了笤帚把子。

接着，老师追打了我几次，也没能打上，反而惹得围观同学们哄笑。好在已经是初二年级的最后一个学期，我就这样提前离开了学校，步入社会。

这年秋天，刚刚初中毕业的刘红学就要参军走了。这对我们几个发小来说，可是件大事。他的哥哥刘红兵从晋东南某个小县赶了回来。两年不见一副结结实实的身板。那因打铁而粗壮厚实的手掌，拍在我身上，有石头似的沉重感。张五工一改过去淘气的鬼样。瘦高瘦高的，文静清澈。王星农从城里拉货回来了，这家伙不知从哪里弄来一瓶青梅酒。大家嚷嚷着，要把它喝掉。

刘红学家西边的一个土窑洞里，炉火正旺。我们几个坐在土炕上。由王星农亲自摆弄的几个菜，整齐地摆放在炕中间一张报纸上面。辣椒土豆丝、清炖白萝卜条、碎葱搅泥渣豆腐，还有一个水果罐头，太丰盛了。这是我们第一次吃这么好的饭菜。

刘红兵左手拿过那个绿色玻璃瓶装的青梅酒，上下摇了摇，右手轻轻一拧，一股浓郁的酒香，在这个小小的土窑洞里弥漫开来。

我们都是第一次喝酒，没有一个知道这酒的味道。当这辣辣的甜甜的液体进入我的嘴，再由嘴舌滑进喉咙，喉咙里即刻着火一般。一股热流流向胃里，继而传遍全身；另一股雾气般的模糊、眩晕、兴奋通过鼻腔，飘过眼睛，进入大脑。大脑即刻发布指令，重感情，讲情义，不计其他。

我们几个都浑身发热，异常振奋。平时不爱说话的，开始抢着说，平时爱说话的，泪流满面。大家都说，红学去部队后，好好干吧，争取有个大发展，照顾好身体。大家就靠你了。

这是我平生第一次接触酒，这种让人飘飘然的神秘之物，使我有一种忘乎所以的超然之感。但酒醒之后，已知的已知，未知的还是未知，我还是得面对生活的日常。

金雪莲没有参加欢送刘红学的活动。她托人送来一个硬皮壳的小笔记本，上面写着“好好学习，祝你好运”。就这个飘着清香的小本子，让刘红学好激动，让我们几个好生嫉妒。

二

送走刘学红的第二天，我的脑袋还有些晕晕忽忽。

昨天的酒劲儿，尽管过去了，身上还是觉得软绵绵的。阳光透过窗户照进屋子里来，给墙壁上投射了几片四边形的图案。我背靠一摞折叠整齐的被褥，认真地看着一本《军号嘹亮》的小书。这是张五工送给我的书。两年初中，我俩不在一个学校上学，我感觉到，我们之间拉开的距离太大了。

张五工说，山上与山下的学校教育差别很大。他刚去陈村学校读书时，老师为了了解他的学习状况，专门让他做了一份试卷。试卷上有数学题，也有语文题。数学题就是列方程与分解因式，他答得还算可以。语文题目是，让翻译课文《狼》里面的一段话，即“一屠晚归，担中肉尽，止有剩骨。途中两狼，缀行甚远。屠惧，投以骨。”他说，别说把这几句话翻译成现代文了。连题目也看不懂。什么“翻译”“文言文”“现代文”等，以前听也没有听说过。

张五工劝我说：“不管我们是否还在上学。我们都要多读书。不读书以后怕是不行了。”

我觉得，张五工出村两年，就是不一样了。他还给我讲过，在一位同学家里，墙壁上挂着“厚德载物”四个字。同学的父亲问他是否知道这几个字的意思。他摇着头。同学的父亲就给他讲，人的德就好比车子的轮子，而物就是车上要承载的东西。你有多大的轮子就能承载多重的东西。相反，多重的东西也必须有多大的轮子来承载。这“德”与“物”要保持动态的平衡。我不知道他讲的这些道理是否正确，我对他能说出这些新奇的词语或道理，非常敬佩。

我问他：“那我该读什么书呢？”

“什么都可以，有什么书就读什么书吧。实在没有，就把我们过去学过的课本再读一遍吧。”五工告诉我。

当天晚上，张五工就把他阅读过的《军歌嘹亮》这本书拿来了。这是我第一次接触到课本以外的读物了。我非常珍惜。这本书，书脊有些磨损了，封皮的两角处微微卷曲；封面上一位红色的战士，头戴军帽，手举军号，站在一个山头上，向着升起太阳的东方，吹着军号。我仿佛也能听见他嘹亮的号声。

此刻，我正坐在窗户下，被书中的故事情节所吸引，完全置身于其中了。

忽然，外面不断传来叽叽喳喳的嘈杂声。

起先，我还以为是谁家在吵架呢，也没有理会。这个年头，吵架打架司空见惯、见怪不怪。有时是因为队长分配的活重，登记的工分少；有时是队长嫌村民们干活不卖力，或者有私藏粮食的嫌疑；有时是村民之间，因为一些鸡毛蒜皮的小事，女人之间拌嘴呢，等等。每当看到这些情况，我就觉得很无聊。偶尔，还真的想冲上去，不分青红皂白把两边的人，揍一顿了事。不过只是想一想而已，从来没有如此鲁莽行事过。

“快，学军，还看啥书呢，星农把车弄翻了。”送走红学后，还没有走的刘红兵，一把拉着我就跑出了门外。

出门没走几步，就碰见红兵他爸，左手挽着王星农的胳膊，右手搭在他的肩膀上，几乎是半抱着的状态，把王星农送回了家。

“星农，你没事吧。”我俩几乎同时问他。

星农哭个不停。两颊上的划伤，还在细微地渗血呢。

“哭啥呢，人没事就行。”刘红兵他爸劝说着王星农。

村里的许多人都是这样，田头吵，田尾好。今天发生争执了，明天又和好如初，配合着干活儿呢。看见现在刘红兵父亲对星农关心的样子，我还为几年前，星农摔倒他的事，而羞愧呢。

不多一会儿，村里几乎所有的壮劳力就集聚起来了。大家伙儿急急地跑向村北的山坡下，去抬那辆倾翻的骡车与那头温顺的青骡子了。

骡车的辕杆摔断了。一只轮子滚到了沟底；车体卡在两棵碗口粗的黄栌木之间。车上的干草散落在山坡上。青骡子还被死死地束缚在车上。一些灌木、荆条，还有那一根粗套绳紧紧缠绕着它。尽管那骡子的头不断地扬起，还试图爬起来，但都是白费力气。

“先救骡子。”队长金娃，拿着一把明晃晃的镰刀，三下五除二就割断了所有的缰绳，青骡子还是站不起来。

最后，大家只好用绳索把骡子捆起来，用几根木棍，把它抬上了山坡。

大伙儿把青骡子放在柔软的秸秆堆上，骡子挣扎着抬头，望了望它曾经走过的山坡沟壑。两眼流泪。一会儿，就侧身躺下，四肢无力地伸向虚空。

它的头枕在了松软的土地上。

事情的缘由在人们的叙述中越来越完整了。昨天，喜来老伯驾车送走了刘红学以后，返回时有些晚了。可能是季节转换的缘故吧，他着了风寒。早晨，王星农架好车后，去唤他，见喜来老伯有些发烧，就劝他多睡一会儿。

他想，不过是从北坡地里往回拉干草，没有多少重量。

当人们把一捆又一捆的干草垒上车的时候，他看见，高高的干草垛子有些摇晃。于是，他爬上去，踩了又踩，还让人死死捆住。车子在地里慢慢行驶，尽管干草垛子有些摇晃，但并不妨碍。走出了地头，车子就要过一条窄路。路的右侧是一个土丘，左边则是一道深不见底的灌木丛山坡。由于延出车架外的干草捆，触碰到路右边的土墙上，车上的草垛子迅速地向外倾倒，进而带动整个车子倒向了山坡。

尽管青螺子死命地想把车拉住，王星农也紧紧拽住缰绳不放。但再大的力气，也拉不住下坠的车辆。随着树枝折断，骡子惨叫的嘈杂声响起，一股黄尘也从山坡下升了起来。

王星农吓得几乎叫不出声音了。闻声赶过来的人，先安排刘红学父亲，把星农送回家。同时组织强壮劳力，抢救车骡。

王星农睡在家里几天不出门。

他说，一闭上眼睛，就是那车翻骡子叫的场景。他的母亲跑进跑出，总想打听出队里如何处理这件事情；而他父亲则一声不吭，不断地抽着旱烟。

第六章

一

金雪莲就是听说了这件事后，从山下的亲戚家赶回村里的。

“大妈。”雪莲一进星农家，就亲切地唤着星农妈妈。

“雪莲呀，你可回来啦。你看看，这孩子，好几天不出门了。你可好好劝劝他。”星农妈啰啰嗦嗦地说着。

星农妈出去了。星农一声不吭，看见雪莲嘴唇翕动，她眼眶里似有泪水。

“怎么？还在学习呀？”雪莲走过去，顺手拽走了星农手里捏着的那几张纸。上面全是素描的家里的静物。

这家伙，在百无聊赖的时候，就知道画一些乱七八糟的东西。当年上小学的时候，不专心听课，画老师讲课的模样，差点让老师把写字的石板给摔了。如今，弄下了这么大的乱子，不出门，又在家里画起画来啦。

看见雪莲来看他，星农的泪珠也在眼眶里打转转，但是并没有哭出来。多年来，他在雪莲心里，一直是坚强，忍耐与宽厚的形象。对雪莲的热情，或者，说不上来的什么情感，他始终表示出敏感与封闭。当然，懂事的雪莲不论是在语言或行动方面总是依着他呢。

今天的雪莲不知从哪里借来的勇气，向星农投去了灼热的目光。她说："星农哥，别想那么多了，好吗？走，陪我出去走一走吧，或者咱们去学军他们家去看看。"说着，迅速地拉住他的胳膊，就要往外走。

在这么一个小村庄，在人们对他能够学驾车，颇有微词的时候；在他刚刚闹出这么大乱子的情况下，雪莲不合时宜地邀他出去"走一走"。这怎么能行呀？

王星农摇着头，拒绝了。而雪莲却铁了心似的非要让他出去不可。她用力地抓着他的胳臂与手，好像要把他从凳子上拉起来。忽然，她又一点劲儿也没了，兔子撞人般地把那乳房贴近了他的两颊。少女青春的气息冲进他的鼻腔，星农感觉头脑有些眩晕了。

王星农从来没有与金雪莲这么近距离接触过，一股不知何处涌来的热浪迅疾传遍了他的全身。他的双手有点抖，他因平生头一次这样的感受而惊诧。

他赶紧说："走走，出去走一走，到学军家去，到学军家去。"

这样，才把雪莲推开，两人一块走出了家门。

刚刚出门没多远，就遇上了怒气冲冲的大哥铁娃。

"死东西，还有心情出去逛。你给我死去吧。"大哥也没有与金雪莲打招呼，而是劈头盖脸骂起了星农。

这让星农大惑不解。大哥平时老实巴交的，那天听说他弄翻了车，还劝他呢。今天，怎么突然对他这样？难道嫌他在这大白天的和一个大姑娘家一起走路吗？可她是金雪莲呀，经常来来往往的，从来没有说过啥呀？

“你干吗骂我呢？”星农疑惑不解地问他大哥。

“我骂你，我还要打你呢。”说着，抡起巴掌就朝星农打来。

金雪莲赶紧站在星农的前面，用她那修长的双手挡住了他大哥的巴掌。

“别管他，让我打死这不成器的东西。让他害得把你爸的队长也给撸了。”大哥铁娃一口气说了这么多。

星农一下子就明白是怎么回事了。

“真的吗？”雪莲抬高了嗓门，质疑地问。

没等他回答，金雪莲就甩下这哥俩，低头跑回家去了。

“爸！你……”

雪莲一进门，就大喊了一声。把正在柜子里翻腾衣服的队长金娃，吓了一跳。

“怎么了？妞。”金娃平静地问。

“听说，把你的队长给撤了？”雪莲着急地问。

“哦，我以为咋啦。”雪莲爸爸笑着给女儿说。

接着又说：“还要告诉你个好消息呢。你已经初中毕业了，别总在外面闲逛了。支书今天说了，给你争取了一个代教名额。如果咱们村不行，就去石头寨吧。星农的事是够大的，青骡子死了，车也摔坏了，是我推荐了星农去赶车的，我应该承担责任。”

停了一下，接着说：“县里要在汾河木桥附近再修一座石桥，每个大队都要抽调人马。支书让我带几个人去，明天就走。来，帮我整理一下要带的东西。”

她爸的说法其实也算证实了铁娃的说法。金雪莲愣在那里，不知如何是好。她觉得多年来，村里村外的人都以她爸是队长，而对她另眼相看。而今，为了星农的事，把队长给撤了。可星农又是她多年来，埋在心中的最大秘密。小时候，总是想着让星农帮她，而现在总是想应该为星农做点什么。尽管星农总是拒绝着她，像一扇铁门总想把她挡在他的生活之外。她觉得，这日子，怎么突然变得如此左右为难呀。

“别愣着了，快拾掇一下吧。你这一两天就得去学校。”金娃催促着女儿。

王星农把车弄翻以后，确实在队里引起不小的风波。车子摔坏了可以维修，把青骡子摔死了，这个损失是无法弥补的。大队开了几次会讨论处理此事的办法。有人提议，要从星农家每年的工分中扣除一部分；也有人说，也应该扣除喜来的工分，一年不行两年，三年，直至把损失全部收回。大队支部书记并不同意这种说法。他说，王新生家本来就人口多，工分少。这样做，不是把这家人往死路上逼吗？再说喜来吧，年龄也大了，村里也没有一个更合适接替他的人，不仅仅是说赶车的技术，而是他对牲口的爱惜。现在，青骡子摔死这件事，已经快要了他的命，再处罚他，哪里还能说过去呢？

最后，大队支书表态，这件事情上，我们队里的干部也是有责任的。

生产队长金娃在翻车事故发生后，早就有了思想准备。他知道，原来就是他力排众议，让一个还没有成年的娃娃去学驾车的。他当时觉得，王星农已经不上学了，每天闲在家里无事可做，学着驾车也没什么。一方面喜来年龄大些了，需要培养一个驾车的接班人，也确实需要个助手；另一方面，王星农这孩子，他看着长大的，是个踏实的人，也喜欢牲口，应该培养成一个年轻的驾车手。队里总不能让喜来一直干下去吧。谁能想到出了这事呢？

既然这样了，他是准备着承当全部责任的。

“我看这事还是我来承当所有责任吧。不要处罚他们了。”

谁也没有想到，在会上，金娃表了这么一个态。大家把探询的目光投向了支书老李。老支书看了看金娃，接着，闭着眼睛，用手指在桌面上轻轻地敲了几下，严肃而又认真地说：

“金娃敢于承担责任的态度是值得肯定的。”

接着又说：“最近，县里要修一座横跨汾河的石桥。这可是全县的一件大事，我看就让金娃带上咱们大队的五位队员，去干这件事吧。队里的事不要他再操心了，专心干这件事就可以了。”

这样，就等于解除了金娃队长的职务。这件翻车的事故，也就这样处理了。

在回家的路上，老支书叫住了金娃。金娃以为老支书还要安慰他一番呢，便抢先说：“没关系的。这事我确实有责任，也是心甘情愿地承担责任。”

“我不是要给你说这事。我是说咱那女娃初中毕业了，还没事可做，先让她去教学吧。”老支书说。

这可是件大好事呀。金娃这一段时间以来，一直考虑着金雪莲的事。眼看明年开春，就应该作为全劳力了。下地干活吧，看这女娃软胳膊软腿的，就不是下农田做活的料，他也有点不舍得。不下吧，那又该让她干啥呢？

今天，大队支书给他这么一说，他高兴得不知该怎么表达。只是一个劲儿的表态。说：“我明天就去县里修桥工地。我明天就去。”

二

金雪莲是在她父亲去县里修桥工地一周后，接到去学校报到通知的。本来她想留在我们村里教书，一来生活方便些，吃住都可以在家里，再者，村里人熟悉，也愿意教村里的娃娃们。她这一次回村后，有点格外依恋这个村子了。但没有办法，不知是教育局还是上面的什么人决定，给我们村派来了一位山下村里的老师，而雪莲被安排到石头寨了。

去往石头寨的路说起来也没有多远，就是翻山越岭的。一般人出行都是靠两条腿来回移动。而雪莲这一次去却要在那里生活，多少是要带些被褥与日常物品的。

雪莲想，要是她父亲在家的话，是会给她想办法的。但是父亲去了工地，总不能让她母亲帮她背去吧。她自然地想起了队里那辆骡子车。哎！如果队里那辆骡子车还好的话，也可以让喜来伯去送她，可是……她不愿意再想这件事了。

想来想去，还是想着让星农去送她。不知咋的，她越来越觉得，去星农家不像以前那样自在了，星农对她好像也有什么她说不清楚的看法似的。

这次，雪莲没有直接去找星农，而是找到了我。

她说："学军，我要去石头寨教书去了，带的东西有些多。你能叫上星农送一下我吗？"

我知道，雪莲是想让星农送她呢，但又碍于别人的闲言碎语，把我给拉上了。拉上就拉上吧，谁叫我们是好朋友呢？

心想，改天我要想见个什么女同学，也得把她拉上呢。

第七章

一

刚刚过了正月初六，生产队里已经开始安排春天的农活了。通知说，会议在队部里召开。

我们村的队部就在村子最北边马号的隔壁。由于过年期间队部里根本就没人来过，更不要说有人生过火了。屋子里寒森森的。早到的几个人，实在坐不住，就到马号里取暖。后来，来的人越来越多，大家都聚集在喜来老伯那盘温暖的土炕上，不愿走了。因此，会议的地点就临时改在马号里，在喜来老伯这间暖暖的窑洞里进行了。

年前，治保主任李钢生刚刚接替了金娃的生产队长职务，还正保持着一股踌躇满志的劲儿呢。他怕我不去参加会议，路过我家门口时，还特意给我父亲说了一句：“你身体不好，如果不去开会的话，你家学军可一定要去的。他今年十七岁了，按理也是大半个劳力了。”

我没听见父亲是怎么答应的。反正我觉得，他这明明是在通知我呢。我心里想，有本事把刘红兵也叫回来，光叫我算什么本事呢？

大家都知道，张五工还要继续上高中呢，而刘红兵出去学徒也已经两年多了，也没有回村。如果不经队里同意，该回村劳动的时候，不回来，应该算是“流窜”了。可是他确实没有回来。以前过年的时候，还回村里小住几天，而今年，连过年也没有回来。

刘红兵父亲说，他也不知道刘红兵在什么地方。没有办法联系上他。明眼人都知道，他是故意不让儿子回来参加集体劳动。

想虽这么想，开会的事，我还是乐意参加的。况且我早已经做好了回村参加集体劳动的准备。我知道，除此之外，我也没有什么好选择的路可走。不过，我还是一直坚持着练武术的习惯，现在，又多了一项看闲书的爱好。

没多会儿，星农也来叫我。我把借来的一本《水浒传》揣在衣服里，就随他而去了。

马号里已经挤满了人。年龄大一些的人盘腿坐在炕上。还有几个人后倾着身子，把背靠在喜来老伯卷起的，有些脏污的羊皮褥子上；更多的人，则是站在那长方形砖块铺就的地板上；有人拿着火杵，捅着已经很旺的炉火，也有人嘴里吧嗒着旱烟锅子。大伙嘻嘻哈哈地聊着闲话。

隔着一道小小的过门，就是队里骡马圈儿了。里面喂着七八头牲口。过门处，那两扇核桃木木门，平时紧闭着，只有晚上要给牲口上夜草时才打开。尽管喜来老伯还在木门外挂了一条厚厚的百纳布门帘，那刺鼻的马粪味，还是满屋子飘着。

喜来老伯说，他并没有闻到什么气味。只是夜深人静的时候，能听到牲口“嗑喷，嗑喷”吃草料的声音与铃铛触碰石槽的声响。

他说，时间久了，这些声音还能使他心安呢。如果一觉醒来听不到声音了，反而觉得不安。他还会起身，看牲口是否有什么状况呢。

屋子里吵吵声，实在闹得很。况且那刺鼻的味道，真的还一时难以适应。我拉着星农坐在进屋的门槛上。

新上任的生产队长李钢生穿着一件染成黑色的粗布上衣，紧挨脖颈处的两颗扣疙瘩解开了，露出一点儿枣红的肚兜。他圆圆的脑袋上长出了一层短发，那棱角分明的脸上，带着一丝微笑。不过，大家私下里议论，与队长金娃相比，他有些不好沟通。

可以听出来，今天会议的主要内容是，要抽调几个人去赵哇岭植树呢。

赵哇岭在洪洞与蒲县交界之地。相传一户赵姓人家曾在此居住多代，也曾开辟了大片的土地。光绪三年，华北一带遇上了千年不遇的大旱灾，灾民四处逃难，饿殍遍野。按理说，此地的赵家尽管广种薄收，但维护一家人的生计，还是没有什么问题的。事情就坏在，赵老爷子看见蒲县太林一家财主靠种植鸦片发了大财。便把自己家糊口的粮田也种上了鸦片。两年后，地里的鸦片确实换来了不少白花花的银两，但屋里存贮的粮食则所剩无几了。

谁知遇上天灾，粮食奇缺，盗匪猖獗，财富反而成了最大的祸害。

这年深秋的一个傍晚，一伙不明身份的盗匪，袭击了赵哇岭。不仅抢劫了赵家所有银两与粮食，还杀了赵家所有的壮年劳力。剩下的老人孩子，也被活活饿死。这样，就留下了赵哇岭光秃秃的一片坡地。

这些土地的背阴处，早已长满了灌木丛，但一些向阳山坡上，仍然是一片荒芜。

许多年来，每逢夏季，人们常常在此放牧，一方面是这里的草坡广阔，适合放牧。再者，远离村庄，也避免了羊群祸害庄稼。这里原来留下的大大小小的土窑洞，就成了牧羊人夏季临时的寄身之所。也可能是冬季野狼或者其他动物藏身的地方了。

会议开始，队长李钢生操着很高的嗓门讲：

“根据上面的要求，今年我们第一个任务，就是抽两三个人，去赵哇岭植树。这是上级领导交办的事，各个村都非常重视，必须完成。希望大家积极报名……”

后面的话我再也没认真听。

我正在聚精会神地看《水浒传》里的“智取生辰纲”呢。

尽管王星农也时不时低头凑过来看看，但他毕竟没有上过初中，许多字不认识。他觉得书里面的故事，并没有什么意义，还偶尔提醒我，要认真听队长讲话呢。而我却被书里的故事深深地吸引着，并没有理会他的提醒。

会上，大家吵闹了大半天，就是没有人报名。有人说，大过年的就去那鬼地方，不冻死才怪呢；也有人说，那地方方圆几十里无人居住，去了怎么生活呀？听说有野狼，还有豹子出没呢。大伙儿你一言我一句，乱糟糟的声音，吵个没完。

队长李钢生很是生气，他制止了一次又一次，还是解决不了问题。

“学军，你看啥书呢，这是你看书的地方呀？”突然，李钢生把气撒在我身上了。

“我报名。”我头也没抬，大声地喊。

会场一下子安静了许多。

“你说话可要算数呀，要不，回去给你妈商量一下，可别说我欺负你。”李钢生逼着我说。

“不用商量，我可以做主。又不是上战场，上战场我也去。走，星农你给我一块去。”

可能是受书本里的英雄气概所鼓舞，我一股勇气十足的样子。放下书，我站起身来，对着队长李钢生明白无误地告诉他。

“真的？”李钢生有些质疑的神情，也似乎在我们这两个毛头小子面前，有些怯阵的样子。

“那还有假？就是一个条件，我两家都粮食不够，没法拿干粮。按照你刚才许诺的，给我们把粮食称了。我们马上就走。”

王星农也站了起来，表示同意我的说法。

全队的人都对我俩的决定表示出惊讶。年龄大些的人甚至摇头、叹息，表示不解。

队长李钢生随即安排队里的会计与保管员，给我们每人称了四十五斤玉米。我与王星农背着玉米就往家走。

这样，我与王星农就踏上了去往赵哇岭植树造林的路。

二

虽说春天已经来临了，但山上的天气，还有一股逼人的寒气。

去往赵哇岭的路上，枯黄的野草匍匐在地上，没有一点泛绿的痕迹；落光叶子的灌木，还是一片黑灰的颜色；树根处，没有融化的积雪白白的，上面残留着辨别不清的蹄印；半山腰一簇类似白桦林的树木，挺直着身子，好像威严的士兵，镇守在冬日的山冈上。

背着干粮与简单的行李，我与王星农走在崎岖的山路上，偶尔一两只雀鸟，惊叫一声，又箭一样飞过。

“后悔吗？”我问星农。

“死也不怕。自从经历那次翻车，我把许多事情都想开了。我什么苦也可以去吃，什么困难也能面对。”王星农气喘吁吁地对我说。

不管处于人生的何种阶段，都得有几个能同甘共苦的好兄弟。有这些兄弟们的陪伴、鼓励与支持，即是处于至暗时刻，你也不会消沉下去，而且会迅速积聚起奋起的力量。

就说这次来赵哇岭来植树造林，我贸然做出决定，接受任务，或许是一种年少的冲动。如果没有好兄弟王星农积极响应的话，我真不知道，自己是否真敢一个人来这个地方。

来到赵哇岭后，情况比我们想象得要糟。各村来植树的都是一些年龄非常大的人。或许当时他们并不算年高，但在我们两个十七八岁孩子的眼中，一个个头上裹着毛巾，脸上布满沟壑似的皱纹，穿着厚厚的中式棉裤棉袄，那笨拙的身子与不善言辞的表情，就给人以苍老或陌生的感觉。

我与星农找了孔向阳的土窑洞，把里面一些乱石碎瓦扔了出去。我俩又走了很远，每人抱回一捆狗尾草，铺在地上，再在上面铺上被褥。

这就算安顿下来了。

刚躺下，土窑洞里还能闻到一股灰尘与野兽粪便的味道，过了没多久，也就适应了。正如常年睡在马号里的喜来老伯所说，再也闻不到骡马的味道了。

我们与外村几位老人生活在一起。每天在一个盘有炉子的土窑洞里，用铁锅熘着从家里带来的干粮吃。同时，也可以听听这些老人给我们讲一些过去的事情。

让我好奇的是，这里常年并没有人住，为什么有些土窑洞里还垒着简陋的土炉子？经过简单地收拾以后，我们现在仍然可以使用。一位老人哈哈地笑着对我说，不知道吧，这些是“避贼窝”。

什么是“避贼窝”呢？他说的话让我更加糊涂了。老人说，你们两个年轻人尽管觉得现在很苦，是因为你们没有经过那个兵荒马乱的时候。那时候生活在这里的人，随时都可能受到兵、匪的侵扰。蟊贼、土匪、兵痞，有时候你搞不清楚是什么人，突然就会逼着你做这干那。拿走粮食衣物是小事，一不小心连一家老小的脑袋也拿走啦。因此，老百姓就想了个法子。觉得风声不对，就跑进山里，钻进这些小土窑洞里。在窑洞外面遮盖上一些树木柴草，一般人是看不出来的。等到兵匪走了才敢回家去。在那个年代这里时常有人居住的。

哦，原来是这样！

接下来的日子里，这几位老人给我们一一指认，那些土窑洞是“避贼窝”，而那些则是夏季临时圈羊，以及一些烧过木炭的窑子。经他们这么一说，原来我与王星农住的那间土窑洞，过去曾是一个羊圈。

接下来的时日里，还是很愉快的。他们每次干完活回来的路上，就顺便捡拾一些干透的柴火。他们用这些柴木架起炉火，很快就把我们带来的干粮熘热了。而我与王星农负责从坡下的一眼清泉中挑水。

山上的人都有个习惯，就是喜欢大清早起来挑水。认为早晨的水最好，最干净。每天早晨，当薄雾幕纱般缠绕在山腰的时候，我与星农就挑着水桶，踩着松软的草地，去坡下挑水了。尽管我们每天都要把那泉水上面的漂浮物清理一次，但每天早晨打水时，上面又漂浮着一层草叶、柴棍及尘土。

有一次，我们竟然在泉水的附近，看见一些模糊的无法辨认的爪印。

我们把爪印的事告诉几位老人，他们笑着说，没事的。现在这里没有豹子啦，可能是周围村庄的野狗寻着人的足迹来偷吃东西来啦。你们要注意，别把干粮让狗叼走了。

这几天，山上遇上倒春寒，几位老人实在受不了，都先后离开了这里。而我与星农是不能离开的。如果就这样回到村里，那以后还怎么抬头见人呢？所以，我俩相互鼓励，一定要坚持到底。

下决心是容易的，但一个个现实的困难是必须面对的。老人们离开后，我们必须亲自捡拾柴火，架火做饭。后来，我俩进行了分工，隔一天一个人去坡下挑水，每一周一个人回村里取干粮。

就这样，我们一日又一日地坚持着。

按照我们来时队里的说法，此次给林场植树，带有搞副业性质的。挣一元钱的话，我们可以从中抽取两毛。这样，种一亩地，林场就给队里两元五角钱，我们就可以抽取五毛钱呢。这是我第一次感受到挣钱的滋味。苦涩而又有希望与快乐。感受到每一分钱，都是要用汗水交换的。

一天清晨，当我们刚刚起床准备挑水时，一个人喘着气撞进我们的土窑。尽管这里偶尔也会有人来看看，但大清早就有人来，还是第一次。我们俩本来就有些紧张，看到那家伙惊慌失措的样子，更让人心里犯嘀咕。好一会儿，从他那不太连贯的外县口音中得知，他是一个早起赶路的人，正好路过这里。就在刚才，他看见一头豹子沿着我们平时挑水的方向下去了。

哎呀！经他这么一说，反而把我俩吓了一跳。本来王星农还计划去挑水呢，也不敢去了。从此以后，我们把挑水的时间，改在了下午，干完活以后。

前面说过，那几位老人离开以后，我与王星农轮换着回家背干粮。一般情况是，中午往家里走，回到家后让家里人晚上准备一下，第二天早晨拿上，再赶往赵哇岭。如果早点走的话，一般早晨七点多即可到达。那时我们都没有可看时间的钟表，关于时间的迟早，主要看太阳的升落高低。

这一次，又该王星农回去拿干粮了。午饭后，我看见还剩下一个窝窝头时，还特意提醒过他呢。

“你回去给咱拿干粮吧。”午饭后，我拿上镢头走的时候，给王星农说。

“嗯，嗯，行。我回去拿吧。”我听见他答应的时候，有些哼哼唧唧的样子，并没说什么。我就安心地去地里了。

当西坠的太阳再也支撑不住，迅速滚落到西山背后的时候，我拖着疲惫的身子，向那个土窑洞的家走去。

这一段时间以来，只有这个地方，才让我有温暖、安全，或者说惬意的感觉。我们会在劳作之余，谈一谈我们村里那些鸡毛蒜皮的事情，也可以发泄一下对队里干部的不满情绪，更主要的是，我们可以谈谈我们的理想。有一天我问他，如果我们在这里挣了钱，你最想买什么东西？星农不假思索地回答，我想买些画笔与画纸。他说，他喜欢画画。如果有可能的话，他以后想当一名油漆工。他说，每当看到别人家油漆柜子上的那些图案，他都感到非常喜欢。他说，如果有可能，要给村里每家每户的柜子上用油漆画一幅画儿，给每一个孩子睡觉的地方画一只上山虎。当然他也问过我，准备买个什么东西？我说，我一直想要一本《新华字典》，这样，我就可以认识许多字了。不上学了，我也能读懂所有的书。人的欲望或者说快乐的满足是阶段性的，在那个时候，能实现这样一点念想，对我们来说，已经很满足的了。

当我翻过那道黑灰的土坡，快要到家的时候，突然看见，那孔窑洞的柴门并没有完全闭住。怎么回事呢？是有人来了，还是？

我加快步伐，推门入屋，才看见是王星农根本没有走，而且还在那一堆破烂的被褥中躺着呢。

“怎么？你没有回去吗？”我不解地问。

“嗯，我，我觉得一个人不愿意回去。”王星农吞吞吐吐地说。

“难道豹子就在路上等着吃你吗？”由于饥饿与劳累，突然，我不知从哪里来了火气。

“你不回去，我回去。你等着。”说完，我摸过门边的一根木棍，摔了门，就走了。

天已经黑了下来。山坡上一根根干枯的树枝，像一个个老人僵硬的四肢；风从树林里不断蹿出，发出怪兽似的声响；路边的野草在风中相互摩擦的声音，好像有动物穿行其间。这时，我的脑子里，还不时浮现出那个外县人口中描述的豹子的影子。

进入沟底后，四周漆黑一片。我的两只脚在磕磕碰碰的碎石与树枝间，探寻着路的痕迹；为了壮胆，我只好不断地挥舞着那根木棍。那木棍撞击周围石头的声音，仿佛黑夜里一道道亮光，刺破夜色，射向无边。附近的野鸟拍打着翅膀惊恐地逃去；草丛里的小动物箭一样射出。突然，我有一种黑夜中驱赶万物的快感。刚才那种恐惧感逐渐消失，立着的头发，发凉的脊背逐渐恢复了正常。

当我浑身冒汗回到家里后，自然受到父母的责怪。他们说，难道不会两个人一起回来吗？说起来也是，冲动是魔鬼，这人呀，总是在情绪激动的时候，智商最低。如果能与王星农平静协商，或许不会一个人逞能回家的。好在一切顺利。

当我第二天早晨背着干粮去往赵哇岭的时候，我远远看见，王星农已经站在山梁上望着我呢。

我的好兄弟呀！

第八章

一

我俩围坐在赵哇岭土窑洞的炉火旁，我把昨晚路上的情形告诉了王星农。他说，他虽然没有回去，其实一个人在那窑洞里，也吓得整整一晚上没睡着。生怕那豹子真的来撞门。说起来也好笑，还不知有没有豹子，我俩就被一个过路人的话吓得每天提心吊胆的。后来，我们俩又恢复了一起去挑水，一同回家取干粮的做法。

在赵哇岭的山上，我俩干了三个多月。

天气暖和了，真正的春天也大踏步地走来啦。漫山遍野的山花次第开放。金黄的蒲公英，从坚硬的土地上升出与向日葵媲美的脸盘儿；黝黑的松柏林间，竟然冒出一两枝粉红的桃花；还有那一棵棵高大的杜梨树、山楂树、野樱桃等，把五颜六色的花瓣雪片似的撒向空中。仿佛在这人烟稀少的地方，正要举办一次花的盛宴。随着花的渐行渐远，绿的颜色像一块毛茸茸的地毯缓缓铺展开来。先是在地下的枯草间泛出隐隐的绿意，接着树的枝头由黑变黄，由黄变红，再由红变绿。没过几天，一树树鸟嘴似的绿叶就迅速地爬满树梢。空气中开始弥漫着青草与泥土的芬芳。

我俩每天都沐浴在春的气息里。

从苦难中过来的人，能吃饱饭就觉得幸福，从低处走出来的人，每迈一步都是希望。通过这一段的劳动锻炼，说实话，我们俩都喜欢上这地方了，反而有些不想回去。星农与我一边干活，一边无所拘束地谈天说地。说得最多的，当然还是我们那几个玩伴儿。比如，刘红学在部队不知干得怎么样，张五工会不会考上大学，刘红兵铁匠手艺是否真的学会了，金雪莲这妞儿也好久不见了，等等。

我问过星农："雪莲一直恋着你，你难道就不想她吗？"

星农，苦涩地笑着说："你看看，这样子，能想吗？"

是呀，贫穷不仅限制人的想象，而且也压制着人的爱欲。就连爱情的火花，也会在贫穷的窒息中熄灭。

在与王星农相处的这一段时间里，我对他有了，更为深刻的认识。尽管他没有上过几天学，但他是一个具有庄稼人特有的朴素内涵的人。凡事虽不多说，却善于思考，注重实际，而且勤勉、克制，有忍耐心。相对于我，却是个急性子人，不考虑那么多。如果要是金雪莲对我有一点意思的话，我才不考虑那么多呢。这人呀，真是的，相同的环境造就出不同的人，相同的肉体夹裹不同的内心，真让人没法说清。

掐指算一算，我们在这里植树，按照队里原来给我们的承诺，我们每人应该能挣到一百多元钱了。这可是一笔不小的收入呀。有的人还有些眼红呢。更多的村里人则说，天寒地冻的，我俩在这里受苦了。但是我却认为，苦这个东西呀，看你怎么看它，你觉得它苦，它就苦不堪言，相反你不觉得它是苦，它就不是苦。特别是当这种苦过去了以后，更觉得算不了什么。反而，觉得是一段难得的历练。所以，从这时起，我就有了一种认识，只要路是正确的，就要坚持下去。相信，生活一定会迎来曙光。

就在我俩还想继续干下去的时候，队长李钢生却硬生生地要我们回去。

他死磨硬拽地对我们说："县里要修个化肥厂，需要砖。你们两个去砖厂吧。学军你上过初中，有文化，可以当个会计，顺便管理那些成分不好的人。星农可以趁这个机会学一学烧窑的技术，以后或许大有用处的。"

我知道，队长的这些话，对星农是没什么吸引力的，因为他压根儿不想做一个烧窑的师傅。他朝思暮想着做一个能在柜子上画出各种图画的油漆工呢。而我，却非常想掌握烧窑的技术。我梦想着自己能亲手烧出一摞摞蓝格莹莹的砖来。那样的话，我们这山沟沟里的人再也不用为烧砖发愁了，再也不用为了烧一窑砖，而翻山越岭去请那个李姓的河南师傅了。

砖瓦窑建在山下一个叫铁子园的土崖边。我们去的时候，十几个人已经把那个烧窑挖好了。他们在土崖附近，挖出一堆湿黄的土。土堆旁，是一个让人看后头晕目眩的深坑。它像一个倒扣的巨大罐子形状，下宽上窄。它的底部留有两个小窑洞似的弓形出口。据说，一个是烧窑的炉子，另一个是土坯或者砖瓦的搬运通道。

管理这个砖瓦窑的是一个陈姓的中年男子，不知道叫啥名字，人们都叫他老陈，也有人戏称他窑长。就一个称呼的事，还把我俩给难住了。叫老陈吧不合适，叫窑长呢更不合适，那就称呼个叔叔伯伯的吧。

可这一称呼，就把我俩辈分降了一辈。随后的日子里，全部在砖瓦厂干活的人都把我们当小的使唤。

在砖厂，别说队长答应我们的让我当会计，让王星农学烧窑之类的活，我俩沾不上边儿，而那些重复简单劳累的活全是我俩的事。比如，每天下班前刨土、洇泥。大伙儿都走了，我俩还在做这些准备工作。不仅如此，还受人捉弄。我本来是想学一学扣坯的技术，一个叫黑狗的瘦高个儿，一点儿也不让我摸那个扣坯的方形泥斗子，还挖苦我说：“你就是个刨土挑水洇泥的，还想扣坯，想当皇上呀！照照你那样儿。”

他这话确实激怒了我。本来一段时间来，我就觉得憋屈。住的地方阴冷潮湿，干的活单调乏味，测算一下还不如我们在赵哇岭植树的收入多呢。更让我愤怒的是，听说队长李钢生让我俩回来后，把他两个本家派到赵哇岭植树去了。我们把最困难的时期熬过去了，看见我们收入高，眼红了，趁机把我们俩替换了，让我们在此受罪。

不知情况是否真的这样，反正这一段时间我是这样认为的。所以，今天我把这一段以来所有受的怨气，一下子发泄在这个叫黑狗的瘦高个身上了。

黑狗骂完我，还摆出一副挑衅我的架势。

他三十多岁，根本不把我放在眼里。这人呀，轻视别人首先是失败的开始。没等黑狗反应过来，我将一个水桶扣在了他的头上，顺起一脚，就把他踢进一堆烂泥中。我操起一把铁锹还要打他时，王星农死死把我抱住，闻讯而来的人，也拉住了我。他们也不去拉一把黑狗那家伙，而是笑着看他在泥堆里打滚呢。

对坏人就得狠一些，就像一条恶狗，你不打它，它就会咬你。这是我在砖瓦厂干活时最初的感受。

二

黑狗在烂泥堆里折腾了一会儿后，终于自己爬了出来。哎呀，他从头到脚全被泥巴糊住了。他那手脚慌乱的样子，活像一个天上掉下来的怪物。

大伙儿围着他笑了一会儿，又把他扔进储水的池子中，让他在里面洗了个太阳浴。当然，我的火气也被他这滑稽样给泄没啦。在他快洗完的时候，我赶紧拿着铁锹在泥堆里，给他找到了鞋子。

“哈哈，学军，你小子可以啊！”他笑着对我说，我也笑着把鞋子扔给了他。这样，我们俩又随即和好了。

后来的日子，相对平稳了。我与黑狗也熟络起来了。他开始教我扣坯，还说，以后要教我学习如何烧窑呢。

扣坯是一个辛苦的活儿。一个长方形的木斗子上有三个或者两个砖的模子。扣坯时，先把筛好的炉灰撒在模子里，再把洇好的泥，摔入模子。刮平以后，两手端着泥斗子，走到平展的场地，轻轻扣下。等稍微晾干后，再把砖坯竖起来，还要进一步晾干，直到能够装炉为止。

我每天琢磨着泥的干湿硬软程度。因为，泥太软了砖坯不能成型，而太硬了土坯又不实在，有缺棱少角的情况。而王星农全然不顾这些，他只负责刨土、挑水及洇土。

尽管扣土坯的活是非常辛苦的。光背赤脚，一整天端着几十斤重的泥斗子走来走去，往返无数次。但任何辛苦的事，一旦熬过了难耐期，就习以为常了。后来，我从一天能扣一百来块砖，练习到一天能扣四五百块砖了。

任何事情都不可能如我们想象的那么顺利。如果照此一步一步下去的话，可能我真能成了一名烧砖师傅。事实上，并没有如此顺利地发展下去。

一天下午，我扣完坯后，已经十分累了。我胡乱洗了一下，就把衣服搭在肩膀上，去附近一个家户里闲聊去了。一般情况是，我们走后，王星农会把明天用的土大致刨够，再洇上水。这样，他的任务才算完了。

我在这户人家聊天的过程中，曾听见外面乱糟糟的，好像有许多人说话，并没有过多留意。等我回到砖厂工棚的时候，发现王星农并不在里面。要在平时，他会靠在那堆脏兮兮的被卷上，专心地画些什么呢。

更让人惊讶的是，平时吵吵嚷嚷的那几个工友，不见了踪影。一个人也没有？我起先感到有点奇怪，进而有了一种不祥的预感。再仔细一看，我们那个工棚少了一扇木门。

王星农出事了。

在我得到确切消息的时候，几个工友已经抬着他在赶往县城医院的路上。我赶紧跑回村里，通知他的家人，通知村里的队长。

后来，经在场的工友说，我们扣完坯离开工地后，王星农站在土崖上，一锹一锹地往下刨土。可能是他认为，这样刨太慢了。他走下土崖，想着在土崖的上下左右，挖一道陷进去的土槽，再用木棍，撬一下，这样省劲儿些。当他把下面的土槽挖开后，突然，头顶之上一片土层顺势落下。尽管他拼命后退，还是被落下的一片土块给埋住了。有一块硬土死死压住他的髋骨，他死命地哭喊，才使工友们发现了他。当人们把他从土堆里刨出来的时候，他的两条腿已经不能动了。

那时的山上没有更快捷的交通工具，最好的最迅捷的方式就是四个人抬着走。原先砖厂的几位工友，与村里闻讯而来的年轻人轮番抬着他，在次日天快亮的时候，才赶到了县城医院。

县城医院几位刚刚上班的医生围了过来，给他做了初步诊断。结果是，建议他去市医院治疗。整整抬着他走了一夜的人们已经很累了。有的人已经躺在医院门口的水泥地板上睡着了。怎么办呀?

最后，还是队长李钢生在县城借了一辆平板车，我们几个人又拉着他赶往市人民医院。

王星农受伤以后，我坚决离开了砖瓦厂。我不能忍受一个人住在这阴暗潮湿的工棚里，我更不能若无其事地再学习那本来也没有多少技术含量的烧砖活计了。说到底，还是不能忍受劳作之余没有王星农海阔天空聊天的生活。这样，我又回到了村里，开始与村里那些年龄大小各异的人们一起参加集体劳动。

我知道，王星农算是彻底残废了。他的后半生，也只能在轮椅上度过了。我知道他是很痛苦的。但是，我每次去看他的时候，他反而一副比过去还乐观的神态。只是他的母亲，看起来越来越不耐烦了。本来家里就苦，又有这么一个病人，以后的日子该如何过呀!

星农说，他母亲不在家的时候，他就学着画画。他母亲一回来，他就想办法把纸和笔藏起来。我看了看他画的一些过去的生活图景，还是挺感动的。

“为什么伯母不让你画画呢?”有一次我问星农。

“我也不知道。她一看见我画这些，就夺过来撕了。”星农告诉我。

大人的心思猜不透。

第九章

深秋的一个午后，我去给队里联系一位熟皮子（鞣制毛皮）的师傅，恰好路过了石头寨。

在石头寨的西北角，秋日的阳光照着两孔刷着白粉的窑洞。窑洞的窗户下漆着一条蓝色的横线；窗户上面的墙壁上，写着几个红色的大字“好好学习，天天向上”；平整的土院子里，立着两根粗细不一，且不太竖直的木头。木头之上固定着一块木板。有一个用铁丝圈成的篮球筐子，歪歪扭扭地固定在木板上。

远远地，我就听见金雪莲给孩子们上课的声音。

好久没有见到她了，我真有些想她。况且王星农病了以后，我有一种不可名状的孤单感。曾几次我都想去找她呢，但今天，要真正去敲开她的门时，我又有些从来没有的胆怯。

我站在她的门外，犹豫再三，心想，是应该进去还是应该迅速离开呢？

“既然来了，怎么不进来呢？”那条蓝白方块相间的布门帘撩起了，雪莲探出了半个身子，伸出了手，向我召唤呢。

“哈哈，我是怕影响你上课呢。”我笑着说，并且快步向她的屋子，或者说教室走去。

尽管是一孔窑洞，也是她的住处、办公室兼教室，但与我们以前的窑洞教室相比，已经大不相同了。整个窑洞用白粉刷得雪白；阳光穿过透明的玻璃窗户，把屋子里照得通亮。从窗户往外看，天空被切割成一块块方形的蔚蓝。在靠近窗户的地方放着一张窄窄的长条办公桌。桌子上放着一摞书与两个合起来的笔记本，还有几个新旧不一的墨水瓶与两支削好的铅笔。紧挨办公桌的是一张单人床。床上铺着干净整洁的花纹床单。床单上放着一个枕头，用粉红色毛巾盖着，还有一床折叠整齐的被子。

顺着窑洞，并排放着两排桌子。桌子间，坐着三个虎头虎脑的男孩与四个一脸稚气的小姑娘。他们看上去对金雪莲，他们的老师，一副崇拜的样子。

太美了！我找回了从前的感觉。真想坐在教室里，再当一回学生，再让金雪莲教一会儿我那些拼音字母呢。

“你看看，我都成了孩儿王了。”雪莲用自嘲的语气笑着说。说话时可以看出，她青春的血液即可涌上了脸颊。

我想，她可能是因为我到来的缘故吧，她让学生提前放学了。

她满脸笑容，把学生们送出屋子，两只修长洁白美丽的手，还一直托着两个小孩的后背。

“老师再见！”

“同学们再见！”

我在屋子里静静地等着她。听见她与孩子们愉快地打着招呼。

隔了一会儿，她撩开门帘返回了屋子，我却看见，她双目含泪，欲哭难忍。最后，竟大声地哭了起来。

我知道她在为何而哭。

长这么大，我还是第一次遇上一个大姑娘在我面前如此动情地哭呢。这让我无所适从。

我有些冲动，想过去抱住她，安慰她。好在，她立即止住了哭泣。

是的，我知道她的泪为何而流。何尝只是她呢？过去我们在村里有几个玩伴，现在只剩下我一个人了。每当要独自走向集体劳动队伍里，在田间地头，在收工路上，我何尝不是多次的泪涌心头呢？

但是，当我看到王星农那坐着轮椅缓缓而来，又缓缓而去的身影，看着张五工每逢周末挑着米面干粮，因缺乏营养而瘦弱的身子，我又有了一种莫名的感动与无奈。

我几乎是在每天夜深人静的时候，心头都会涌起五颜六色的念头，而在每一次太阳升起的时候，这些肥皂泡似的念头就会一个个破裂。那些破碎的肥皂泡连同我的身体，会迅速地被淹没在集体劳动的吆喝声中。

“我去看过他两次，第一次他躺在床上不睁眼睛。第二次，他母亲说，他坐上轮椅走了，但一直没回来。我猜他是躲在某个地方看见我了，故意不见我。”雪莲还是伤心地说着王星农的事。

她擦了一把泪接着说：“我知道，他的内心一直对我封闭着，这下是彻底关闭了。你说，我……”

我看见她又是一副要哭的样子，赶紧岔开了话题：

“你爸爸在修桥工地上，还行吧？要不你给他说一说，让我也去吧。”

这话算是把她从王星农身上解脱出来了。

她说："还好吧，就是忙得顾不上家。以后我家里的许多事，看来只有让你帮了。"

雪莲的情绪一下子好多了。她给我拿出一块刚刚扒去包纸的香皂与一条折叠整齐的毛巾让我洗脸。

我用手撩起洗脸盆中凉丝丝的水，在脸上涂抹了满是玫瑰香味的香皂。突然，内心升起一种恋爱般的感觉。

我知道，我不能欺骗自己。我是非常喜欢雪莲的，这种喜欢是不是爱情，我说不清楚。可她一直与我保持着友情的距离，而我也一直用我与王星农的友情压制着这种感情。

我对雪莲说："那是应该的，村里就我们几个人，以后父母年龄大了，我们都要相互帮衬。"

"那你让我如何报答你呢？"她高兴起来了，似乎在和我开玩笑。

"张五工那小子，还是个学生时，就给我说过一句话，以后家里要有个女人，心中要有个女神。你就做我心中的女神吧！"

说出这句话后，我有些后悔了，我想是否会惹她不高兴。

雪莲好半天低头不语，而后微微低着那双让人爱怜的大眼睛，抬起来，向上看了看我。她说："有一次，我逼问过星农，为什么总是对我这种态度？你猜他怎么回答的？"

雪莲说，星农说了四个字："我不配你。"

我知道，雪莲借王星农嘴里说出的"我不配你"这四个字，含有多种意思。我也知道，凭我现在如此年轻，如此愚笨的脑袋，是一下无法解开这乱如麻团的命运与生活难题的。既然解不开，那就干脆绕开好了。

最后，还是金雪莲的一番话，帮我理了理头绪。

她说："学军，一个时期以来，我在这里想了很多。我们过去的纯真多好呀！但是，现在谁也回不到过去了。既然这样，那就让我们勇敢地面对现实吧。不管以后的路多难，我们都要勇敢地走下去。我与星农，包括我们之间，都不要纠缠在一些模糊的情感中了。或许，这些都不是真正的爱情，距离真正的婚姻更是十万八千里呢。趁我们年轻，还是想办法各自走出一条路来吧。”

她接着说：“我也不知道这条路是什么，是走出这座大山？也许是，也许不是。”

最后，雪莲给我做了一碗好吃的面条，我就离开了石头寨。

走在回家的路上，我觉得，她长大了，我也长大了。我们都大了，应该直面这个复杂的世界了。

第十章

秋后的山村，像忙碌过后松了口气的汉子，有些松松垮垮的样子。整个山村，静悄悄的。天高云淡，山远叶红。庄稼地里统统割掉了秸秆，极目望去，是层层的梯田。牧放的牛羊再也不用被赶上山坡了，就在附近的田地里吃草。白的羊，黄的牛，褐色的骡马在收割完的田地里，自由自在的，好像不是在吃草，而是在漫游；懒散的放牧人，也用不着多操心了，靠着一根树干或一块石头，打着瞌睡，一副悠然自得的神情。

村子里，人们在自家屋顶或者院子里晾晒着玉米、谷子、豆子、糜黍，还有核桃、酸枣等。远远望去，整个村落又春天般盛开了五颜六色的花朵。

除非是阴雨连绵的天气，否则，队长李钢生是不会让大伙儿在家里闲坐的。他安排了几个壮年人去村西的小煤窑去挖煤，要备足村里人整整一个冬天的烧煤。让几个年龄稍长的人，平整被水冲坏的梯田。没过几天，又抽调了几个人，去远离村庄的地里，收拾玉米及谷子的秸秆，他想把这些秸秆运回来，作为牲口过冬的草料。因此，尽管收秋了，人们又进入了另一种忙碌生活中。

队长李钢生虽然脾气有些火爆，一年来人们也逐渐适应了，并且认可了他。许多人觉得只有他这样的性格才有利于村里的工作安排，反而认为性格过于随和的金娃，缺乏刚性，有些事情推行不下去。

说起来，李钢生也在改变着自己，对一些人和事也学会了绕弯儿了。比如，对我这种敢于给他硬碰硬的年轻人，也迁就着使用。今年冬季，他只给我安排了两项固定的任务，一是让我给马号牛棚里出圈，二是配合皮匠师傅干活。

出圈这种活计，原先一般是让上了岁数的人干的，臭烘烘的，年轻人都抗拒。他把招呼皮匠的任务交给了我，让我捎带着出圈，我也不说什么了。我知道，出圈这活还有喜来老伯帮我呢。

在山上，牛马骡子的饲养方法，还是保持着古老的方式。几乎每天要给牛圈或者马号里沾满粪便的地上，垫一层干土或者炉灰。这些干土与炉灰不仅可以覆盖牛马骡子的粪便，还可以保持圈里的干燥。这样，利于牲口的健康。

如果如此垫下去，在半个月或二十天过后，那地板就会高出八寸或一尺了。再不及时清理，继续高的话，牲口就无法在石槽里吃草了。所以，必须按时清理。这项工作就是“出圈”，当然与之相反的，就是“垫圈”啦。

按照队长李钢生分配的任务，我只负责出圈，垫圈的事由饲养员平时捎带完成。这项工作一月就那么一次，一次干上三五天就完了。说起来，也算不了什么。只是把那被牲口踩踏得硬如石饼的粪土撅开，是一件十分费力的事情。

刚开始我不会用力，手上被镢头的木把子蹭出许多血泡。后来，喜来老伯告诉我，只有握紧木把，就不会起泡。

他还告诉我，这农活呀，都是这样，你越是用力拿住它，它就越安分，你如果想着省力，它反而会伤害你。这样，我就慢慢掌握了这项技能，也深谙凡事要握紧镢头把子的道理。

皮匠师傅的熟皮、刮皮、割皮以及制作各种皮质用具，这可是个正儿八经的技术活。这不是看一看就能学会的。起先，我只是帮他做一些挑水，倾倒脏水及熬硝等下手的活儿。直到最后，我才能使用一些工具。

队里一年四季死伤或宰杀的牛羊确实不少。而这些动物的皮毛在简单地处理后，都硬僵僵地摞在库房里。这些毛皮不但招惹苍蝇虫蚊，还散发着一股难闻的臊味，谁走近它们，都捏着鼻子皱着眉头。几年来，积攒下的毛皮实在不少了。

李钢生队长今年拿定了主意，一定要把这堆东西处理掉。收秋还未完全结束，他就派我去蒲县克城，与那个皮匠师傅约定好。在收秋以后，就来我们村熟皮子。至于补偿的事，双方队里协商。另外，我们村也可以给他一些粮食补足。当然，这是我私下里，给皮匠师傅谈好的。

刚刚入冬，我又去了一次蒲县克城。这一次，我是专门去接皮匠师傅去的。由于他腿脚不很方便，我替他背着那些工具。有用旧的皮带、铁制的刮子、形态各异的刀具，还有许多没法描述的工具。大大小小地装了一个箱子与一大袋子，活像一个外科大夫。

按照他的吩咐，路过一个供销社时，还购买了专用的明矾、肥皂等东西。本来他还说让买些芒硝的，但供销社里没有，只好作罢。

按照队长的吩咐，我把皮匠师傅安置在靠近马号的一孔窑洞里。第二天，他就着急地张罗着干活了。

皮匠师傅首先吩咐我去扫硝。这事我从来没有做过，也不知道什么是硝。他就告诉我，拿着一把笤帚与簸箕把那些潮湿墙壁上白色的粉末扫回来即可。所以，连续几天，我都是头戴一个草帽子，手里拿着一把糜黍秆做的软笤帚与铁簸箕，穿行于全村阴暗潮湿的角落。特别是村里那些多年没有被清扫过的厕所墙壁，都让我认真地清扫了一遍。

皮匠师傅把我扫回的这些硝土，倾倒在一口铁锅里，加上些水，在炉火里烧开。一会儿，水的上面就冒起了白白的一层，这就是比较纯的硝了。把硝舀出后，把水与下面沉淀的泥土倒掉，就这样重复着，没几天就积攒够了熟皮用的硝。

尽管冬季山村的空气异常清冽，但那些毛皮的味道还是非常刺鼻的。特别是用煮沸的明矾与芒硝浸泡以后的毛皮，还有一股酸臭的气味。我每天帮皮匠倒脏水的时候，都闭着气或者捏着鼻子。我真不可想象，那位皮匠师傅整天待在那个窑洞里是怎么度过的。

他把大一些的牛皮泡在大瓷缸里，把一些小皮放在小瓷盔子里，每天都拿一个木棍在里面翻腾一下，观察泡制的情况。几天后，又分别捞出，挂在一个固定好的木架子上，用一把类似拨面的钝刀，小心地刮去皮子上面的腐肉、油脂及不需要的皮毛。

看见他每天都这么慢悠悠地干活，我实在有些着急。这样下去什么时候才能干完呀？皮匠是不是在磨时间呢？我私下里这么想。有一天我就向他提出，不要让我总是挑水与倒脏水了，刮皮这么简单的事，我三下五除二就干完了。他总是说，你干不了。

一次，他把一张小皮固定在木架上，刚刚绷紧，我就拿起他那把钝刀去刮。我本来想在他面前显示一下我的速度，以说明他在磨洋工。结果，我操起刀子没几下，就把一张泡好的皮子给废了。

看着被我刮破几个洞的皮子，皮匠师傅心疼得直跺脚。

“哎呀，你以为什么技术都是那么简单的吗？”

“你这小子，今天把一张好皮给报销了。”

皮匠师傅责怪着我。我满脸羞愧，非常懊悔地赔着不是：“啊，对不起师傅，本来是想学一学的。你看看该怎么补救。以后，我买本这样的书好好看一看。”

他给我说，有许多实践性的技术是无法写在书本上的，当然，也无法从书本上学到。这些技术，只有细心地看着，体悟着，而且要慢慢来，一口吃不成大胖子。

说罢，皮匠师傅接过我手里的钝刀，还是那样，不慌不忙地轻柔地来回刮着。不一会儿，皮子上的腐肉与油脂刷刷地卷落下来，皮子露出了固有的奶白颜色。被我原先刮破的那几个小洞似乎也越来越小，几乎快要看不出来了。我不由得对这位皮匠师傅的技术与精神，肃然起敬。

大致在一个多月后吧，陆续被我们浸泡过的皮子，绷紧晾干。刮净上面的腐肉与油脂后，皮子不再僵硬与骚臭，而是变得干净、柔软，还散发着皮子特有的香味呢。

趁着天气还好，皮匠师傅把熟好的皮子搭在院子里的木柴、石板，或铁丝绳上晾晒。那一张张皮子在冬日的阳光下，随着风轻软地飘动，仿佛那一个个死去的牲畜又恢复了往日的灵性。

第十一章

一

就在我们把熟好的皮子晾晒好，收回存放后没有几天，天气突然变得阴冷了。虽然风并不十分大，但一片灰蒙蒙的云层，翻过西北的峰顶，铺天盖地，压了过来。

皮匠师傅得意地说："看看，我们刚好把那几张皮子晒干。看来天气要变了。"

当天晚上，大雪就如同云朵化作了碎片，纷纷扬扬扑向了大地。第二天早晨，当我推开门的时候，白茫茫的大地在无限地展开，似乎要随着跃起的山峰去追逐天空。

我踩着脚下咯吱咯吱的厚厚的积雪，去水井处挑水。突然，我看见一个人，柱着一根木棍，步履蹒跚地走在回村的小路上。

这么大的雪，如此滑的路，就连牛羊也不能出坡了，有谁家的亲戚，有什么急事还会赶路呢？我好奇地在井边停留了一会儿，等待着这个人。

简直是一个滚动的雪人了。即使走近了，我也没有认出他来。

“你是？”我刚准备开口问他。

那个雪人就气喘吁吁地说：“学军，这么个天你还担水呀？”

哦，原来是随金娃叔一块去修桥的大哥王茂生。

“茂生哥，你怎么这天回来啦？”我快有大半年没见过他了。打死我也不敢相信，这天气，他会从那么远的地方步行回来。难道再没有时日了吗？

茂生大哥一把推掉我肩膀上的水担，急切地说：“快回去，叫李钢生出来说话。金娃出事了，先别让家里人知道。抬他的人正在山下准备起身呢。我是先回村里报信来了。”

大雪天的，却宛如晴天霹雳。我愣在雪地里，一动不得动了。

“快去呀！”茂生大喊了我一声。我拔腿就跑，雪地里，我又接二连三地摔了好几跤。

队长李钢生迅速叫了几个人，到皮匠师傅所在的屋子里商量起了有关事宜。

皮匠的活儿，也立刻停了下来。

尽管茂生也没有回家，我也没有出去来得及说这事，但村里的其他人，也三三两两地向皮匠师傅的屋子里，集聚而来。

李钢生说，看来保密是不可能的了，也是没有必要的。有了事，关键是要处理事，而不是捂着。

队长李钢生迅疾在这里召开了一个紧急会议，做了一系列安排。首先，抽调了十二个得力的人马由他带队，到山下去接人。他说，要四人一组，轮番着往回抬；接着，让他老婆带几个妇女去金娃家，安慰金娃家里的人；让星农的父亲，也就是王新生老伯带我去给通往东山坡上的一条小路铲雪。我不解其中的意思，刚准备问，被新生伯给制止了。

还有几件事，他好像非常为难的样子。突然冒出这么件事，棺木从哪里购买呢？还有，这冰天雪地的，米面油盐的事也不是小事呀。

好在村里有几个老人出主意说，其他的事都不是事，你先去接人吧。回来时，也许大家就把其他事都议好了。

李钢生要出门，皮匠师傅问了一句。他说："要不要找个山命先生？"

在山上，人们把阴阳先生说成是山命先生。可能就是说，能通过山川河流的脉气，来判断或左右人的命运吧。在这特殊的年代，虽然老百姓还是非常相信阴阳先生的，但大队里干部是不提倡的。所以，队长李钢生皱了皱眉头，没说找，也没说不找。

本来，大雪纷飞的天气，对于一个山村的农民来说是最好的休息日了。突然出了这么一档子事，全村的男女老少，一下子，又忙碌起来了。

我与新生老伯带着铁锹与扫帚，去扫那条上山的小路了。哪里是扫雪，简直是修路。

新生伯说，这条羊肠小道一会儿抬着金娃的人，上不去，必须拓宽一下。我这才明白，金娃的尸体要往东山上的那个土窑里存放呢。

按照村里的习惯，有人死在外面，是不能直接进村的，必须收殓以后，给棺木上裹上红色的布才能进村。所以，在一切工作还没有准备好以前，看来只能把他暂且放在这里了。我们两个人整整干了一天，终于在那东山坡上，铲出了一条弯弯曲曲的湿土路来。新生老伯拿来一个灯盏，一把香烛，在那个土窑洞里端详了好久，又卸下那个木栅栏门，平放在地上。

天快黑的时候，抬着金娃的人回来了。在冰天雪地里，往返几十里路，确实了不得。大家都是一副筋疲力竭的样子。每一个人身上都披了一身的雪花，但头上都冒着热气。

大伙儿把覆盖着棉被的金娃放在土窑洞里那块卸下的栅栏门上，就陆续离开了。队长李钢生在金娃的头前点了一炷香，嘴里嗫嚅着说了句什么，又对着新生伯的耳朵，说了几句话，也离开了。

我看见新生伯，一边不住地点头，一边把李钢生目送着下了那一条弯弯曲曲的小路。

我知道，下山抬人的那十几个人已经累得不能再支撑了。其他人还有好多事情要忙碌。看来他们中许多人，都要经过一个不眠之夜了，那么这里只有交给我们两个人了。

新生伯搬回两块石头，指着让我坐下。而我却不愿意坐，我站在土窑洞的门口，望着白茫茫的远处。夜色，正在一步步地向我们逼近。

刚才，那么多人在这里的时候，我并没有觉得有啥。随着大家陆续离开，随着夜色的逐渐加深，直至淹没了这里，我面对着一具躺着的尸体，一粒豆光与一点香火，突然，有一种从未体验过的恐惧与沮丧。而新生伯除了偶尔一声叹息以外，却显得比较平静。他不断地吧嗒着那根旱烟锅子。烟锅子不断冒出的火光，在黑暗的土窑洞里，一闪一闪的，照着他那模糊的面孔。

“要不，你也抽上几口吧。”他低声地给我说。

黑暗中，我摇了摇头。我低声地说：“不，就是太冷了。”

我坐下了又站起来，站一下又坐下。真想用劲地跺脚，但又觉得不妥。

后半夜，雪下得小了些，风却刮了起来。那狂风掠过树梢的声音夹杂着干粉似的雪粒，顺着敞开的门洞吹来，刺人的冷，抽打着我们。

新生伯说，坚持一会吧，天快亮，就有人来了。

当寒冷再一次向我袭来的时候，对冷的难耐就完全替代了我对黑夜与死者的恐惧了。此刻的我已经一点也不觉得害怕了，只有一个念头，就是怎么样才能克服这刺骨的冷。

要不点一堆柴火吧？我说。

新生伯说，这么厚的雪，去那儿弄柴呀。

我说，你别管，我弄吧。

走出黑漆漆的土窑洞，外面的雪白让我有一种眩晕的感觉。我竟然一时找不到下坡的路了。我小心地伸出脚，试探了好几次，才找见那条小路。

四周都是厚厚的积雪，去哪儿能找到干柴呢？一个人走到半山腰时，我有些后悔了。

我想，再继续在山坡上找柴，显然是徒劳的，就这样回土窑洞吧，又有些害怕与不甘。这时，我突然想起，山下那块田地里，有一道木篱笆。要在往常，是不应该把集体地里的篱笆拿回当柴烧的，但是现在，实在顾不了那么多了。所以，我就走下山坡，把那个篱笆折断，扛了上来。

这样，就在土窑洞口点着了柴火。

我想，火的发现与使用，确实应该是人类文明的标志。这一堆柴火点着以后，红红的火苗如同冰天雪地里的一盏神灯，驱赶着黑暗、寒冷与恐惧。

伴随着火苗的升起，村子里的犬吠之声，也不断传来。随即，全村的狗都集中在麦场的土垄边，朝着我们这个方向声声地叫唤。

深夜里，狗的叫唤声给人无限的鼓舞。仿佛周围有许多人在陪伴着我们。就在这样的叫唤声中，天色渐渐泛亮，随着一道阳光刺破东边的云雾，我看见了天地一色的景象。

二

还是让我暂且翻过发落金娃叔的一页，继续往后叙述吧。

办完金娃的丧事以后，我连续睡了好几天。头脑里像过一帧帧胶片，不断地放映着画面。

不分昼夜，挥之不去。

这是我第一次近距离接触生命的脆弱与易逝，是我第一次感受一个家庭迅速失去顶梁柱后的孤独、绝望与悲痛。好几天，我都不想再看一眼他家的窗户，再走进他家的门，不想面对那一对孤苦的母女。

而我又不得不去。十天后，我硬着头皮走进了金雪莲家。

她的母亲裹着一床棉被在炕上躺着，见我进来，抬了抬头，一声没吭又躺下了。

金雪莲在火炉前站着，一根又一根地往炉子里焫着细短的木柴。她的头发有些乱，脸色较暗，像长期熬夜的护士。

“怎么？还没吃饭吗？”我随便找着话说。

“吃过了。生点闲火，家里冷的。”她抬起那双伤神的眼睛，对我说。

“听说那几天把你冻得病了。好些了吗？”雪莲问。

“哦哦，没什么没什么，没事了。”我回答说。

我确实在那一天东山上的土窑洞里冻着了。整整一天没有喝水，又担惊受怕的。第二天就发起了高烧。我感觉天旋地转的，无法站立以及走路，还有人说我中了邪。这可把家里人急坏了。不过，休息了几天，就没事了。这事也不知是谁告诉了雪莲的。

“那天，你去石头寨学校，我说家里有事全靠你帮忙，没想到，没过几天，哎！真的为难你了。”雪莲说。

“快别说这些话了。休息一段，还得回石头寨学校吗？”我问。

“不去了，不去了。队长说，协调了一下，让我回咱们村教学。你看，这家里真离不开人了。”雪莲低着头，低声地说。

“那也行，那也行。一切就过去了。”我其实不知道该怎样安慰陷入痛苦中的雪莲。

命运似乎给金雪莲开了个大玩笑。前几天，还浑身散发着青春的活力，让人羡慕不已的金雪莲，突然，一下子像泄了气的皮球，成了全村人同情的对象。

此后的日子里，许多个早晨，我都看见，金雪莲摇摇晃晃地挑着两半桶水，走在路上。这在以前是从来没有过的事，看了让人真有些难受。我想帮她挑回去，可她总是拒绝着我，当然，也拒绝着所有人的帮助。

她总是说，以后的日子长了，总不能水也让人帮着挑吧。

慢慢地，她从一名乡村女教师的形象，逐渐地变成了十足的村姑。每逢周日，在学生们不上学的日子，她常常拿着一根绳子与斧头，上山砍柴火。茅坑里的粪缸满了，她也是自己掏。按理说，这些都是村里人日常的活计。这样的活计，即使在山沟沟里，一般也是男孩子干的。而她一个姑娘家，且是一位学校的女老师，却干了起来，难免让看到的人，心生不适。每当看见她扛着一捆柴火，满头大汗地走在回家的路上，她正在教的学生娃娃们，都跑过来，想着去帮她。

她总是笑着摆手。

秋季队里分粮食的时候，总是把刚刚掰下的玉米棒子或者土豆等，就地分配。按照人口，一户一堆。每个家户都想趁天黑以前拿回家。大家都是一家几口人，挑着担子往回运。只有金雪莲母女俩，拿着袋子，慢慢地往回背。村里人都认为，寡妇门前是非多。一般人也不愿意总那么帮她们。每次都是新生伯带着他的儿子们，帮她们母女俩。

放下了女儿、亲朋，放下了
您放不下的心
放下了家什、田宅
放下了
您曾放不下的劳作
父亲呀！那一刻，您注销了您
所有时光
您步入黑暗，不再回头
我孤立于世，内心成灰

这是我无意中看到她在父亲去世一周年的时候写的一首短诗。我知道，她内心是非常苦的，而在实际生活中，比我想象的要坚强很多。她除了教学，就是帮她母亲干活，有时，我真觉得她像条汉子。再者，她从没放弃过学习。一有时间，就学习文化知识。村里的孩子们都说，金老师教得好。

第十二章

一

时间，就这样一天一天地过着呢。转眼间，我们好像一夜之间都成熟了起来。在家养病一年多的王星农，有一天给我说，他不能这样下去了。衣食靠父母提供，又不能帮别人干活，如果这样下去的话，活着也没有任何意义。

他说，他要学会独立生活。

最初，我还以为，他只是说说而已。没想到，在第二年春天，他果真摇着他那吱吱扭扭的轮椅，连声招呼也没有打，就走了。

说起来，队长李钢生还是挺有能耐的，不知用什么办法，把在外面学铁匠手艺的刘红兵硬生生给弄了回来啦。两年没见，这家伙成了十足的打铁汉。皮肤黝黑，一身结实的肌肉，看上去有使不完的劲儿。他爸爸好像见他儿子回来了，在村里说话也有了底气。

队长李钢生让刘红兵在他家院子附近的一棵皂角树下，支起了一个火炉，搭了一个简易的房子。刘红兵在一张废弃的厚木板上，一字摆开那些铁钳、火杵、大小铁锤以及铁砧子等工具。

他开起了铁匠作坊。

从此后，叮叮当当的声音，就在村子的上空不时地响起了。

我想，这算是刘家在村里改写历史的第一件事吧。让人们对刘家刮目相看的还有一件事，就是当兵的刘红学过年回家探亲的时候，突然与金雪莲订婚了。这是全村人谁也没有想到的。事先谁也不知道，就连与雪莲交往比较多的我、王星农，事前也没有听到过半点儿消息。有人说，是当兵的刘红学，那身军装一下子把金雪莲给迷住了；也有人说，他俩早有往来，刘红学当兵走的时候，金雪莲送给他一个笔记本儿，里面就写着要说的话呢。

眼看着金雪莲年后，等刘红学复员就要出嫁了，我的内心夹杂着难以言状的复杂情绪。此刻，我多么想见到王星农呀，可星农却不知去了哪里。

尽管队长李钢生的做法很硬气，一年四季，把全村社员们拧得很紧。但是，别说经济收入，村里的粮食生产依然上不去。为了避免挨饿，偷盗粮食几乎成了普遍想象。人们好像觉得这并不是一件丢人的事，反而，把能偷到没被发现，看成一件有本事的事来炫耀。社员们在地里学着老鼠搬家的样子，在衣服口袋里一点一点地往回装玉米、豆子等。有些村干部，也私下里分粮食。有的干部在从打麦场往库房运粮食的过程中，就把成袋的粮食私分了。队长李钢生发现了粮食保管员伙同他人私分队里的小麦种子，非常气愤，立即就撤了他。让我当上了保管员。

这可成了全村人瞩目的一件事。“让这么小的娃娃当保管员，能行吗？”这是当时全村人议论的话题。

对此，我知道肩上的担子，十分用心地干。我不仅把库房里打扫得干干净净，而且把粮食、物品归置得井井有条。为了防止偷盗事情发生，有时还半夜三更起来，到库房附近转一转。

库房里的粮食大多盛放在用草席围成的粮囤里。在高高隆起粮食堆上面，按着不同花纹的图案。而这两块给粮食按图纹的印版，分别掌管在保管员与队长手里。一般情况只有三个人同时到场，才能动用粮食，否则，是属于偷盗行为的。

但是，有一天，一件蹊跷的事情还是发生了。

二

秋雨连绵。下了整整一个白天的雨，晚上接着下，且越下越大。我躺在炕上，听着外面哗哗的雨声，一直担心库房里是否会漏水。第二天一大早，我就赶紧跑到库房去看。通过库房透气的窗户，我一眼就看见，盛满麦子的席子囤破了。浅黄色的麦子流了出来，几乎覆盖了整个地板。我赶紧跑去告诉了队长。李钢生队长仔细地查看了锁子与门板，没有发现，任何被砸撬过的痕迹。于是，就吩咐我打开了房门。

他说：“一定是粮食太多了，把席子撑破了。”

我想，也可能是这样。因为，门没有破坏的痕迹，锁子的钥匙就一直在我身上，我一晚上就在家里睡着。谁能拿走钥匙呢？

但是，当我们把麦子收拾好的时候，发现席子囤里的麦子确实少了。原来席囤里的麦子是高高隆起的，现在，却是平平的。目测一下，也少了二百来斤。

队长与会计都用疑惑的目光相互看看。最后，又看了看我。我的脸白一阵红一阵的，什么话也没有说。当然，他俩也没说什么。这事就这么过去了。

几天后，我无意间，在库房的门后捡起了原来捆席子囤的那根绳子。仔细一看，惊出了一身冷汗。原来这根绳子是用锋利的刀具割断的。这就不难理解席子囤散开的事儿了。

怎么那天我们谁也没有注意这一点呢？回到家，我左思右想，怎么也想不明白。是不是队长们看出来了故意不说呢？还是……

秘密藏在心里也是一种压力。这一发现，折磨得我寝食难安。我该怎么办呢？不说吧，事情在心里憋得慌；说了吧，越说越会引起别人的猜忌。为此，我十分苦恼。

我一直在想，队长与会计是否对我有所怀疑呢。假如果真如此，不说的话，这个事就这么过去了。如果再去给他们解释说，我发现绳子是割断的，那不是等于不打自招，说明我做贼心虚吗？

况且，钥匙在我一人手里，即使真的是别人割断了绳子，那么库房的钥匙是谁提供的呢？是不是有里应外合呢？

哎！说什么也晚了，这事让我左右为难。

有一天晚上，我出来转悠的时候，遇见队长李钢生也出来转悠。虽然他说，他睡不着随便转一转，但我觉得，他是有了警觉，也许是对我，也许不是。

我实在憋不住了。一天夜里，我在马号里与喜来伯聊天到深夜，把我的苦衷给他诉说了。听我说完，喜来伯咳嗽了好久，用烟锅杆子指着门框的底部，在席子上画了一个“丁”字形状。我看了好半天，明白不过来他的意思，而他却咳嗽得说不出话来。

最后，他又指了指门框下面与两扇闭合的门，我才突然醒悟过来了。

后来，喜来伯告诉我，为了猫的进出方便，他专门在马号的窗户上留了一个窗户格子，没有糊纸。下雨的那天晚上，他早早入睡了。睡到半夜，他发现有呼呼的冷风，吹了进来。他想，那个窗户格子，我用一件烂衣服塞住了呀，难道让风给吹掉了？他爬起来一看，果然那件破衣服不见了。他摸黑在地下找了半天，也没有找见。第二天才发现，那件破衣服，在库房门的附近。

我问他，是否发现了什么可疑的人？喜来伯迟疑了一会儿，摇了摇头。

我知道，喜来伯说得已经很清楚了，一定是窃贼垫着破衣服从门框处撬起了木门。我知道，这样是可以卸下库房门的，不会留下任何痕迹。

也许老伯就知道窃贼是谁，但是他是不会说的。

第二天，我找到了刘红兵，提出让他给我打一个“丁”字形的铁门关。本来，我以为他会非常乐意给我做这件事的，让我万万没有想到的是，他却当面承认了他偷麦子的事。

刘红兵说：“学军，看在兄弟一场的分上，这件事就算了吧。我知道我做得不对，我以后保证不做了。也是没办法，你知道，我是打铁的，饭量大，家里那点粮食实在不够吃。”

哎呀！我怎么也不会想到，是刘红兵偷了队里的粮食呀。他的话让我惊讶得合不上嘴。

或许我们都认为，盗窃是一种可耻的行为。但一个人为了填饱肚子而盗窃，这是一件多么可悲的事情呀！如果我们的生产劳动，满足不了我们基本的生存需要，库房的铁制门关再多，又有什么用呢？

关于库房里丢了粮食的事，再进一步说，刘红兵偷了粮食的事，我还保密着呢。也可以说，我还蒙在鼓里呢。但村里的许多人，早已是公开的秘密了。特别是队长李钢生早已掌握了一些情况。

据说，刘红兵那天晚上趁着下雨天黑，偷偷拿着一条麻袋去偷队里的小麦。他想，雨下得这么大，路上肯定不会有人走。于是就拿了一条麻袋，去了马号附近的库房。

他从马号的窗户上抽下一块烂布垫在门框上，撬动木门，卸下了门板，并割开捆绑席子囤的绳索，制造了一个席子囤撑破的假象。神不知鬼不觉地背了一麻袋麦子回了家。

让他没有想到的是，麻袋上有个小破洞，麦子从库房门口出来就慢慢地往外流了。如果不仔细看，一般人是看不出来的。但是，他在快回家的时候，突然脚下一滑，摔了一跤，背上的麻袋重重地摔在地上。闻声而出的刘老爷子出来一看，知道儿子做下错事了，惊慌失措。他赶紧拿着簸箕与笤帚出来收拾，不管怎么打扫，黑暗中那落入泥水中的麦粒还是无法收拾干净的。

这样，早起的喜来伯发现马号附近的麦粒以后，顺着其痕迹一直走，结果发现了其中的奥秘。

本来喜来伯并没有给任何人说过自己怀疑的事情。坏就坏在，第二天早上，一群鸡仔围着刘红兵家的大门啄食泥土里的麦粒。围过来的鸡仔越来越多，刘老爷子怕因此而暴露这件事，就扔出去一根木柴，驱赶那些鸡子。结果这一扔，就把邻居家的一只鸡给打折了腿。本来两家平时因为鸡毛蒜皮的事就有些隔阂，这下邻居家的老婆不依不饶，给他吵了起来。围过来劝架的人越来越多，这样，这件事就被不少人知道了。

队长李钢生本来也不想把事情闹大，毕竟刘红兵是他从外地叫回来，在村里开铁器作坊的。但事情闹得沸沸扬扬，实在包不住了，迫于大家的压力，他只好带着两个民兵去他家进行搜查，结果一下就搜了出来。

按理，这样的事情发生，是应该马上对刘红兵进行批斗的，不知什么原因队长李钢生却拖延了几天。就在这几天里，刘红兵突然又离开村里，不知了去向。

刘红兵偷小麦的事情发生后，其父亲一下子就蔫了下来。待儿子离家出走后，他更是不愿意见人。那棵皂角树下的铁炉，再也没有生过火，村子里叮叮当当的打铁声，也从此销声匿迹了。

第二年春天，那棵皂角树再也没有冒出绿叶来，而刘家老爷子也一病不起。有人说，那棵皂角树是让刘红兵的铁炉火给烤死了；也有人说，那棵皂角树是刘家老爷子的魂魄所在，树死了，刘老爷子也该走了。

刘红学正式办理了复员手续也是这年的秋天。他在春季回来看他父亲的时候，其父就催促着他赶紧办理了婚事。他婚后不久，刘老爷子就一命呜呼了。所以，刘红学一直有个心结，觉得是村里的人，特别是队长李钢生，或者说还包括我，专门为难他家里人。

事情就明摆在那里，他的哥哥刘红兵确实偷了队里的麦子，他的父亲或许是因为刘红兵的事生气而患病的。如果他总要那么认为，别人又有什么办法呢?

自从刘红兵的事情发生后，我的脑子每天都是乱哄哄的，总有一个另外的我，在我耳边不断地说着话。一会儿说，你们做得没错，既然偷了集体的东西，就应该铁面无私，坚决斗争；又有一个声音说，都是好弟兄，睁只眼闭只眼就过去了，何必认真呢？况且都是生活所迫。这两种声音翻来覆去，折磨得我神不守舍，横竖难眠。最后，又是金雪莲在石头寨学校给我说过的那句话，不断地在我耳边响起：“我们应该走出去，是走出大山？也许是，也许不是。”

或许金雪莲正沉浸在美满的婚姻里，早已经忘记了她说过的这句话，我却铭记着，且反复地琢磨着这句话。

刘红学复员回家没多久，大队支书就提名他担任了治保主任。他也开始参与了村里的管理。从上任的第一天开始，我总觉得，他有一种想压倒我的架势。

为了避免与他工作中的磕碰，我提出不再担任村里的保管员了。队长李钢生知道我的心事，也就同意了。这时，正好村子下面的县办铁厂，需要两名采矿工人，我便去报名。

这样，我又稀里糊涂地走上了另一条道路。

第十三章

一

新生伯的年龄确实有些大了，尽管还偷偷摸摸地种那些小块地，但种的规模大不如从前。一些偏远的地方他已放弃了。这些因放弃种植而荒芜的小块地，大多又恢复了本来的植被。那些新冒出枝条的黄刺玫，在初春的季节里，开着更加鲜艳的花朵。

近几年来，好像政策有些松动了。纵然人们还像以前那样种这些小块地，已经没什么人硬性限制了。只是他的气力已大不如从前了。况且，孩子们也都大了，都成了壮劳力，家里的生活状况也比以前好多了。

大儿子铁娃，已经娶妻生子。三儿子银娃去山下，做了上门女婿。四儿子王星农也出去，据说能够独立生活，不用拖累家里了。有人说，他给一个木匠做下手，有人说他在旅游景点学照相。反正再也没有回来过。

话说回来，就是想着回来，摇着轮椅上山，也确实不是一件容易的事情。

眼下，只有他的二儿子让他放不下心。

这个木娃呀，说傻吧，有些道理也能听懂；说不傻吧，总是干些让村里人啼笑皆非的事情。如果没人带着他，他就不知道干活儿。每天总爱踅摸着抽袋烟。如果有人能让他抽几锅子旱烟，他就会跟着人家干一整天的苦力活儿。

新生伯年龄大一些后，队里考虑到他的实际情况，不再让他下地干农活了，而是让他给队里放羊。

以前的放羊人都是吃完早饭后才出坡，而他则是在没有晨露的时日里，天刚刚亮就把羊赶出去了。等羊吃饱以后，大致是大伙儿吃完早饭出工的时候吧，他就回来了。他回来吃点饭，又到自家小块地里干活去了；等到下午，他又把羊群赶出去放牧，直到天黑才回家。

也就是说，以前的放羊人每天只是把羊赶出去一次，而他却是赶出去两次。

这样，一年下来，他牧放的那群羊皮毛顺溜，长得肥硕。当然，他也经常带着他的傻瓜儿子木娃一块儿放羊。如果不是木娃经常帮忙，凭他那腿脚，估计在山上驱赶羊群，也是很吃力的了。

让大伙觉得奇怪的是，有时候他总是在早晨睡懒觉，不起床，也不早早出去放羊了。有时，下午也是如此。后来人们慢慢发现，凡他不出坡的时日，天不是刮大风，就是下大雨。人们觉得他神了，一个人放羊放的，会观天象、通神灵了。

熟悉他的人还传诵着另外一个故事呢。

有人说，夜深人静的时候，有一只白色的狐狸，经常给他通风报信。如果天气要变脸，这只白色的狐狸就会设法找到他，告诉他不要出去放羊。就这样，人们越传越神，把新生伯传成白狐的化身了。

有一次，我问新生伯究竟是怎么一回事。

他说，有一天早上他去北边的山坡去放羊。当他把羊赶下山坡的时候，羊群却突然折返上来。他感觉很纳闷，就想着走下去看一看。比他走得快的二儿子木娃，抢先走下沟去了，但又叫唤着折返回来，并一把夺过他手中的牧羊铲，就要往下跑。他一问才知，是一只白色狐狸的头部被一块烂布缠住了。狐狸正拼命地挣扎着呢。

他喊住了木娃，又夺回牧羊铲，慢慢地走了下去。

他把那只垂死挣扎的白色狐狸，轻轻地按住，一点一点地剥去裹着头部的烂布，并拔去扎在狐狸身上的几根刺儿。然后，放开了狐狸。这只受惊的狐狸，跳跃了一下，就飞快地跑了。不多一会儿，狐狸又返了回来，对着他叫了几声。

他说，以后的日子里，在牧羊的山坡上，会时不时地见到这只雪白的狐狸。而这只狐狸就像通了神灵一般，每次见了他大声叫唤的时候，天气就要发生变化。这样，如果他遇见了狐狸对他大声叫唤，他就知道，天气要变了，次日就不出去放羊了。

哦！原来是这样。多么可爱的小生灵呀，受之于桃，报之于李。看来就连动物也有感恩之心，何况人呢！

二

后来，在王新生老伯身上，还发生了一件让人匪夷所思的事情。

全村人都知道，他的面颊上一直长着一个核桃大小的瘤子。那个瘤子不痛不痒，多年来他并不在乎。他家里一直不宽裕，也没有去医院检查过。村里的赤脚医生说，是一个脂肪瘤不碍事的，他就更不把它挂在心上。近几年，那个瘤子好像有些长大了，拽得面颊有些难受，好像吃饭时有点影响牙齿的咀嚼。孩子们曾多次催促他去医院切除。一想到要花那么多钱，他就犹豫了，于是一拖再拖。

一天大清早，他独自一人赶着羊群，去往村北的山上。当到达半山腰时，发现那里站着一位白发苍苍的老人。他赶紧把羊群往一边赶，怕妨碍老人步行。可他发现那老人好像等他似的，站在原地一动不动。

老人问他，为什么这么早就出来放羊？他说，让羊早点吃饱了，还要赶回去，在地里忙乎呢。

他问老人，怎么这么早来这山上？老人说，他要抄近路，去汾西县城。早早赶路呢。

老人看着他脸上的大瘤子问，这么大的瘤子为什么不去割一下呢？

他半开着玩笑说，没钱呀！

这位白发老人抬起手，轻轻地摸了一下他脸上的瘤子。

他的脸上，突然有一阵凉飕飕的感觉。转眼间，一股烟雾在眼前飘过，而那位老人却瞬间消失，不见了踪影。

他回过神来，摸了一把自己的脸，惊讶地发现，那个伴随自己几十年的瘤子不见了。脸上没有留下一点伤痕。

这一奇遇，使新生伯惊讶不已。他放下羊群，赶紧回家。吩咐老伴，备了酒菜香烛，到北山的半山腰上，虔诚地烧香磕头，拜谢神灵。

这件事，一传十，十传百，迅速传遍了全村。闻讯而来的村民，挤满了他家屋子，都想一睹他突然光堂了的脸颊。

所谓狐仙、神人当然是不可能存在的。新生老伯的“奇遇”也不过是他的心心念念与无数个巧合而已。但善良之人终有善果，厚德之人必有神佑。新生伯依旧起早贪黑，种豆点瓜，精心地牧放羊群，打理着他那些小块地。

日子一天天过去，新生伯依旧过着平静的生活。只是他的二儿子木娃，似乎越来越不听他使唤了。

第十四章

刘红学退伍回来当上治保主任，还像以前的治保主任一样，很卖力地工作。大到看护集体财产，小到调节村民纠纷，忙得不亦乐乎。金雪莲还在村子里教学，只是再也不像以前那样，干那些挑水掏粪等粗重的体力活儿了。他家这些活儿，刘红学却能让木娃替他干。为什么呢？人们说，刘红学隔三岔五地给木娃好烟抽。

近两年，村里集体劳动的方式已经发生了很大的变化，不知学习的哪里经验，不再是生产队长统一安排，而是把队里分成了若干个小组。每个小组由几户人家组成，包括生产工具、牲畜与土地，都划归给小组。实行自主生产经营。这样，队里的活儿就越来越少。队长也没啥事情可做了，每天忙着自己生产小组的农活，治保主任更是清闲起来了。

这样，以前围着刘红学身边转悠的那几个人，都忙碌自己的营生去了。唯独刘红学还保持着那种工作劲头。有人说，他还想着有机会担任队长这一职务呢。

他能够指挥动的人，就剩下木娃一个人了。不是大伙儿不听他的，是大家很忙，都不分白天黑夜地在自己小组里干活，谁还能顾上围着治保主任做那些没有收益的事情呢。小组大多是两三家关系比较近的人在一起，你要不去干活，让其他两个去干，那怎么能说得过去呢。

在村里人的眼睛里，唯独刘红学是个闲人。他很少下地里干活，每天穿得干干净净的，确实像个干部模样。与他一个小组的那几户人，也不把他算在数内。干活儿时从不叫他，当然，他也不要组里分配的粮食。好在金雪莲这两年在村里教学不是记工分了，而是按民办教师发工资。这样，家里还能过活下去。唯一让人不解的是，结婚时间也不短了，也没个一男半女的。

近一段时间以来，刘红学经常与外地的一些人联系，有些说是他的战友，有些是他在社会上认识的人。一天，他家里来了几个四川口音的人，说要承包村里的小煤窑。

村子西边的那座小煤窑，谁也说不清是在什么朝代人们开挖的。每年秋季以后，附近村庄的人们都会在此挖煤，准备一年的烧炭。从来没有人把它当作一个谋利的地方。刘红学带来这几个人要承包这个小煤窑的事，起初并没有引起村里人的重视。承包就承包吧，那个煤窑一年四季大部分时间无人问津。队里提出的条件是，每年冬季给村里人提供做饭取暖的煤炭即可，此外，再没有什么要求。

让人没有想到的是，这几个外地人，却大规模地干了起来。它们在煤窑的附近盖起了简易的房屋，修宽了通往煤窑的道路。还雇用了周围村庄许多小伙子采煤。

刚开始，还是最原始的人工采煤。采煤的人拿着采煤的尖嘴镢头，在煤窑里一点一点地挖。往外运输的人也是用小平车往外拉。每人每天能采一吨煤，已经是了不起的了。后来，却在煤窑里用上了开采石头的炸药。煤窑里的工人也分为炮工、装车工与运输工等。开采的速度越来越快，挖出的煤也越来越多。每天在煤场子里都会堆起小山一样的一堆煤。等待装车的解放牌汽车，在路上排起了长长的队。

随着四川人承包的煤窑越来越红火，刘红学家里的客人也越来越多。每天在他家吃喝玩乐的有许多人。这么多人，哄哄吵吵的。起先金雪莲实在受不了，为此还给刘红学闹别扭。后来她也慢慢地习惯了，进而干脆辞掉干了多年的民办教师，专门在家里做饭招待客人。

这样，村里说闲话的人越来越多。有人说，这座煤窑里刘红学入了暗股，也有人说根本不是四川人承包，实际上就是刘红学自己在开煤窑。

土地政策进一步放开后，村里的生产小组开始瓦解了，代之而起的，是一家一户为一个生产单位。多余出来的劳动力都希望能去四川人承包的煤窑上去干活，挣一点零花钱。可那个煤窑上能容纳的工人是有限的，哪能满足这么多人的需求呀。能在此干上活的人，自然从心眼里高兴，干不上活的人都愤愤不平。

“就是我们村里的煤窑，怎么不让我们干活，而让外村人干呢？”

有几个人找到刘红学评理。刘红学也没有什么好办法，只是一味地和稀泥。与他年龄相仿的几个人看着他的面子不与他硬来，那几个刚刚初中毕业回村的愣头小子，就不是这样了。

这几个愣头小子，提出要村子与四川人解除承包合同。他们的理由是，合同不公平，承包人是外地人，每年挣那么多钱，对村里人没有什么好处。仅仅提供烧煤太不合理了，把村里的煤炭资源全挖完了，以后老百姓怎么办呀？再者，煤窑延伸的方向是村庄下面，一旦把村子下面挖空，村里的房屋就可能坍塌。那不是把万年千辈的村庄给毁了吗？

面对村里这些人越来越频繁的阻挠，四川人通过刘红学采用了多种办法解决矛盾。比如，给这几个年轻人小恩小惠，请客吃饭，甚至答应他们不干活可以领工资等等。但是，按住了葫芦浮起了瓢，这伙人不闹了，其他人又闹腾了起来。最后，村里几个年龄大一些的人也带头闹，他们三番五次地挖断运煤的路，不让拉煤的车路过村子里的地界。再后来，发展到不断找相关部门告状。最后，四川人实在干不下去了，就决定把这座煤窑的承包权转让出去。

四川人提出的条件是，给他们一百万的投资费用，他们就放弃原来签订的承包协议。我的天呀，白白把村里的煤窑干了几年，要他们解除合同还要一百万。这可是个天文数字呀！别说个人，就是整个大队有一百万吗？

四川的承包人提出的条件彻底激怒了村民，大家纷纷找刘红学，刘红学解决不了又闹着去找乡政府。政府的工作人员找到四川人，四川的老板理直气壮地拿出合同，白纸黑字上写着承包期为三十年。

就在人们议论纷纷，看着这事如何解决的时候，刘红学做出了一个惊人的决定。他说，他自己承包这座煤窑，至于一百万的承包费，他负责给。

听到这个话，村里告状的人，都惊讶地张开嘴，不说话了。

“啧啧啧，他，刘红学有那么多的钱吗？”

还有人说：“只要是本村人干，我们就不告状了。”

也有一些人开始与刘红学套起了近乎。

刘红学真的接受了四川人承包的煤窑。也就是说，他把队里的煤窑通过四川人的手变成自己的了。至于那一百万怎么来的，有人说，刘红学从信用社贷了一百万，也有人说，他根本没有给四川人这么多钱，而是空手套白狼，转了一下手而已。

山村的人是最讲情面的。看着是自己村里的人干煤窑，即是心里有多少冤屈，也都忍了。再说吧，还巴望着去他的煤窑上干活呢。这样，刘红学就成了我们村的第一个煤老板。

可以说，密植农作物的推广及化肥广泛使用，奇迹般地解决了农村人吃饭的问题。困扰山村人许多年种地不够吃的日子，一夜之间成为了历史。

而眼巴巴看着别人凭借采矿挖煤，钱袋子一天天鼓了起来，人们的心态又发生了微妙的变化。原来人们总是攀比着庄稼的长势，不知什么时候，“万元户”成了人们羡慕的对象。

短短一年多的时间，刘红学就成了当地闻名的暴发户。他经营的煤窑昼夜不停地开采着，接着，又购买了两辆运煤的大卡车，还有一辆 212 吉普车。

村里人有钱后，首先是购房置地。刘红学也不例外，他把自己过去那几孔破窑洞，推了个底朝天，修建了一排混凝土浇筑的平房。屋子里还铺上了浅灰色的地板砖。院墙上，也贴上了白色瓷砖。那座高高的门楼特别引人注目，上面镶嵌着四个瓷砖烧制的大字：“吉星高照”，远远地，人们就可以看见；除非他那吉普车要进出，那两扇枣红色的大门常常紧闭着。平时，只开一个小门便于人们通行。

刘红学每天都是忙忙碌碌的，不知道要处理多少事情。傻瓜木娃几乎成了他家的长工，每天都在他家干些扫地、倒灰的杂事。刘红学几乎每天都是，早晨清醒着出去，晚上醉醺醺地回来。要去他煤矿上干活的，讨要工资的，求拉煤的，也有向他借钱的等等，家里啥时候也有人等着他呢。

就在这节骨眼上，一直坚持学习的金雪莲竟然参加了高考。与她一同参加高考的还有上过高中的张五工。本来金雪莲辞去民办教师后，张五工顶了上去。可谁能想到呢，偏偏在这时候，国家又恢复了高考。第一年他们两个都计划参加，结果都误了报名。第二年两人都操上心了，一同去报了名，又一块去参加了考试。谁也没有想到，两个人都考上了。金雪莲考上了晋西北一所林业学校，属于中专。张五工竟然考上了省属师范学院的政史专业，属于本科。

山沟沟里出了大学生，这可是传遍周围十几个小村的特大喜讯。人们奔走相告，都教育孩子以此为榜样。而这两个人却在发愁，张五工发愁的是去上学的费用开支；金雪莲愁的是，刘红学根本不想让她去上学。

临近开学的时候，我们像当年欢送刘红学当兵一样，欢送了张五工。每人三元五元的，给张五工凑足了盘缠。而金雪莲在与刘红学闹了几次别扭后，刘红学终于妥协了，同意她去上学，并把她送到县城汽车站，她自己一人去了学校。

对于张五工能考上大学，我并不感到意外，只要有机会，他一定是可以的。他的智力与好学精神是不容怀疑的。对于金雪莲能考上，大家非常惊奇，当了好几年小学教师，结了婚，成了家庭主妇，还能考上，确实出乎人们的意料。

有人说，张五工在高考答卷上用毛笔小楷写了一篇作文，赢得了评卷老师的一致好评，所以被录取的。而他却说，他本来是数学学得好，是想上理工科的，因为眼睛有点色盲，被调剂到了文科专业的。

人们也说，老天爷太偏爱刘红学一家了，让他开上煤窑挣大钱，让他的女人也考上了学校。同样是金榜题名，对张五工来说，是雪中送炭，而对刘红学家来说却算是锦上添花。

第十五章

一

还是让我接着说一说我去采矿的事儿吧。

不担任队里的保管员的事儿，多少有些赌气的意思，主要的原因是我已经想好了退路。

1978 年，十一届三中全会召开后，县里向公社及村干部传达了会议精神。在这样封闭落后的地方，会议的精神不可能立即贯彻执行下去。农村的土地管理，生产经营方式还是集体化的。但对于人们从事一些挣钱的营生，已经不再严格地限制了。甚至，在生产队里反而开始筹划组建副业队。当然，我报名参加采矿是打着村里的副业队旗号去的。

村子下面的那座铁厂是县里创办的企业。据说该铁厂始建于1958年，当时县里掀起了“大炼钢铁运动”，组织全县青年学生及农村的青年骨干上万人，按照部队建制驻扎在这里。他们不仅挖煤炼焦，还修建了许多土铁炉。他们把山上的铁矿石挖出来，放在土铁炉里烧呀烧，结果炼出了一坨又一坨奇形怪状的黑灰的铁煤合成物，村里人称“毛铁”。

这种成百上千吨的铁煤合成物堆放在这里，铁不是铁矿不是矿，这可怎么办呢？在这样的情况下，县里决定在此建立一个铁厂，把这些毛铁消化掉。

铁厂建立起来后，很快就把那些毛铁消耗完了。为了继续把铁厂办下去，就召集能吃苦的年轻人采铁矿。

我就是在这样的情况下当上采矿工的。

虽然身处大山深处，但真正蕴含铁矿石的地方并不多。我们这些采矿工人大多三人一组，都集中在距村十几里地叫东滩的山坡上寻找铁矿石。

整个山坡被一层稀疏的柏树、黄栌与荆条覆盖着。这些树根紧紧地扎进一层坚硬的铝矾土里。如果要想挖出铁矿，必须挖掉这一层铝矾土层，或者选择一个合适的工作面，挖一个洞口钻进去。如果选不对地方，费九牛二虎之力挖下去了，下面没有铁矿石，也是白费力气。这样白白消耗力气的活儿，许多人都干过。有的人甚至几个月，也找不到一个正儿八经的矿窝子。

刚刚开始采矿的日子里，我也是整天在这个山坡上转悠。这儿挖几锹，那儿刨几镢，都是白费力气。

后来，我咨询了一位在1958年“炼钢运动”时，在此采过铁矿石的人，才选中了一个铁矿窝子。

那是一个靠近河底的石头崖下，几棵碗口粗的柏树，歪歪扭扭地长在石头缝隙里。柏树的枝梢遮住了整个石崖面，附近一些灌木长得密不透风；经年的落叶，在地上沤成了一层黑黑的厚土层。我怎么也看不出这么个地方会有铁矿石。而我咨询过的这个人却说，当年他们确实在这地方开采过。他说，下面可能还有一个比较浅的石洞，那是当年他们几个年轻人开采铁矿时开凿的。

听了这位长者的话，我邀了两个伙伴用斧头与镰刀，除去那些茂密的灌木丛，再用镢头撅去那些灌木的根系。从挖出的那些根部土壤上看，似乎有红红的铁矿粉的痕迹。经过进一步地开挖，我们惊讶地发现，此处确实以前有人开挖过铁矿。当我们把几十方的沙土挖出后，我们终于发现了那个曾经挖过的洞口。

麻烦的是，这个洞口早已经被河水冲来的泥沙填埋。把那些泥沙石块一锹一锹地挖出，比重新打个洞口更难。而此处的位置却不适合重新开挖洞口了。我们只好硬着头皮挖这些淤积的泥土。经过一个月的时间，一铲一镢地开挖，我们挖到了当年那些青年骨干们采矿的工作面。原来抱着怀疑心态的工友们，都围过来看。他们羡慕不已。我们三人更是兴高采烈，心里憋着一股苦干实干的劲儿。

采矿是个累活。大清早吃过早饭，背上水壶和中午、晚上的干粮及沉重的采矿工具走十几里的山路。

为了多出矿，多挣钱，我们一到工地，便甩开膀子干起来了。当时，开山凿石，可是最原始的办法，一人稳着铁钎子，另一个人抡锤。当铁锤，一锤一锤地砸向铁钎子时，如果握得不紧，或者冬季手冷，手的虎口处就会被震得麻木或者疼痛。

凿上十几分钟后，便要停下来，用一个不到一米长的小铁勺，把矿粉从凿开的洞里，一点一点地掏出来，接着再凿。

这样，整整一个上午，能凿出一尺多深的两个眼子就算不错了。当时呀，天天都是浑身大汗。衣服、脸上及手上都被矿粉沾染成了铁红色。

中午吃饭时，我们在周围随便捡拾些柴草，点着火，把金黄色的玉米面窝窝头架在火上烤热，夹着从家里带的葱蒜辣椒或酸菜咸菜吃。吃完，再喝点水，就算一顿丰盛的午餐了。

采矿石是一项重体力劳动。中午吃点饭后，如果天气还好，就躺在山坡上的松柏树下休息一会儿；若天气不好，就到矿窝或山崖洞口坐坐，或躺一会儿。接着，继续干活儿。

在这里，给我最深切的感受是，疲劳是治疗失眠的最好办法。不论身下是什么，只要倒下，即可睡着了。

我们三人一组是一个最佳的组合。一个人把铁钎子，一个人抡铁锤，还有一个人铲矿渣，一点儿也不窝工。为了打破沉闷的局面，或者说减少疲乏，抡锤的人与把着铁钎子的人，还和着曲子呢。

“大生产呀们，好嗨！鼓足劲呀们，好嗨……”

这一首歌曲唱完了，又接着另一首歌曲。不断轮换的歌曲在矿洞里回荡着，确实给人以鼓舞。

炮眼打好后，先把炸药装入炮眼一大截；接着，把雷管和导火索连接好，放入炮眼里；之后，再用炸药把炮眼填满；最后，用潮湿的土末儿，把炮眼封闭严。这样就把爆破前的事项做完了。

随后，我们就是把导火索点着，快速跑到一个安全的地方，等待着起爆。等待起爆，也是要操心的事情。我们要扳着指头，数爆破的声响。如果装了五炮，只有四个响声。那可能是一个炮洞有问题。炮声过去了，就要认真地检查。有时，炸药把采矿面炸得乱七八糟，要找见那个哑炮也是很难的，当然，也是非常危险的。许多事故就是在这个时候酿成的。

有时，一炮就能炸出很多矿石；有时听见是沉闷的声音，或者声音很小，炸起的矿石也不多，还要接着打眼重炸。

矿石炸出来后，大块的人背不动的，就用大铁锤砸成小块。一块又一块地背出洞来，装上拉矿石的平车。我们背上的衣服都打着几层补丁，肩膀上也垫着厚厚垫子。即使这样，背部与肩膀上的皮肉还是常常磨破。

把矿石运出以后，就该清理那些渣土了。

那碎石铁矿混合而成的渣土实在难以清理，不用劲儿不行，用劲太大又磕磕碰碰的。一个月下来，我们把好几把圆头铁锹，都用成了凹形铁锹。我的手也从疼痛到起泡，再到变成了厚厚的肉茧。

每天都是这样，两眼一睁，忙到熄灯。回到家里，累得呀，一躺下就睡着了。

采矿累一点还好说，关键是安全问题十分头痛。矿窝子，有的地方矿石上面是硬石顶板，有的地方则是矸石泥，往前挖一截，后面就往下塌一片，必须用木柱顶住，不然安全无保障。在矿石窝子里因为塌方而砸伤人的事，不时发生。再者，就是在矿上放炮伤人的事很难防备，有些导火索点着以后，好长时间听不见炮响。你还以为是哑炮，当你走近它重新处理时，它却突然爆炸了。就是从这时起，我就在头脑里扎下了安全生产观念的根子。

二

后来，我学会拉车了。

为了避免自己开采的矿石让别人拉，而产生的高成本，我们决定自己运输。我让木工打造了一辆宽敞的平板车，买了一头毛驴。我开始学着拉车了。

每天，毛驴在前面拉套，我在车前驾辕。当然，我的肩膀上也有一根结实的拉带。装满矿石的车，太重了，光凭毛驴是拉不动的。

运矿石的路，是采矿工人们修筑的一条临时道路。路段大多位于陡峭的山坡。因为临时凑合着用，所以没有人注意路基的好坏。有些地方竟然是用树干或石头暂且支撑着的。特别是在雨水冲刷后，更是坑洼不平。

我拉着满满的一车铁矿石，走在坑洼不平的路上。我知道，每一步行走都是非常危险的。有时在一些危险的地段，吓得我腿都有些发抖。特别是下坡的时候，如果把握不住车，车子很容易翻掉，或者径直从身子上碾过去。我亲眼看见过，好几个拉车人，被车碾伤，或者被车上滚落的矿石砸破了脑袋。我在平板车的车尾，用铁丝捆了两条废旧的车轮胎。下坡的时候，把平车的辕杆用胳膊肘腕抱紧，并让它翘起，让车尾捆绑的轮胎与地面产生摩擦，从而减缓车速。这确实是一个很好的办法，它在很长的一段时间内，保护了我，保证了矿车安全。

世界上所有的苦都不会白吃的。经过两年的采矿，我算真正经受了劳动的锻炼。在别人眼里，我干的活儿太累太苦了，而我却觉得无所谓，是很平常的。此后，再重的苦力活，对我来说也都算不了什么。采铁矿另外一个最重要的收获是，我积攒了一千多元钱。别看这区区一千多元钱，在当时可是笔“大钱”。我的生活过得较为宽裕些了，又有了进一步创业的想法。

经过这一段的拉人力车，我摸清楚了运输与采矿之间的关联。于是，就想着自己能否搞运输呢？我还想，如果能买一辆四轮车，那可挣大钱了。

我这人就这样，一旦有了想法，就急不可耐。我每天盘算着这件事情：采矿的活儿，非常累，每月下来一盘算，要比运矿的人少挣几十元钱。

我琢磨着，如果能买一辆四轮车，专门搞运输是否会更好呢？

说干就干吧，这就是我年轻时的个性。我决定买辆农用四轮车，加大运输量。

可是钱从哪儿来呢？尽管采矿挣了一千多元，也买不起四轮车呀！买一台四轮要四千多元钱呢。我试探着向周围亲戚朋友邻居提了提这个事。大家都一个又一个地摇着头。我知道，一家比一家穷，哪有地方借呢？左思右想，还是决定到信用社贷款吧。

改革初起，不论是政府还是金融机构，都积极鼓励大家经商办企业。贷款的事情并不很难，关键是村里的人谁也不敢去贷款。想一想贷下那么多钱每天要还利息，大家就心里害怕。对于我要贷款的事，家里人也是百般阻拦的，都说贷上几千元钱，加上利息，什么时候能还清呀？没办法，我只好瞒着他们，找到了当时的信用社主任和会计。说明情况后，他们非常支持我的想法，可以说，非常顺利地办理了贷款事宜。

贷款到手，我便立即到了县城。在县农机公司，我看上了一台14马力柴油机四轮车。这辆四轮车前身是大红色，后车厢是灰绿色，底座以下都是黑色的。它漂亮极了，在阳光照射下，释放出灿烂的光芒。

我迫不及待地办理了购车的有关手续。让人可笑的是，崭新的四轮车虽然买下了，我才意识到自己并不会开车。这可怎么办呢？最后，我只好硬着头皮，求农机公司的工作人员，帮忙给我找了个人，把四轮开回百里之外的山村。

从县城到我们村，看似路途并不算远，由于当时全是坑坑洼洼的土路，我陪着那位司机，把这辆四轮车嘟嘟嗒嗒地整整开了三个多小时，才到了我家院子里。

四轮车一到村里，司机累得弯下了腰。说起这山路来，他一直摇头叹息。而村子里看热闹的人，却越来越多，他们围着这个铁家伙，赞叹不已。

山里人从没见过这东西，都觉得非常稀奇。我也兴奋不已，第二天，我又下山去了，开始张罗着找司机。

没过几天，我就找到了司机，并开始从我们采矿的东滩山坡上，往县办铁厂里运送矿石。从铁厂到采矿的山坡，要十几里地。要在平时，人力车拉两趟就累得不行了，还是起早贪黑的。可坐在这四轮车上，我一天跑了四趟都不觉得累。也不用那么起早贪黑了。

我的四轮车，每趟能拉一吨五六。每吨7元钱，我算了一下，一天下来挣四五十元。除了油钱、司机工资外，还剩二十多元。根据当时与队里的承诺，每月向队里交135元，还剩400余元呢。这在当时不得了，一个月挣的钱，能顶一名公办教师半年的工资，顶一般家户五六口人的家庭全年收入呢。

有了四轮车后，不仅提高了收入，也提高了自己在村里的威信。不管是本村的，还是邻村的人要娶媳妇用车，或在路上，乡亲们顺路搭车坐一段，我都愉快地答应。因此，我不时受到众人的赞誉。

一年下来，四轮车挣的钱，除去交够了生产队的任务款，还清了信用社的贷款本息，抛去其他开支，还余一千多元。

我把四轮赚回来了。

就在我埋头搞运输赚钱的时候，刘红学的煤窑也开得红红火火。村里的人们在忙完农田后都到附近的煤窑、铁厂干些活计。有的人也在附近山上挖些零碎的铁矿石，集中起来卖给铁厂。一两年后，好像大家都有了闲钱，手头都宽裕些了。

世世代代的村里人都是这样，手里宽裕了就想着盖房子，一时间村里许多人都想着翻新窑洞，或者重建新屋。

我就是在这样的情况下，又萌生扣坯烧砖的心思。

初中毕业后我曾去砖厂里干过活，本来想着能学会扣坯烧砖这个技术活，前面叙述过，中间出了事故，砸伤了王星农。这突如其来的变故，改变了学烧砖的想法。谁能想到呢，短短几年后，我又想着重操旧业。

选好烧砖的地址以后，我就找了几个人，开始挖烧砖窑了。这是一个工程量非常大的活儿，本来我想找几个帮手，给他们点工资算了。可这几个帮手都是本村的伙计，在干的过程中都提出不要工资，要合伙儿一起干。合伙就合伙吧，有他们几个人的支持，我还觉得风险小呢。

就这样，我们几个摸索着挖好，并砌成了一个新的烧砖窑。我以前在烧砖窑干过活，对烧窑的结构比较了解。就是一个倒扣的罐子形状，下面打一个窑洞，盘一个炉子，炉子的烟筒沿着烧窑周围墙壁直通而上。在烧窑的左侧开了一个小通道，便于运送砖坯。

洇土扣坯的事情，我以前干过，他们几个都照我说的来做，就是烧窑的技术我没有掌握。什么时候点火，到什么火候封火，再者，为了使砖的颜色为蓝色的，还要洇窑。洇窑的时机把握是非常重要的。我实在不敢下手干，就请来一个烧窑的师傅。本来烧窑期间请来的师傅，是应该住在烧炉子附近，昼夜不停地观察的。我为了学会这项技术，硬是陪着他住。说起来也没有多少技术含量，烧了几窑后，我就掌握了。

第二年夏季，当我们把干透的土坯装满窑后，我提出不需要师傅，自己烧一窑，没想到大家都反对。大家都觉得，如果烧坏，我们的工夫不是都白费了吗。我告诉大家，如果烧坏了，损失我一人认了，与大家无关。结果，我亲自烧制的砖，敲起来叮当作响，蓝格莹莹的。大伙儿很高兴，此后，我就是烧砖师傅了，而且逐渐远近闻名。

砖一窑一窑地烧着，拉砖的人，一拨走了，一拨又来。我看见自己烧制的砖，在许多村庄盖起来一排排房屋，真的，还有些成功的感觉。而村里村外的许多人好像不屑于我这一行业，把我们这几个烧窑的人看成了最脏，最没本事的苦力人。关于这一点，我在许多场合，都能感受到。

眼下，在刘红学挖煤暴富的带领下，村里的人们，一个又一个地开挖起了小煤窑，我也动了心。

三

乡下人都是这样，一旦忙碌起来什么也不想了。

有时候，我也想，这汗水是可以浇灌一切，也是可以冲刷一切的。重体力活儿，可以使人变得四肢发达，也能让人的头脑变得简单。在繁重的劳动中，头脑里什么也不想，只是期盼着把活儿早点干完。对什么亲戚、朋友，甚至一些至亲人的思念，都会随着浑身的汗水排出体外。只有在夜深人静，或者闲暇之时，他们的身影才会不知不觉中潜入身体的某个深处，才会搅得人辗转反侧，难以入眠。

秋天进入雨季以后，烧砖窑不能再干活了。不仅仅是秋季，在冬季与初春，由于天气太冷，扣坯的活儿，也是无法做的。每逢这个时期，我就闲得慌，常常胡思乱想一些事、一些人。

恰逢这一时期是雨季，我就想着出去走一走，到县城转一转，买件秋冬穿的衣服，或者什么也不做，就是转一圈而已。

从县城到这山沟沟里往返的公交车，一天只有一趟。我大清早就站在公路边等车了。我远远地看见那辆载满人的公交车驶来了，赶紧招手示意停车，那辆车在我身旁犹豫了一下，还是停了下来。我挤上了那辆车，摇摇晃晃两个多小时，才到达县城。

每次下城里，我必做的一件事就是吃一碗当地的特色饭，叫作“糊包”。“糊包”，简单地说就是把油炸的面团，泡在烩菜里。这烩菜还好说，那油炸的面团实在搞不清是怎么做的，不像油条那么软，不像麻花那么硬。也就是说，软而不化，硬而不脆。在烩菜里煮一下，更有味道。吃饱肚子了，就去县城的街道上，随便转一转。有合适的东西买点，没合适的东西，就去县城的大澡堂洗个热水澡，再返回。今天洗完澡以后，在路过一家卖军品衣物的商店时，感觉时间还早，于是就进去看了看。屋外高大而茂密的树木，把屋子遮挡得有些暗。站在柜台里面的女服务员脸色白净，留着齐耳短发，有点军人的气质。她们身后的货架上摆放着与普通百货商店差不了多少的货物。但是，在柜台的一侧有一个部队用品的专属区。那儿有军绿色的被褥、胶鞋、水壶，还有军绿色的衣服。我被这些东西深深吸引。以前，一直有当兵的念想，现在，虽然这一愿望没法实现了，但对这些军绿的衣服还是情有独钟的。再说，那时候大家都喜欢穿这些衣服，我就买了一件上衣。

办完这些事，我就急切地赶往汽车站。当我满头大汗，气喘吁吁地赶到汽车站时，才被告知，我已经误了返程的公交车。

我坐在用木条钉的长椅上，发了一会呆。心想，反正又不着急回去，误了就误了吧，何不去市里转一转，去找张五工聊一聊呢？

这家伙自从考上大学后，几乎见不到了。每逢他回来的时候，我都是忙着出去干活儿。有时本来知道他回来了，但我一身泥污，累得半死不活的，也不愿意见他。明天正好是周日，我想，他也许有时间。与他聊一聊，看看他在学校的情况。

对于我的突然造访，张五工的脸上满是惊喜。他更加清瘦了。脸色白净，头发很长，脸颊显得更窄，衣服好像是挂在身上。

“你怎么找到的？”见到我，他高兴地问。

“哈哈，你忘了吧，我鼻子下面长着一个嘴巴呢。况且我还上过初中，识几个字呢。”我拍了一把他的肩膀，开玩笑说。

他穿着一件蓝色的青年装，衣襟左上方的口袋上，别着一支圆珠笔；下面左右两边的口袋上，低垂着两个皱巴巴的遮盖。

我想也没想，就说："看，我给你买的衣服。你试一试。"

我哪里是给他买的衣服呀，在县城一个部队的军人服务社，我是按照我的身材给我买的军绿色上衣。见到他时，我突然觉得，这件衣服应该送给他。张五工在外上学，应该穿得周正一些。我就一个烧窑的，穿上什么衣服也是个脏。

他也没推辞，高兴地穿在身上。

看见他瘦高的个子，窄窄的肩膀上挂着这件军装，显然，有些不合身。我说："有些宽松，不过还可以，过一段天冷了，里面套上个衣服，正好合身。"

"无所谓，宽窄都可以。没那么多讲究。"五工高兴地说。

张五工脸有些涨红。看他激动的样子，让我打心眼里高兴。

张五工赶紧拉过一把木凳，让我坐下。并拿过一个大大的搪瓷缸，给我倒了些白开水。这时，我才抬头认真地看了看这大学生的寝室。

四个木质的双层高低床，涂着暗红色的油漆；每一个床铺头顶处，都固定着一个简单的书架。一摞书被紧紧地卡在书架里；书架下面，是一床随意折叠的被子，软塌塌的，像一堆砖窑厂剩余的泥堆。枕头放在床的另一头，盖着统一颜色的枕巾；深灰色的水泥地，有些坑洼不平。周围白色的墙壁有些陈旧的样子了，不过看上去，还是白的颜色。墙壁上，有反复张贴过字画的痕迹；高高的天花板上，垂下一个电灯泡，灯口有些旧了，上面有些暗黄色的斑点，而那根电线好像是新换上的。看上去，这根长长的电线把入户门顶部窗户上，张贴的画割成了两半。一半是一条弯曲而健硕的腿，去踢一个足球，另一半则是一位男子几乎要倾倒的样子。一张大大的方形书桌摆放在靠近窗户的地方，上面放着几个塑料外套的暖水瓶与几本反扣着的书。窗户外的树叶，几乎伸手可得。窗台上，整齐地摆放着几个吃饭的小瓷盆。每一个瓷盆里面都有一个银白色的饭勺静静地躺着。

五工说："咱们到学校门口的小饭馆吃点饭吧。我叫上我的一位女同学，你先给我审一审。"说完，一脸神秘的笑容。

我非常乐意见一见张五工的那位女同学。我想看看女大学生的气质与风貌。同时，检验一下这小子的眼光。

小饭店在校门左边的大街上。街道两边是一排低矮的小瓦房。我们走进一家"春晖家常菜"饭店。在靠近窗户的一张圆木桌边，围坐起来。服务员提着茶壶过来，给我们每人倒了一杯茶水，随手递过一页纸质的菜单。

张五工接过菜单，正反两面看了看。他说，就吃山西过油肉吧，接着又点了蒜苗鸡蛋、油炸花生米与烧菠菜。并要了三瓶啤酒。他说，咱们一人一瓶。

他那女同学操着不太标准的普通话，摇着单薄而白净的手，推辞着说："我不喝，我不喝。"

五工说："我的发小来了，你就喝上一杯吧。剩下的，我俩包了。"

吃饭间，我了解到，五工的女同学是学生物专业的，晋中人。她身体瘦小，皮肤略黑，但思维敏捷。

两杯啤酒下肚后，我们都无所顾忌地聊了起来。

起先，我与五工还都是说着村里的那些事情。等到说到学校生活的时候，他俩都说起了"与蚊子同居，与臭虫共眠"的笑话。

我问五工学了些什么？五工说起了他看的书。

他从《史记》谈到《资治通鉴》，从托尔斯泰的《复活》谈到巴赫金的哲学思想。历史、哲学、文学，特别是人物传记，他说，他看了几百本书了。特别是他讲到马基雅维利《君王论》里，君王要像"狐狸一样狡猾，狮子一样凶猛"时，我觉得很受启发。何况是君王，在乡下也是这样，太善了被人欺，太愚了被人骗。

我不知道他讲的那些内容对与不对，反正他借着酒劲滔滔不绝讲的那些话。我觉得挺新鲜的。偶尔，他的女同学用一两句简单的话，刺激一下他。他俩就辩论起来。

他一副毫不相让的样子。

他的女同学也讲了一些。我认真听，也能够听懂。比如，她讲，牛顿力学的道理。大致意思是，世界是物质的，物质是运动的，运动是有规律的，掌握了运动的规律，就能够认识世界等。还讲，微观的世界是不确定的，是难以把握的，一个人的选择与决定，往往改变着它本身的存在，等等。

她讲的那些东西，尽管我觉得晦涩难懂，但值得深思与回味。

与他俩在一起瞎聊的过程中，我突然觉得我与他俩虽然年龄相仿，但差距很大了。他们的心还是那么充满好奇与纯真，而好奇与纯真对于我来说，已是十分久远的事了。我惊讶于他们的知识丰富，视野开阔，也有点可悲于他们的天真与不切实际。甚至怀疑，他们学的这些东西，究竟是否有用，是否真的能够改变国家或者说自己的命运。

借着酒的威力，我也向张五工讲了我采矿、拉车、跑运输以及扣坯烧砖的收获与感想。也向他抱怨了，刘红学借机开起了煤窑，全村人都红了眼到处都挖小煤窑的现象。并给他透露，我也有挖煤的想法，计划把生产队里原来挖过的一个窑口挖开，与他刘红学竞争的想法。

除了记得张五工说我，能吃苦，挺能干这些略加赞誉的话以外，我实在记不得，他对我决定挖煤的想法，有什么看法了。我以前从来没有喝过，这种像红薯藤熬制出来的液体。刚开始，觉得很难喝，喝着喝着就不觉得那么难喝了。一瓶下去，晕晕沉沉的，有一种头重脚轻的感觉。他俩把我送到学校内部开的一个招待所，我刚刚躺在那条白色的床单上，眼帘沉得呀，就再也不想睁开了。

借着酒劲说出这些话以后，第二天，我有些后悔了。万一张五工把我这些话传给刘红学，不是没事找事吗？第二天告别的时候，一再叮嘱五工说，昨晚喝酒给你瞎说的那些话，不要当真，千万不要给刘红学说。我哪里敢与他抢着挖煤呢？

张五工的酒劲也过去了。这家伙就这样，别看一副瘦弱的样子，但遇事总给人以理性与坚毅的感觉。他说："看你说的，我哪里会呢？不过我觉得，那么私挖乱采的终究不是个办法。我觉得，政府一定要监管治理的。还是要谨慎投资。要干就要想办法办好正规手续。"

在回家的路上，我一直在琢磨着他说的话。我觉得，他说的话确实有一定的道理，但大家都那么干，法不治众嘛，我哪能办得了有关手续呢？

四

这年冬天，实在闲得慌。我还是实施了我的想法。

在一个寒冷的夜晚，我把那几个在一起烧砖的伙计召集起来喝了顿酒。酒后，我对他们说，我知道咱们几个烧砖卖砖，都有几个钱了。手头宽松了。可你们看看，人家刘红学大车小车的，凭什么他能挣下那么多钱，不就是挖煤吗？现在不仅全村，几乎整个桑木乡有点能耐的人都想着打个小煤窑呢。有的人已经打好了，等别人继续投资；有的人正在打口子；还有些人占好了地盘。而咱们几个呢？如果我们还守着烧砖窑不放，就是磨破了皮，也挣不下一辆汽车。

我建议，还是拿出你们那几个钱来，咱们合伙开个煤窑吧。

学军呀，我们几个都听你的，你说干，大家就干。几个喝多酒的伙伴纷纷表态，支持我的提议。

你们光说干，在哪儿打口子呀？好地方全让人给占住了，我们能从别人手里夺吗？一直说胃疼，没有喝酒的李保，冒出这么一句话来。

就是喝多了酒，我也没有忘记，一直在我心里打转转的想法。我说："就把以前队里曾挖过的那个煤口子打开就是了。我们接着往里挖。你们觉得怎么样？"

"哪儿？那不是距刘红学的煤窑很近吗？他愿意吗？"大家提出这样的疑问。

"各挖各的，管他什么事？他能挖我们就不能挖吗？况且他往东挖，我们往西挖。这井水不犯河水的。"借着酒劲我说着。

行，我们就试着干吧。这就是我们几个最后的决定。

按照当地的风俗，我们在一块平地上献了一瓶罐头、一包饼干，烧了三炷香。我们几个虔诚地跪在地上磕了三个头，就要破土了。我打开一瓶玉堂春酒，准备向周围洒一洒。结果，被李保一把夺了过来。他说："别全洒了，给我剩点。"

"你这狗东西，还和土地爷争着喝酒呢。"我骂了一句，还是放开了手，让他喝了三分之一的酒。

知道我们几个挖开过去生产队曾打过的那个窑口子以后，刘红学叫上李钢生一起来了。刘红学倒没有说什么，李钢生夺过李保手里的铁镐扔到很远的地方。说："谁叫你们几个在这里挖口子？"

李保借着酒劲，狠狠地推了一把李钢生，说："谁叫他们挖的口子？"

没想到李保这家伙，平时爱喝点酒，连说话也软了吧唧的，谁也敢骂他，今天却突然硬了起来，竟然敢顶撞队长了。不过，他这一句话还真把李钢生给问住了。

李钢生慌不择言，他说："他们交过管理费了，你们交了吗？"

李保说："交了多少？交给你了吗？我们挖出煤来也给你交。"并摇晃着身体，又要去推搡李钢生。

李钢生觉得和酒气熏天的李保说不下个长短，且又被我们几个讥笑着。转身，没有好气地离开了。

这也是一次斗争吧。从此后，队长李钢生再也没有来找过我们的麻烦。就是刘红学一直在外面放出话，说我们是白忙活一回，一定干不成。

随着巷道的不断深入，我们的投资也越来越多，我非常担心，生怕中间出现个状况，不就把几年扣坯烧砖的工夫白搭了吗？我曾约李保拿了一条烟与两瓶酒，去向李钢生赔不是，可李钢生却说，他也没办法。村里那么多人都打黑口子，不管不行，管又管不住。只要我们不与刘红学发生冲突就可以。

回去以后，我们几个商量，我们的巷道向西偏移，不要与刘红学的巷道靠近。可过了一周，李保发现刘红学煤窑的巷道向我们这边伸过来了。已经能听到越来越近的凿挖声音。

他们几个问我怎么办？我答应进去看一看再说。

第二天上午，我与李保走进了煤窑，没走了多远，就有一股凉风吹过。冬天的煤窑里按理应该是沉闷而暖和的，怎么能有了凉风呢？继续走进去才看见，刘红学那边的人，把巷道彻底与这边打通了。而且有几个人就站在巷道里，好像在等着我们似的。

我没有好气地质问他们时，一个操着外地口音的家伙，竟然拿起一根火枪朝我开了一枪。好在里面没装铁砂，一股火光直扑我的胸脯，把我的衣服烧开许多小洞。

"好，有种的你们等着。"我知道，这是刘红学专门安排的人来吓唬我的。我能让他小子吓住吗？

出了煤窑以后，我在窑口找了三个空着的啤酒瓶，把炸药、雷管与导火索装好，像三颗手雷弹，我往腰里捆了两颗，手里拿了一颗，向窑里走去。

我径直走到那个打通的巷道处，朝那几个人走去，那几个家伙比兔子还跑得快呢。

我以为这下可把这帮兔崽子吓住了。出来就告诉李保，明天接着干。

第二天，我还在吃早饭，李保带着那几个人哭丧着脸来找我。他说："学军呀，彻底完了，人家把咱们那巷道从头到尾，彻底炸塌了。"

五

那天，我正在吃早饭，李保慌慌张张地来找我。他说，刘红学指示人，把我们挖的煤窑巷道全部炸塌了。一听这话，我刚刚吃进去的那口饭，既咽不下去，也吐不出来，差点把我噎死。

等我回过劲儿来，李保已经吆喝来几个人，拿着棍棒，要去找刘红学拼命。

不知怎的，我脑海里突然出现了我二爷爷与壮汉陈强在铁娃庙上打斗的血腥场面。当我二爷背着满脸血迹的陈强，走上山坡后，他的脸色与死去的陈强一样苍白。二爷脱下自己的外套，盖在陈强的脸上，他倒退着，倒退着，然后，转身离开。他转身的一刹那，就成了他人生的转折点。从顶峰到低谷，从平静到颠簸，一个，不，是两个，或许是多个和睦温暖的家庭，从此走向了毁灭。即刻，我仿佛从一种幻化中惊醒过来。身上，一身冷汗。

我大喊一声，喝住了李保他们几个人。

李保说："难道我们就这样认㞞了吗？"

我说："你不认㞞还要怎的？还想伤人坐牢吗？"

“那怎么办呀？就这么着吗？”李保几个人非常愤怒地说。

我说：“该怎么办就怎么办。你们听着，千万不能胡来。”

我想，这人心都是肉长的，差不了多少。我们挖的是黑口子，他刘红学的煤窑尽管规模大一些，也没有什么手续呀。断别人的财路如同断别人的生路，难道他就如此心安理得吗？

我想，沉住气，先看看他的反应，再说吧。

就在全村的人都在看着我们几个下一步怎么对付刘红学的时候，刘红学竟然与队长李钢生一起，来找我来啦。

刘红学不愧为见过世面的人，一进门，就给我放了一条香烟，并一个劲儿地赔不是。

他说，兄弟呀，你看看，我两天不在，我那几个操蛋工人，諫[①]这么大的乱子。我实在不知情。昨晚回来，知道后，挨着问了一圈，才知道，是那几个东北小伙子干的。这几个家伙什么事也敢做，简直是无法无天。让我狠抽了一顿。

你看看，今天不是跟咱队长一块来啦。你说吧，怎么处理都行，你开个价怎么赔偿都可以。

庆幸及时阻挡了李保几个去闹事，否则的话，反而失礼了。刘红学说他毫不知情，一推六二五，把责任全推在那几个东北人身上。如果我们兴师动众，去问刘红学的罪，那该怎么收场呀。

我知道，今天，刘红学来是采用威胁与利诱的办法来对付我们。他以为，那几个无法无天的东北人，就能把我们吓住。那他是痴心妄想。用下三烂的办法威胁，我们才不怕呢。至于利诱嘛，我还是想上钩的，我们挖煤不就是为了挣几个钱吗？有什么过不去的。

---

① 諫乱子：是陕西、山西的方言。

刘红学见我不开口，又主动说："学军呀，要不你雇几个人，把巷道重新修整一下吧，费用开支全算我的，行吗？"

我看见，在场的李保好像要答应这个条件，被我制止了。

我说："既然你们的人炸了那巷道。我们也就不干了。"

我停顿了一下。看见刘红学脸上浮现出复杂的笑容。

他说："你说吧，兄弟，你说咋办？"

我说："我看这样吧，既然你把我们的巷道给炸了，这煤窑我们就不开了。至于补偿的问题，我给你提几个思路，你选择吧。一是我们这一边的煤炭开采面积，你全占了吧，该补偿多少你比我们心里有数；二是我们几个从你的巷道里进去挖煤，当然了，我们只挖西边的开采面，一点也不涉及你东边的；第三嘛，前两个，你都可以不做。我们几个在你那个煤窑里占一定的股份，派一个人去你窑口发'签子'。根据你的开采量，抽取百分之三十的利润。至于你在哪儿开采，怎么开采，我们不再过问。你想一想吧。"

停了一会儿，我又说："另外给你说吧，我劝你早点让那几个东北人滚蛋。告诉他们，吓不住任何人。反而会给你带来麻烦。"

我提出的这些条件，显然是刘红学没有想到的。他原以为给上我们一点钱了事了。等我们再干的时候，又指使那几个东北人，从中作梗，再来与我们谈，或者说安抚我们。按他惯用的办法，就是扰得我们干不成，反而把我们挖的巷道，成了他的免费通风口。

我今天提出的条件，完全出乎刘红学的意料。他竟然一时没法给我们答复。其实，我也不希望他能够马上答复我们的要求。容他想一想，再想一想。

队长李钢生与刘红学非常客气地离开我家的时候，答应三天以后给我回话。李保几个围着我说，亏你还能想出那么多道道来。我们几个想，揍上这小子一顿算了。

我告诉他们，你们要多动一动脑子。这个社会正在一步步发生着变化，已经不是用拳头说话的时候了，凡事要讲究规矩与策略。那些不按套路出牌的人，迟早要被淘汰。

上面这些，是我进了一趟大学门，去看张五工后，思考最多的问题。我觉得，科学与法律对于一个国家来说好比一个人的两只脚，只有脚站稳了，才能够挺直腰板，理直气壮。个人何尝不是如此呢？一方面要凭借技术，另一方面要遵守规则，如果我们失去这两个方面，我们是不能够发展壮大的。我发现，我也在一天天长大，不只是身体长高与强壮，而是心理的成熟与思考得日渐深远。对事对人也不再那么凭着烈性脾气，感情用事了。

他们几个笑着说，那你几十年的武术不是白练了吗？

我说，哦，是的，白练了，好像也没白练。这几年，我真正体会到，现今武术的真谛，不再是练习防身伤人的技术，而是强身健体的运动与培养胆气的过程。他们哪里知道，除了练武术，我还在不断地看书看报呢，坚持写日记与心得，并学习一些法规知识呢。上次去看张五工的时候，他还送给我几本名人传记。我每天晚上都挑灯阅读呢。我发现，每一次读书，都让我有一种井底之蛙，爬上井沿环视世界的感觉。这个世界太大了，而我们每个人都是一个处在不同井底的井底之蛙。如果我们不阅读，不去经历，那我们永远认为井底就是整个世界。那我们不是白白来这个世界走了一遭吗？那不是对生命的浪费，对让我们以人的姿态存活于这个世界的神的意志的亵渎吗？

我从来也没有像现在这样意识到，我爷爷的崇文与我二爷的尚武，已经基因般植入了我的灵魂深处，且已经扎根，生长与开花。

六

不用等三天，我就知道，刘红学会答应我们什么条件的。我知道，他的心思重着呢。他早就想独吞村西南那一片的煤炭资源。但碍于在村里挂个干部的衔，不敢轻易挖开队里以前那个煤窑口。而我们几个冒冒失失地挖开了，弄不好，替他做了一个天大的好事呢。再说了，打死他也不愿让我们几个掺和进去。依他的个性，他一定也不会让我们在此挖煤的。他一定要把我们赶走。当然，也不想与我们纠缠。我想，他会选择给我们一次性了事。

三天以后，刘红学让队长李钢生约我们几个人，去县城一个酒店谈这件事。

在县城的古槐大酒店，刘红学安排了一个豪华的包间，上了一桌丰盛菜肴，还放了几盒“芙蓉王”香烟及“二十年”汾酒。

我们几个都是第一次进这种高档饭店，第一次享受这种高规格的待遇。一下子，被刘红学这种阵势给唬住了。

大家都摸不清刘红学葫芦里究竟卖的什么药。甚至想，他是不是想用吃一顿饭的方式，就把我们几个给打发了事呢？

我没有开口，还是沉不住气的李保先开口了。

李保说：“红学，其实你用不着这么破费，你就说事吧。说拢了，咋就行。说不拢，再好的饭菜也没用。”

这一点上，我非常佩服李保。这个嗜酒如命的家伙，在没有喝酒的时候，头脑还是很清楚的。你看，他现在就说出了，我心里想说而没能说出的话来。

刘红学是条汉子，也是个敢想敢做，善于决断的人。

他说："刚才，我也与队长交了个实底。咱们都是一个村里的好弟兄。前几天那个事儿，就算我的不对。今天请大家吃顿饭，就算赔礼了。至于煤窑的事，我这几天跑银行，贷款一百万。我想，把这笔钱全给了你们，就算补偿了。多多少少就这样了。以后你们那个煤矿的开采面积，就算我的了。以后，我在村里的方方面面，还要靠兄弟们帮忙呢。"

他说完，就在衣服的口袋里拿出一张支票与一份提前拟定好的协议，说："你们要是同意，就签个字了事。咱们开始喝酒。要是不同意，咱们回去再议吧。今天主要是喝酒。"

刘红学的这一表态，是我们几个想都没有想到的。我还是没有吭气，我在判断这家伙说的是否真话。而李保惊讶地张开嘴，一句话也没有了。

队长李钢生给我投来询问的眼光。

我说："既然说到这儿了，也就不用再说什么了。李保你负责签字吧。咱们开始喝酒。"

李保看也没看，就在那一张纸上签上了那个歪歪扭扭的名字，并拿过那张印着黑字盖着红章的支票递给我让我看。我瞟了一眼上面的数字，示意他拿上就是了。

就这样，刘红学通过向银行贷款一百万，从四川人手里接过了一座煤窑，又用同样的办法从我们手里得到了一座煤窑的开采权。他的煤窑开采面积越来越大了。

那天我是晕晕忽忽回到家里的。躺在床上，我浑身乏力。我感觉四肢与脑袋好像都不属于自己的了。那究竟是属于谁的？我也说不清楚。仿佛耳边还有另一个我。这个另一个我，一直在对我说：

"一百万呀，你凭什么得这一百万呢？难道这块地是你家的吗？难道你挖一下就是你的了吗？”

我也在告诉那另一个我：“我不该得，难道刘红学就该得吗？那请你告诉我，这些地是谁的？这些煤是谁的？难道谁挖出来不是谁的吗？难道应该给那些没有操心费力的人吗？”

我与另一个我，来来回回争论了多次，实在辩不出个道理来，我就独自睡着了。

一直昏睡到第二天早晨，我才醒来。我听见一群麻雀在窗外叽叽喳喳地叫唤。李保早早就过来看我。我头脑有些清醒了，但仍然头痛欲裂，浑身乏力。他问我好点了没有，我一张口说话，就恶心着要吐。我摆手让他回去，他就回去了。我像大病了一场，直到一周以后，才缓过神来。

第一桶金淘来以后，出乎意料的是，我没有感到一丝的愉悦，而是有一种负罪、内疚、纠结、不安的感受。

接下来，烦心的事也接踵而来。

首先是借钱的人纷至沓来。有孩子上学的，有儿子娶媳妇的，有住院看病的，还有要外出做生意的。我这才知道，拒绝别人是一件非常难做的事情。每次拒绝一个来借钱的人，就等于拒绝了一段相拥多年的亲情友情。每一次拒绝，都好像经历一次见死不救的场面。每一个来借钱的人，如果空手走了，就会在外面骂我。发现借得少了，还会说我厚三薄四呢。

人呀，没钱时难生活，有钱时也难活人呀。

最难的还是我那几个合伙人。原来在一起扣坯烧砖的时候，大家一块配合着干活，虽有争执，但争执过后，就云开天晴；刚开始打煤窑的时候，大家都是一起劳动，不分你我，都想着怎么对付外来的压力。在拿到钱以后，在真正的利益面前，就不好协调了。

有人要求平分那一百万元，有的人说不能平分，应该有所差别。怎么个差别法？谁也说不下个样子。我想，分不好，我们几个还会打斗起来呢。无奈的情况下，我提出一个折中方案。我说，这个钱我先借用两年。两年后，我一分不要全部交给大家。由大家分配。也就是说，我这一份就算作我使用这笔钱的利息了。

这是一个缓兵之计，他们也知道我是在拖着处理这件事。不管怎么说，事情就这么暂时定了下来。我无法判断，我这一决定是否正确。当时也想，把这块资金先稳定下来，看能不能谋一块大一点的事情。

机会真的是留给有准备人的。就在我做出这一决定的时候，原属于县办铁厂的县铁6号煤矿，要整体转包。条件是，要求先预付五十万元资金，两年后，再支付剩余一百万元的资金。

这时，我真正体会到了钱是人的胆。就在我为这一百万寻找投资出路的时候，这样一个机会就摆在了我的面前。

想也没想，我就把县铁6号煤矿承包下来了。

县铁6号煤矿位于舞阳河畔的南山坡上，煤窑口朝北，开采面积分布于那面北向山坡上。小时候，我们就看见一些身穿黑乎乎衣服的人，头顶一个灯葫芦，满脸煤黑，把一车车煤从煤窑里拉出来，并倾倒在那面山坡下。他们除了偶尔笑一下，露出白的牙齿外，那浑身的黑，至今还留在我的记忆里。哪能想到，多年后，这座煤矿却由我主导了。

虽然县属铁厂已经开采多年了，都是人工开采，其开采过的面积十分有限。我粗略地估计一下，比刘红学的煤窑面积大了许多。关键是手续齐全，其巷道直接延伸到无人居住的山坡上，不会引起村民的反对。以后，也不会有因开采区塌陷而引发任何风险。

手续齐全的煤矿也有它的麻烦之处，就是它像一架望远镜，一下子就把周围的景物拉在了自己的眼前。自从接下这座煤矿以后，原来我从未打过交道的单位与个人，都纷至沓来。什么煤炭局、安全局、环保局、税务局、水利局等等，我实在没办法应付过来，只好专门安排了一位与这些单位打交道的工作人员。我叫他为“手续员”。

有时静下来，我常想，这人呀，许多时候不是选择，而是一种宿命。我哪里能想到，我会经营这么一座煤矿呢？经营这么一座煤矿对我以后意味着什么呢？我不得而知。

根据我聘请的一位原来在此干过管理的人员建议，我按照正规煤矿的要求，组建了一个管理机构。这个机构就像人的五脏六腑，或者说像一台发动机，一旦组建，它就昼夜不停地运转起来了。不是我推着它们运转，更多的时候，是它推着我转。我就是这样，被这个发动机带动着，给各种机构、单位或个人开始洽谈合作。也开始走南闯北，慢慢地触摸这个世界的另一个面。

不得不承认，财富与运气是分不开的。我是在县铁6号陷入困境，无法运行下去的情况下承包的。当时煤炭的价格低得让人难以承受。一百五十元让人拉一卡车都没人拉。生产出来的煤炭堆积如山，无人问津。等到我办完一切手续，把煤窑里外整理妥当的时候，煤炭价格直线回升，一吨涨到了二百多元。我还没有开始生产，原来煤场上堆放的那些没有卖出去的煤，已经让我完全收回了所有投资，且还有盈余。

我原来答应过我那几个合伙人，两年以后给他们那一百万元。结果，不到三个月，我就召集他们要给他们钱。结果，他们谁也推辞着说不要。就这样，没钱的时候，人都躲着你，有钱了人们都还争着想给你呢。

有一次，一个拉煤的人给我出了个主意，他说，这么多煤拉到山下，人家都是经过精选，卖出了更高的价格。与其如此，自己何不开办一个洗煤厂呢？这样，我又开始思谋上了其他行业。

第十六章

一

刘红学通过银行贷款接管了四川人开的煤矿后，又几乎以同样的方式，把我们几个人挖的煤矿也兼并过去。这样，他的煤矿开采面积迅速扩大，覆盖了整个村子西南一大片。同时，他招收的工人也越来越多。几乎全村能干活的人都在他的煤窑上干活。他把自己那辆二手军绿色212吉普车，也便宜处理了，换了一辆崭新的黑色桑塔纳轿车。

他魔术般的暴富，让村里许多人突然产生了对财富的幻觉。就那么一个黑窟窿里挖出的黑石头，怎么能变出那么多钱呀？他刘红学能变出来，难道我们就变不出来吗？

眨眼间，许多人都有了挖煤的欲望与冲动。

有人挖上一个几米深的洞，再也无力挖了，就把这一片地方占为已有。如果再有人在此附近挖煤，他就阻挡。好像这个几米深的洞，成了一块界碑，就像山上什么动物撒了一泡尿一样，划定了自己的势力范围。仿佛，这块界碑上已经明白无误地写着，那方圆几十米是他的地盘。也有人，占上一块好地方以后，到山下去找投资户，把山下一些有钱有势的人拉来做靠山，凭借那些人的力量继续开挖。更有山南海北的一些人，拿着钱，来此投资。浙江人、内蒙古人、河北人等等，他们通过各种渠道，获得当地的开采权。

来这里投资开矿的主要是山下的赵城人与堤村人。他们凭借地理优势与人脉资源，委托当地人开挖煤窑。有的是在村里人开挖的煤窑上入股；有的是发现山上人挖出的黑口子里有煤，就直接购买或者承包。

随着这些小煤窑的兴起，原先小山村的宁静，突然被打破了。凭空冒出了许多外地人，人们的生活习惯与谈论的话题也发生了改变。本来当地人向来以朴素著称，遇上过路人都以诚相待。这么多外地人来了以后，成群结队地干一些偷鸡摸狗的事情。这样，当地的村民，对操着外地口音的人，都有了提防心理。

最让人头疼的是四川人、河南人与东北人。

四川人一来就是一伙儿，每一个工队少则十几人，多则有几十人。这么多人住在一个小村里，把整个村子里的男女老少都给镇住了。有一次，他们竟然把一个在路边开小饭馆的夫妇捆绑起来，放在床上，头上蒙上了被子。他们在小饭馆，大吃而喝后，一走了之。而河南工人则是一两个人干活的，就会招来七八个同乡人在煤窑上吃闲饭。窑主轻易不敢说，如果说一下，这些人就要闹事。这样，有些窑主就想了个法子，找来几个东北人搞管理，让东北人专门整治这些四川人与河南人。但是，请神容易送神难。这些东北人慢慢地成了当地的老爷，不但没人敢惹，还与其他人勾结在一起，欺负当地的村民。

一段时间来，外地人成了小山村最大的危害，也成了当地派出所最头疼的问题。有时深更半夜地发现有偷盗行为，主人都不敢出去，只能在家里摔铁锹，砸木门，吓唬一下盗贼而已。

后来，村里所有挖煤的人形成了一条不成文的规定，所有煤窑一律不准接受外地人干活。这样，村子才逐步恢复了平静。

就在大家形成共识，拒绝接纳外地人干活的时候，刘红学的煤窑却不愿意这样做。他的煤窑上常常有几个东北人，而这几个东北人还经常带一两个穿着时髦的女人在村里矿上晃荡。许多人说，其中一个叫李娜的女子与刘红学好上了。有人看见，刘红学出门的时候，车上常常坐着这个女人。人们传言，在金雪莲离家上学的日子里，这个女人常常住在刘红学的家里。

关于这件事，人们添油加醋地说了许多细节。甚至，有人说，东北人专门找了两个女人来侍奉刘红学。

好事不出门，坏事传千里。这些话，不知怎么就传到了金雪莲耳朵里了。有一天，金雪莲突然从学校回到了家里。她看见昔日自己睡的床铺上，竟躺着一个陌生的女子，便怒不可遏。

金雪莲毕竟是上过学的人，她没有当着那么多人的面，揭穿刘红学的丑事，而是摔了家里一个茶杯后，胡乱拽出自己所有能穿的衣服，提着一个包袱就要走。

刘红学怎么也劝不住，只好把她硬推进车里，说要送她。

天黑前，刘红学一个人开着车，沮丧地回来了。他拿起木棍，发疯似的打走了那两个东北人，又扇了那个东北女人几记耳光，坐在沙发上喝起了闷酒。

那几个东北男女连夜就离开了这里。

据说，在路上，金雪莲与刘红学大闹了一场。下车后，她独自到学校了；也有人说，在半路上，刘红学把金雪莲从车里踢了下去，头也没回就开车走了。谁也说不清他俩在路上，究竟发生了怎样的争执，反正，从此金雪莲人间蒸发了一般，再也没有回来过村里。

后来，金雪莲的母亲也搬走了。据说给城里一个丧偶的退休老人做了保姆。

赶走那几个东北人以后，并没有丝毫影响刘红学煤窑的生产经营。他聘请了当地一位有挖煤经验的人，做他的“老人”。在这里，“老人”可不是指家里年龄大的人。在山上，它特指懂得煤窑里一切作业的技师。这位很负责的“老人”，每天都陪着工人们进窑出窑，每天晚上都给刘红学汇报一次煤窑里的开采情况。

可以说，煤窑上的事情，刘红学几乎不用操心了。他只是开着车，每天都去城里走一趟，谁也不知道他在忙些啥。

秋收季节，有不少人说要忙家里的农活，都先后请假，不进煤窑干活了。随即，刘红学也决定放几天假。不过，他聘请的“老人”陈德才还是像往常一样，进窑看一看。

一天，陈德才感觉煤窑里的积水有些增多，曾吩咐刘红学，再加点抽水设备。而刘红学认为可能是秋季雨水多的缘故，过一段时间就好了，并没有太在意。可就在收秋结束，第一批工人入窑不久，却发生了一件改变他人生发展方向的事情。

复工后的第一天，陈德才先安排四五个人进煤窑，收拾巷道里掉落的石块，察看工作面的安全情况。

陈德才带领本村一个十九岁的小伙子沿着朝东的巷道察看，另一位郭姓的中年人带着另外三个人，察看向西的巷道。当他发现朝东的巷道比较干燥后，就让跟着他的这个小伙子，去告诉郭姓的那几个人，认真看看，巷道的水是从西边哪儿流出来的。

那郭姓中年男子，发现西面的一个工作面上有一小股水，缓缓地流出后，他想试探一下水的深浅与大小。当他把钢钎扎在那个流水的地方，用锤子砸一下，想探一下水的时候，那根钢钎仿佛触及一块松软的蛋糕。瞬间，整个钢钎毫不费力地就钻了进去。紧接着，一股更大的水，顺着钢钎砸进去的地方，喷涌而出。

透水了。

他们几个拔腿就跑。

顷刻间，前面是这几个人惊恐而嘶哑的叫声，后面是积水倾泻而下的哗啦声。黑暗中，这几个人死命地跑着，跑着。有一个人摔倒了，丢掉了鞋子，摔破了头上的灯；另一个人惊慌失措地跑进了其他巷道。他们四个中，只有这位郭姓中年男子跑了出去。他的腿部、头部，多处受伤。

据陈德才后来回忆，当时他在东边的巷道，听见哗啦啦的声音后，他就意识到大事不妙。如果这时往出跑，一定会遇上水浪，可能会把自己打倒的。如果不往出跑，水淹过来，也就失去了最佳的逃出时机。就在他犹豫不决的时候，他听见了一阵哭喊的声音。原来是刚才跟他在一起的那个十九岁的孩子，朝他跑来了。远远地，他看见，巷道里的水，已经快漫过这个小伙子的小腿了。

陈德才是一个比较冷静的人。他想，自己年纪大了，无所谓了。而这个孩子还小，冒死也要把这个孩子带出去。

陈德才飞跑了过去，一把抓住这个孩子。不让他乱跑。此时，这个受惊的孩子，如同一只惊恐不安的兔子，怎么也安静不下来。这时，水已经淹没到他们的腹部。陈德才跳了起来，一把抓住靠近巷道顶部墙壁上的一根电缆线，以便让自己的身子尽量高出水面。他的另一只手，抓住这个孩子的衣服、头发或者胳膊等什么地方。他试图让这个孩子也能用手抓住电线，慢慢往出走。但这个受惊的孩子不但抓不住，而且两只手不停地拍打着水面。不断涌动的水，在这孩子的拍打下，向四周溅起了更大的浪花。不一会，这孩子的嘴里就灌进了水。

最后，实在没有办法了。陈德才只好抓住这孩子的头发，尽量让他的脸朝上，以免水灌进他的嘴里。可这孩子的嘴总是张开着，水还是不时地灌进他的嘴里。最后，陈德才仅凭一只手拽着他的头发，已经完全控制不住他了。最终，这位十九岁的孩子，也倒在了浑浊的煤水中。

当筋疲力竭的陈德才爬出倾斜的窑口时，他看见，那位比他先爬出的郭姓男子，瘫软在地上。回头一看，水马上就要从窑口漫上来啦。陈德才不顾一切地喊人，可这山沟沟里哪里有人呀。

据说，还是一位来煤窑拉煤的汽车司机，首先把这一情况通知了当地政府的。短短几个小时，公安、消防、救护队及有关领导迅疾赶来。七八台抽水机，从不同方向伸下去碗口粗的抽水管子。马达声日夜不停地响彻山谷。

刘红学也从城里被叫了回来。他脸色苍白，焦躁不安，一边配合救援，一边筹集资金。经过近十天的抽水作业，煤窑里的积水，基本抽完，淤泥的清理还需要更多的时日。救护队的工作人员一次次下去，都没有发现失联人员的踪迹。直到淤泥清理完毕后，才发现有三位遇难者的遗体。

接下来，责任追究与赔偿工作也迅速展开。为了让刘红学筹集资金，做好善后，有关部门并没有对刘红学采取控制措施。而是让他继续通过银行贷款以及清收外债，给遇难家属进行赔偿。等他把这一切都安排完以后，职能部门对他采取了控制措施，并查封了他的煤矿。

谁能想到呢？一个万事俱备、志在必得的刘红学，正筹划大干一番的时候，突然被命运之神捉弄了一番，从人人羡慕的人生顶峰，一下子跌落到人生的深渊。

二

半年后，刘红学回来了。他又瘦又黑，病病殃殃的。看来看守所里的日子确实不好受。

半年时间，他的家里早已没有人来人往的热闹景象了。只有忠心耿耿的木娃，还隔三岔五地帮他打扫一下院子，除去砖缝里疯长的杂草。尽管那辆黑色的桑塔纳小轿车上面盖着一块深色的布，那四条轮带早已泄气成了扁平的，车底几乎贴近了地面，活像一个趴在地上的癞蛤蟆。

老婆走了再没有回来，煤矿被封了再也没法开了，钱也几乎用光了，还有银行两百万的贷款。刘红学感觉自己辛苦了几年，又回到了原点，甚至还不如在原点的时候。

他百无聊赖地在家里待了两天以后，想起城里还有一家洗煤厂欠他的煤钱，他想，先要回来维持生活吧。但是，他还没有起身，就发现一辆车停在了他家门口了。

听说刘红学从看守所回来了，农村信用社的催款人员已经追到家门口了。他们拿着一堆表格，让刘红学签字。

刘红学摆出一副死猪不怕开水烫的样子，不耐烦地说："要钱没有，要命吗？就这一条了。"

穿着整齐，动作利索的信用社工作人员说："我们哪敢要你的命呢，不过是让你在上面签个字。把你的本息算一下，过几天你来办一下新的贷款手续。用新的贷款还了旧的而已。"

刘红学知道，这样下来，贷的款额度越来越大了。他又有什么办法呢？

刘红学拿起笔，顺着信用社工作人员那白净而细长的手指所指的方向，一路签了下去。他也不看签的是些什么。直到签完后，那位穿着整齐的工作人员，才直起腰来，长长地出了一口气，用很低的声音说："这下就好了。半年以后，我们再来找你结算新的利息吧。"

尽管信用社工作人员用很低的声音说话，却让刘红学的后背惊出了一身冷汗。我的天呀，别说半年以后来结算利息，就是一年以后，我也没有任何办法了。

听说刘红学回来了，我也去看了他。我给他买了五条烟，一大堆生活用品，并在一个牛皮纸信封里给塞了两万块钱。我把这些东西放在他家靠墙的柜子上，他站起来又坐下，没有说话，同时，示意让我坐下。当我给他前面的茶几上放上两万块钱的时候，他推辞了一下，还是收下了。

我看见，他的眼睛里似乎要飘出泪花。

我知道，在他家里是不能久待的。与他在一起，不高兴的话不能说，高兴的话也不该说，捡了几句安慰的话，说："困难慢慢克服吧。我们这些人本来就一无所有。从哪里跌倒，就从哪里爬起吧。没别的办法。"

他点了点头，并起身送我出了门。

直到这时，我才意识到，其实刘红学是我生命中遇到的第一个贵人。是他把我的煤窑兼并后，给我提供了一百万元的启动资金。如果没有这一百元万元，说下啥，我也不可能承包了县铁6号煤矿。显然，我以后的发展也无从谈起。再从另一个方面来说，也是他替我抵挡了风险，或者说，是他替我承受了牢狱之灾。明眼人都知道，他那透水的工作面，就是从他煤窑的西面巷道，通往我们几个人挖的那个煤窑里的。是他把原本属于我们几个人的风险硬生生地拿一百万元买了回去。如果他不吞并我们那个煤窑的话，他本应该平安无事；如果我们几个人还在那里挖煤的话，那股汹涌的洪流，不知会给我们几个带来什么样的灾难呢。

我每每闭目思之，恐及全身。

这人呀，可能都是这样，一旦飞起来，就难以承受落下来的感受了。刘红学从看守所出来几个月了，还是无法把心态调整过来。为了还清外债，他冒着再次被处罚的风险，在一个夜晚把查封的煤窑又挖开了。他还没有挖出煤，就不知被谁举报了。乡政府的煤炭稽查队队员们，迅速赶来，再次查封，还对他提出严厉的警告。

半年后，信用社的工作人员又不断找他催收贷款，逼得他实在没有办法了。他又出了一个损招。

一天，他叫来了木娃。他给木娃口袋里塞了几盒好烟后，对木娃说："木娃呀，你跟我这么多年，我也没有好好照顾过你，现在我也没什么东西了。这样吧，我把我那辆用旧的桑塔纳车给你。我这几孔破窑洞也算你的了。另外，我还有一万块钱，也给了你。我准备去内蒙古找我昔日的一些朋友打工去。"

木娃毕竟是个木娃，他不知道该怎么应对这个事情。就说："那怎么能行呢？"

刘红学说："你只要去信用社帮我签几个字，我把我那座煤矿也转让给你。以后都是你的了。"

木娃没有多想，即使再想，他那傻瓜脑袋也想不清楚这究竟是怎么一回事。接下来，木娃就高高兴兴地跟着刘红学去了一趟信用社。在信用社里，木娃依照刘红学与信用社工作人员手指的地方，也签了许多字。签完以后，刘红学直起腰，也深深地出了一口气。

就这样，傻瓜木娃稀里糊涂地就拥有了窑洞、小车、煤窑，还有了一万元钱。而刘红学却瞬间把这些债务，推了个精光，从而变得一身轻松。

直到几个月后，木娃才知道，在信用社里，他还有二百多万元的贷款。不过，木娃并不怕，他不知道贷款对他意味着什么。他说，只要能给他买几条烟，再加一百万的贷款，他也愿意。

第十七章

一

当刘红学把这一屁股债甩给傻子木娃后，还真的一走了之了。

有人说，他去了四川，与原先那些干过煤窑的人一起干活儿去了。也有人说，他去了内蒙古，承包了大片土地，大规模地种起了土豆。

不管去了哪里，反正他再也没有在村里露过面。

他拍屁股走人以后，可把新生伯全家给急死了。新生伯原先以为，他家傻子木娃，只是给刘红学看家护门，不会涉及他的煤矿运营。在半年以后，他才被人告知，刘红学把房屋、轿车、煤窑等，统统给了木娃，同时，也给木娃名下转移了二百多万元的贷款。

这件事真让新生伯寝食难安。

这个傻子木娃呀，怎么能上了这么大的当呢。他不论在山上放羊，还是在小块地里干活，人们都发现他长叹不已。以前，人们总觉得，他有狐狸仙佑着，顺风顺水的，谁想到一夜之间，就倒了这么大的霉呢？

想一想也是，一个庄户人家，几辈子也还不清这笔债呀！

几乎全村的人都为新生伯家的遭遇而痛心，都为刘红学这种不地道的做法，愤恨不已。有人建议，去法院告他，告刘红学诈骗，告信用社的工作人员合伙诈骗；也有人出主意说，把刘红学这小子找回来，狠揍他一顿，逼他把贷款再转回去。

宅心仁厚的新生伯怎么也想不出多好的法子来。上法院告吧，他觉得，刘红学已经够倒霉的了，老婆没了，钱也没了，再把他告到法院判了罪，不是把这孩子往死路上逼吗？把这笔贷款再给他转移回去，这倒可以，但又到哪里去找刘红学呢？全村谁也不知他在哪里呀。

就在新生伯苦苦煎熬的过程中，他的大儿子铁娃，拿了个主意。他说，爸呀，你也不要发愁了，这活人还能让尿憋死吗？我看全村人都在挖煤，咱们放着这么一个现成的煤窑怕啥呢？咱们父子几个也挖吧。闹不好，还真能把这贷款给还上呢。咱们晚上偷偷地挖，天快亮就把窑口堵住，又不雇用工人，凭自己受苦，我看一年也挣不少钱呢？

新生伯反驳铁娃说，使不得，使不得。咱又没什么上面的关系，万一公家的人找来了，那怎么应付呀？

铁娃一副天不怕地不怕的样子。

他说，看把你吓得。全乡三百多个黑口子呢，难道都是上面有人吗？车到山前必有路，再说了，咱还欠公家二百多万哩，谁阻挡咱，咱就让谁去还贷款。这还不行吗？公家人也要讲理吧？

人往往是这样，如果觉得自己的行为是重要的，是对的，是好的，他就会义无反顾地去做。果然，新生伯被铁娃的一番言语说动了，他似乎也把以前从没想通的道理，一下子想通了。

他看了铁娃好一阵子后，点了点头。

当天夜里，他就带着他的两个儿子，去煤窑里挖煤。父子三人，在漆黑的煤窑里，一个人往下刨煤，一个装袋子，一个人往出背。就这样，他们白天睡觉，晚上挖煤，一个月下来卖煤的收入，比他们全家一年的种地收入还高呢。

就这么偷偷摸摸地干了一年多后，新生伯家的日子宽裕了许多。在过去的几年里，他家早已摆脱了粮食的困境，而这一年多的时间里，钱的问题也基本上解决了。就是信用社那两百多万的贷款，还像石头一样压在他心上。每次，信用社工作人员让木娃签字结算利息的时候，他都担惊受怕的。

几年过去了，尽管政府对当地私开煤窑的现象不断加大了打击力度，乡政府煤炭巡查队的那一帮人，今天抓走这家的人，明天炸毁了那家的窑口子，但这种私挖滥采的局面并没有太大的改观。大大小小的黑煤窑，开一阵停一阵，停一阵又开一阵，像打游击似的，西边不亮东边亮，黑了南方又北方。每一个窑主都把这当作了一种常态。大伙儿认为，私开矿在这山沟沟里会永远保持下去，只会受到限制，但不会杜绝；他们认为只要能找个靠山，或者多花点钱，就能一直干下去，有的人还琢磨着扩大再生产呢。

一天，一辆豪华越野车停在了新生老人的家门口。车上下来三个衣着考究的年轻人。没几句客套话，来者就说明了来意。

他们说，要承包木娃这个煤矿。

新生伯说，他家都是小打小闹地干，挣不了多少钱。这几年虽然生活宽裕了，信用社二百多万元的贷款，还一分没有还呢。

来者自称是胡副市长的外甥，一副财大气粗的样子。一开口就说，一次性给木娃五百万元，这煤矿就算他的了。并说，这煤窑能否开采，与你们没有任何关系。

真是天上会掉馅儿饼，谁能想到一个傻子木娃，一下能有五百万元呢。

签订合同的第二天，这几个人就用一个大车拉来十几桶柴油，两台发动机、两台卷扬机，还有一些当地人们说不上来的设备。还拉来一些彩钢瓦与石棉瓦，准备盖工棚。看来，他们要大干了。

村子里许多小窑主，看见这几位年轻人干煤窑的气度，都很受鼓舞，以为国家政策要进一步放宽了。

受此鼓舞，他们也开始购买设备，用柴油机代替人力，用卷扬机代替了人力车。一时间，不分白天与黑夜，山沟沟里到处是轰轰隆隆的机器声。

让人没有想到的是，今年南方数省，遇到了百年不遇的冰雪灾害。全国煤炭告急，原煤的价格飞涨。况且，到处是冰天雪地的，乡政府的煤炭巡查队也难以关注到每个山沟沟。几乎所有的小煤窑主，都经历了一个幸运的冬季。春节之时，每个人脸上都洋溢着富足的光芒。那冲天的爆竹，在每一座院落里，一浪又一浪地滚过去，像是向上天宣告他们的殷实与幸运。

当一个人的财富增加时，他对财富的欲望会成倍地增长。没等正月过完，在正月初六，许多小矿主已经按捺不住了。他们又开始陷入了见一个日头，就会收入万儿八千的美梦里。

疯狂的人们或许早已忘记，上天的美意并不会一成不变地总降临到他们身上。那些在正月里喝得醉醺醺的村民，进入煤窑后，早把煤窑里恶魔的咒语丢在脑后了。有的人酒醉后，躺在巷道里睡觉；也有人抢着挖几车煤后，急着回家，要赴另一家安排的酒宴。

他们一个个醉眼朦胧，欢天喜地。

死神，常常在人们漫不经心的时候，突然降临。开工不到一周，接二连三的安全事故就在喜庆的正月里发生，喜庆的节日成了悲伤的忌日。

尽管矿主们采取了多种方式隐瞒事故，甚至与死者家属串通一气，掩盖真相。但所有的隐瞒都如同这覆盖大地的积雪一样，见日消融是迟早的事情。

二

当这覆盖大地的积雪融化以后，县委县政府立即撤销了对打击私挖滥采行为治理不力的桑木乡所有领导的职务。

本届乡政府领导在此履职还不到一年，就遭到集体撤换。有人垂头丧气，有人愤愤不平，有人在痛骂这个不是人待的鬼地方。当然，这样的境遇，不只是他们几个，曾经有一届领导班子，在此履职不到三个月就受了处分。

正月初六，张五工与他的爱人，还在省城医院治病。他的胃病又犯了，他本想利用春节假期，在省城的中医院好好调理一阵子。

晚上七点半，他看完新闻联播，正端着半碗褐色的汤药，用嘴轻轻地吹着浮在上面的药渣。突然，手机铃声响了起来。他原以为是迟到的拜年问候，并没有着急去接，没等把药喝完，电话再一次打了过来。

电话是县委组织部长打来的，要求他在二十四小时内，去桑木乡就任乡党委书记。他犹豫再三，说，能等他把这一个疗程的药喝完吗？组织部部长明确告诉他，没有商量的余地，必须服从组织安排。

张五工放下药碗，立即吩咐妻子收拾行装，启程回家。

张五工大学毕业以后，分配在县第一中学担任政治科目的教师。由于教学成绩突出，又有管理才能，很快就被提拔为政教处副主任。

县一中是一所重点中学，是县里的最高学府了。它坐落在县城北边的玉峰大街。校园内曲径通幽，绿树成荫。他曾经在这里上过高中，上学的时候，他就非常喜欢这里。毕业后，他回来工作时，还有一些他熟悉的老师，这让他感到非常温馨。后来的发展进一步证明，正是由于他的这些老师的帮助与提携，才使他在这里安常处顺、阪上走丸的。

与现在相比，那时的学校条件也算不上太好，但对他来说，这已是一份不错的职业了。他非常满意，觉得这或许是他此生最好的归宿了。

为了让学生认可，使他在学校里能够站稳脚跟，张五工仍然保持着学生时代那股学习的劲头。他把工资的一部分用来购买图书资料，经常挑灯夜读。偶尔，他还在各级报刊上发表一些随笔散文，倍受师生们的瞩目。

机会总是留给不断上进的人。在一座小县城，一个人的才能，是很快会被人们了解与认可的。张五工的文才很快就受到县里有关人士的重视。新上任的教育局长原先在乡镇任职，对于最近在教育领域的多次讲话稿，接连出错，非常恼火。他一气之下，免掉了县教育局的办公室主任职务，并在全县教育系统内要选拔几位年轻人，到教育局工作。这样，张五工做梦也没想到，自己稀里糊涂就被推荐到教育局工作了。

张五工在教育局工作不到两年，又被工商局局长看中了。工商局长想尽各种法子，把五工从教育局调走了。他在工商局担任办公室主任一年后，又被城建局挖走。而后，走马观花似的去过好几个部门，最后，落脚到县政府办工作，并担任了副主任。

人都是在实际工作中锻炼成长起来的。张五工从小离开山村辗转求学的过程中，吃尽了苦头，同时也丰富了他的人生阅历。他不但学到了知识，更重要的是，那种酸甜苦辣的生活，使他过早地体悟出人世百态。他见多识广，再加上好学与善思，使得他在判断与处理一些事情的时候，与我们同样在这个山沟沟长大的人，有着很大的差别。我们几个都过于看重眼前的得失，而他却总是关注着长远的发展。他那种眼界、格局与处理问题的果断与分寸，让我非常佩服。

我想，这次县委让他担任这个私挖滥采极其严重的乡的党委书记，想必是经过慎重考虑的。

村里几个开小煤窑的人，听说张五工要回乡里任党委书记了，都喜出望外。他们认为，这下机会可要来啦。自已人来当书记，总该照顾一下自己村里的人吧。我却不这样认为，凭我对张五工的了解，他上大学的时候，就提醒过我，不能搞无证开采。我初步判断，让张五工回他的家乡担任乡党委书记，是一次对非法开采的决战。这场决战他赢了，他还会升迁，在这场决战中他输了，轻则就地免职，重则牢狱之灾。

我想，他比我更清楚这一点的。

正月初七上午十时，张五工一行五人，同时履职桑木乡领导职务。他是乡党委书记，其他四人分别是乡长，副书记、副乡长，武装部长与人大主席等。

大家都知道，他此次履职的主要任务是彻底取缔该乡非法煤矿，打击私挖滥采的行为。但是，他到任一周后，并没有任何的举措。看到这样的情况，几乎所有的小煤窑都明目张胆地开工了。

正月十六的上午，有人告诉张五工，市里派人检查工作。来报告的人说，他们一行三人，开着一辆越野车，还有一个人扛着一台摄像机。一些私开矿主怕曝光，给这几个人送钱送物。

获知此事后，张五工迅速与市里有关领导及部门进行了沟通。得到的答复是，没有派人出去检查，而来检查的人却说，是胡副市长办公室的工作人员。张五工想，又是这个胡副市长！乡里最大的黑煤窑说是胡副市长的外甥开的，没人敢惹。今天私自下来检查私开矿的又打着胡副市长的旗号。看来这个胡副市长是这一带非法煤矿麻烦的制造者。要想把这里的黑煤窑彻底取缔，看来胡副市长外甥开的黑煤窑就应该成为此次打击的重点，或者说，是难啃的骨头。如果把这个煤矿取缔了，其他煤窑的问题就迎刃而解了。

想到这里，张五工下定了决心，打蛇打七寸，擒贼先擒王。

他安排乡里几个工作人员，开着车挡住那辆自称市里派来检查工作的车。车里下来一位身材高大，颇有派头的男子。这位男子的身后，紧跟着一位身材瘦小的，看上去非常精明的年轻人。这个小伙子，手持一台摄像机，还真有一种跟随领导检查工作的架势。

张五工问了一下对方的单位。这位领导模样的男子，自称是胡副市长办公室的工作人员，暗访煤矿开采情况。

张五工非常客气地说："既然是市里的领导，就去乡政府喝杯茶吧，听一下汇报。"

该男子不想去，可张五工非常诚恳地邀请，做出不去不行的样子。这样这位男子只好让司机开着车，随同五工他们进了乡政府的大院。

该车一进大门，张五工就吩咐工作人员，把大门锁上。他陪那位所谓市里的领导，喝了几口茶后，就借故离开了。

这位男子本来还想着在张五工面前，摆一摆官架子，表演一番。但张五工走了以后，再也没有回来。当这位男子感觉到情况不妙准备离开时，发现乡政府的大门已经锁上了。自己的车也无法开出。

不多一会儿，派出所的警车开到了乡政府门口，把这位男子一行带到了派出所。经过询问，确实是胡副市长办公室的工作人员，不过他们不是公派下来检查工作的，而是私自出来敲诈勒索的。

这件事情以后，张五工更加拿定了主意。必须首先清除那个自称胡副市长外甥的黑煤窑。

一切工作准备好后，张五工亲自去见了一次县里分管此项工作的李副县长。他告诉李副县长，他要在二月二龙抬头的这一天，中午十二点，开始取缔桑木乡的非法煤矿。李副县长问他，需要什么支持。他说，需要您支持的就是，允许我从十二点开始，二十分钟内不接您的电话。二十分钟后，再向您汇报。

李副县长明白了他的意思。

二月二龙抬头。这天中午十二时，张五工安排乡长、副乡长，带领十几个工作人员，开着两台挖掘机，突然围堵了自称胡副市长外甥开的那座煤矿。一位身材矮胖、圆头肥耳的中年男子，自称是矿主，一副不可一世的样子。他拿出手机打通了一个电话，让乡长接听。乡长说：“现在，我们只听张五工书记的电话，其他人的电话，一律不接。”拒绝接听该男子的电话后，就命令工作人员，迅速进煤窑检查测量里面的开采情况，并撤出里面所有的矿工。同时，让两台挖掘机开足马力，快速挖掉窑口所有工棚，清除所有开采设备。

在确认煤窑里没有工作人员以后，他又让爆破工进去，炸毁所有的巷道，并让挖掘机填埋窑口，用水泥彻底封死。并以乡政府的名义写了警示语。

当这一切工作完备以后，张五工拿出自己的手机。手机上，有几十个未接来电，有市里的，有县里的，也有一些陌生电话。

事后得知，这小子果真是胡副市长的外甥。看到新上任的张五工真的要取缔他的煤矿，还真把他舅舅搬出来啦。胡副市长打通了分管李副县长的电话，李副县长说无法与张五工联系，胡副市长还亲自给张五工打电话了，结果也是无人接听。

等到把该煤矿彻底炸毁以后，张五工才同李副县长及胡副市长做了汇报，声称自己毫不知情，希望得到谅解。并答应，把准备没收的十几桶柴油放行。

这样，李副县长心知肚明，胡副市长也没什么好说的了。

接下来几个月的时间里，张五工要求，全乡所有私开矿主，自己填埋煤窑，封死窑口，接受验收，否则，依法查办。这样，在桑木乡猖獗多年的私开煤矿行为，被彻底杜绝了。许多矿主怕秋后算账纷纷卷款逃离。

第十八章

一

新生伯几乎穷了一辈子。他做梦也没想到，自己家里突然会有五百万元。近一段时间来，他总觉得，这五百万元像是偷来的，每天都提心吊胆。他做的第一件事，就是让大儿子铁娃带着傻瓜木娃，去信用社办理了还款手续。紧接着，就要把剩余的二百多万元存到信用社。而且，一再嘱咐要存整整五年的定期。

他说，要等刘红学回来，再商量这笔钱的处置。

首先起来反对他的，是他的大儿子铁娃。

要说铁娃，也算一个老实巴交的受苦人。对待父母，也算个孝子。左邻右舍的人，从来没看见过铁娃顶撞过他父亲。有时新生伯脾气不好时，骂他几句，他也笑笑走了。而这次，铁娃却对他爸提出了反对意见。

他说："凭什么要等刘红学回来？这笔钱是咱的，与他刘红学有什么关系呢？"

新生伯把那根旱烟锅子，在鞋底磕了又磕，说："咱凭啥能有了这笔钱？这不是刘红学的煤窑换的吗？"

"他，刘红学？他把二百多万的贷款转到了木娃名下。如果煤窑转让不出去，这二百多万元的贷款，谁还呀？"铁娃质问起了他爸。

"难道这二百万的贷款，你会还吗？"新生伯站起身来，指着铁娃生气地说。

铁娃也是不依不饶的样子。说："我，即便我不会还，也要木娃还呀。"

"对，对。应该木娃还。你说木娃有能力还吗？这钱是天上掉下来的，正好砸在木娃头上了。这钱也许是木娃的，也许不是。与你没有一点关系。"新生伯摆着那只粗壮的右手，意思是让铁娃赶紧走开。

很显然，新生伯是想把铁娃要钱的想法给堵住。铁娃心里也很清楚，他恼气地扭头走了。

随后的日子里，铁娃几次尝试与他爸沟通，商量分这笔钱的事。每次，都被新生伯给顶了回去。

让铁娃缠磨得实在没有办法。有一天，新生伯对铁娃说："铁娃呀，横财是灾不是福。这笔钱就让它在银行里躺着去吧。我们该干啥就干啥，就当没有它。"

可是铁娃，铁了心似的，就想得到这笔钱。他竟然联系到了刘红学，让刘红学给他爸说说。

原来刘红学开煤窑受挫以后，果真去了内蒙古。他先是在一个砖窑上干苦力，后来又往南方贩卖墓碑石。现在，专门为几个种土豆的大户，招揽季节性的劳务工。据说，日子虽然过得紧张而忙碌，但还算能过得去。只是他再也不想回这山沟沟里了。

他说，现在他身无背累，心无挂念。家乡对他来说，已是一个梦乡，已经没有任何现实的牵挂了。

当他得知，当年让他春风得意，又把他推入人生谷底的煤矿，经过一个傻瓜的手，又赚取了好几百万元后，只说了一句，这就是命，是上天从我手里夺过来给他的。

深秋的午后，一抹暖阳正照着祥和的山村，新生伯把一捆捆玉米秸秆往屋前的空地上堆放着。他猛然抬头，看见邮递员小黑推着那辆绿色的自行车笑嘻嘻地朝他走来。快要到他跟前时，小黑熟悉地用右脚踩下那辆自行车撑支，顺势一提，就把那辆绿色的自行车，稳稳地停在他的面前了。小黑一弯腰，从后座上耷拉着的邮包里，取出一封信递给了他。

像他这样的家庭，是很少能接到信件的。前几年，他的残疾儿子星农，偶尔会写封信回来，或者给他邮寄上一二十元钱。他知道孩子在外不容易，让人回信时，一再嘱咐，再也不要往家里寄钱了。这几年家里的条件改善了许多，他觉得，也不能拖累这个孩子了。因此，星农给家里也不用寄钱了，当然，来信也日益减少了。一年多，也没他的消息。有时，他还十分挂念这个懂事的孩子呢。

今天，邮递员小黑递给他那个牛皮纸信封时，他愁云密布的脸上，迅速绽放出几朵皱纹积聚叠加而成的花朵。这封信一定是他家星农的。他把多日来给大儿子闹别扭的事，瞬间抛到九霄云外了，赶紧把信打开，并大声地叫："铁娃、铁娃，你快过来一下"。他着急地让铁娃看看，在信上，星农说了些什么?

铁娃扫了一眼就知道，是刘红学写来的信。信上除了几句问候的话以外，就是说明：

"……老伯您不要怪我，当年我是走投无路的情况下做出的决定。我当时在想，木娃即使欠再多的钱也无所谓，因为不管什么人，对于木娃也没什么办法。既然我做出了这个决定。当然，这个煤窑，我就完全转让给了木娃，责权利害全是他的了。至于说现在转卖得到的钱，也与我没有任何关系了，完全由你或者木娃处理。我只想嘱咐一句，把那辆桑塔纳车，赶紧卖了吧，千万不要让木娃开。”

刘红学的来信，说得再清楚不过了。这笔钱与他无关了。本来，刘红学还可以成为一个他阻止铁娃分钱的挡箭牌，眼下，他亲自让铁娃读这封信，不是把这个烫手的山芋又送回自己手里吗？

这还真的成了新生老伯一个难题。原先他家穷得少吃没喝的时候，他每天都在地里干活，顶着重重压力，埋头种他的小块地；有时，路过队里的田地，也偷偷掰几个玉米棒子。既使遭受别人的白眼，他也是笑一笑了事。有一点是可以肯定的，他没觉得生活难过。他一门心思地盼着孩子们长大，几乎每晚，他都是一觉睡到天亮。吃着什么也觉得可口。如今，有钱了，一下子有了几百万元，反而觉得活得不那么舒服了。

就是为了这些钱，他好些日子没有睡好觉了。

手心手背都是肉，他的大儿子铁娃急着要钱用，当爹的当然是知道的。可是，二儿子木娃傻傻的，每天光想着抽烟，从来不操任何心。三儿子银娃。自从做了倒插门女婿以后，好像真的成了别人家的人了，再也不过问家里的事情。四儿子星农离家自讨生路多年了，至今也还没有个家。

这个事究竟该怎么决断呢？

二

自从承包了县铁6号煤矿以后，我也成了当年的刘红学。每天忙得不可开交。对我这样的人来说，受苦受累倒无所谓，就是同各式各样的人打交道，是我的弱项。特别是与那些掌握实权的人交往，总觉得，有低人一等的感觉。递烟不接，请吃个饭不到，本来该付的款，一推就是半个月二十天，甚至半年一年的。

没办法，我记得在一本书里说过，“只要开店，就得一直向别人低头”。为了生存，我只好硬着头皮应付了。好在，每一个日子都是向上的，也值得我为之深深鞠躬。何况，我现在觉得，每一张不同的面孔，都是我行进路上，向上攀爬的石级。

一天晚上，我忙了一天就要回家的时候，看见新生伯在我家门口转悠。

我赶紧叫住他，让他回我家坐一坐。他说，他早就在此等我呢。

坐在我家那条长凳上，他一根接一根地抽着烟。一边抽一边同我唠叨他家里的那些事。

他想征求我的意见，究竟该怎么办?

清官难断家务事。我哪里能搞清楚他家这些事该怎么处理呢?

我说，如果这钱是全家的话，当然铁娃有权分配。而且家里弟兄几个都应该有份，包括星农与出去倒插门的银娃。如果是木娃一个人的话，就没有他们的事了。谁急用钱的话，就该向木娃借，木娃不能做主，当然你可以监管。

听我这么说的时候，我看见新生伯在慢慢地点着头。

我说，如果铁娃确实急着用钱，而家里明明有钱，却捏着不让他用，别说儿媳妇有意见了，儿子也会给你闹僵的。到时候你会捏住了钱，但得罪了人。闹不好儿子、媳妇要给你闹翻呢？你何苦呢?

我知道，铁娃是个想干事的人，他要钱是想买辆大卡车跑运输。如今，全乡二三百个小煤窑，都是晚上偷偷地往出运煤。大卡车的货源也是非常充足的。想到这，我就顺势劝了新生伯一句。我说：“要我说呀，我觉得，你不如先借给铁娃三十万元，他不就想买辆大卡车吗？也是干正事。”

新生老人掐灭了烟头起身要走，他说：“哎，你说得也有道理，也有道理。娃们是想干事呢。”

入冬后，铁娃终于从他爸那里拿回了三十万元钱，并买回来一辆崭新的大卡车。他见到我后，高兴地说：“老弟呀，还得感谢你呢，要不是你的话，老爷子是不会给我钱呢。哪来的这辆车呀？以后，就让我在你煤窑上拉煤吧。”

这个时期，山上的煤多车少，矿主们都千方百计地拉拢车主。甚至煤矿上还给拉煤的司机一些额外的补助呢。如果铁娃的卡车能在我的煤窑上拉煤，那当然谢天谢地啦。

买下大卡车以后，铁娃的心劲儿可大了，每天起早贪黑地忙碌。他雇了两个司机，人停车不停，昼夜两头转。有时晚上出车的司机不回来，他就一直等着。他老婆原来病病殃殃的，现在也精神了许多，没日没夜地给两位司机及全家人做饭。

元旦的前一天，铁娃起床后，看见天气灰蒙蒙的，脸上也有一丝丝刺凉。他心想，看来要下雪了。他赶紧叫醒刚刚躺下睡觉的司机。因为，接白班的司机还没有来，他要求夜班司机，不要睡觉了，也不要吃早饭，抓紧时间，再去煤窑上拉上一车煤。他怕万一下雪了，山上的路没法走了。

被铁娃从熟睡中叫醒的司机一骨碌爬起床后，脸也没洗一把，就发动了车，爬上了对面的高山。五六个装卸工挥舞着铁锹，一个多小时，就装满了车。

就在司机发动了车准备走的时候，天空飘起了纷纷扬扬的雪花。没走多远，路上就铺满了一层绒毯似的雪。司机知道，这点积雪，是不会影响车辆运行的。当车走在半路上的时候，雪却越下越大。怎么办？司机的第一个想法是赶紧把车开下山去，要是困在这山上可就麻烦了。当车辆行驶到毗邻山沟的陡峭路段时，白白的雪花几乎覆盖了所有的路。

司机本来想放慢速度行驶，但载重的车辆好像不听指挥的士兵，一个劲儿地往前冲。情急之下，司机猛地踩死了刹车板，结果载重的车辆就地打了个转。车斗朝前，车头朝后，顺着山坡溜了下去。多亏半山腰长着一棵柏树，挡住了下滑的车，车并没有摔到沟底。

司机用尽所有的办法从驾驶室里钻了出来，两手抓着荆棘与树枝，攀爬而上。他刚刚爬上山坡，又有一辆车，也沿着他刚刚滑落的地方，冲了下去。结果，两辆大车撞在了一起。那棵柏树尽管粗壮，哪能抵挡住这么大的压力呀。只见那棵柏树摇晃了一下后，树干断了。

那两辆汽车叠加在一起，滚下了深谷。

铁娃得知他的车滚落谷底以后，几乎是跑着到达沟岸的。

他望着深不见底的河谷，喘着气，拍着手，一句话也说不出来了。当他看见人们从谷底抬上来的两个人不是他的司机，而是别人的时候，他才缓过神来。他大声地呼唤起他司机的名字。此刻，他的司机早已吓得瘫坐在路边的雪堆里，任凭他怎么叫唤，都没有答应。

雪越下越大，掉入河谷的两辆卡车早已被大雪掩埋了。

人们把铁娃扶着送回家后，灰心丧气的铁娃盖着棉被在家里睡起了大觉，两天两夜都没怎么吃饭。村里许多人都来劝他，都说，想开点吧，车子摔烂了可以再买，身体垮了可就不好说了。

铁娃哪能听进去呢？穷人家出身的孩子，把此生全部的希望都寄托在这辆车上了。梦想着，这辆车能使他的人生发生根本性的转变。哪能想到短短一个多月，一辆崭新的卡车就变成了废铁。这怎能不让他怀疑自己的人生呢？

新生伯没有怎么去安慰他的儿子，只是说，破财免灾，破财免灾。怪不得昨晚上，那只狐狸在外面叫个不停，我还以为，是今天天气有变，谁知道还有这种祸事呢。

此后，铁娃再也没有干过什么超出他认知范围的事，他又恢复了过去田间劳作的常态。而新生伯更加坚信过去老人们说过的话。这钱与粮呀，对于一个人来说都是上天赋予的，是有定数的，不该是你 的，不要强求，强得来的财是祸不是福。看来，这笔钱是从天上掉下来，专门砸在木娃头上的，不应给任何人。尔后，他把剩下的所有钱，统统存在了木娃名下。

在以后的日子里，新生伯依旧放着几只羊，种着几块地。木娃似乎比以前醒事了许多，还是不能独自打理生活。这是老人家一直放心不下的事情。

之后几年里，他的大儿子铁娃，承包了几家外出打工人的土地，每天勤勤恳恳。虽然吃喝不愁，但来钱的渠道却没有啥，日子过得依旧紧紧巴巴。

人生本是一次单向的行程，几乎没有回首的余地。就在新生伯筹划着如何安排他的傻瓜儿子木娃未来生活的关键时期，生命之神突然向他亮起了红灯。这年正月十五的中午，新生伯坐在家里的暖炕上，美美地吃了一碗猪肉饺子。家里人都劝说，晚上村里要闹花灯，村里的人都要敲锣鼓，就不要赶羊出坡了。而他却说，人过年，羊也要过年。总不能人过年吃饺子，让羊饿着吧。

他答应，早点回来就是了。

这天，他比平时早点回来了。回来以后，却发现少了一只小羊。他把其他羊赶进羊圈以后，又上山寻找那只小羊了。

直到天黑，他才回到家里。小羊没有找到，他却累得够呛。尽管山上的天气还比较冷，他身上的衣服却被汗水浸透了。他没有像往常一样去敲锣鼓，也没有去看花灯。而是躺在床上呼呼地睡着了。等他醒来的时候，感觉身上奇痒无比，且起了一身红红的疙瘩。家里人都以为是着凉了，赶紧让喝上姜汤。盖一床厚被子捂着。第二天非但不好，反而呼气有些困难了。家里人请来邻村的医生，医生说，怕是得了红斑狼疮，很严重，并开了一剂中药。药还没有熬好，他就一命归天了。

可怜的老人，辛辛苦苦几十年，本来家里条件改善了，应该享福了，却没来得及享受，扔下两个没有成家的孩子，独自西行了。

新生伯去世后，他的二儿子傻瓜木娃，每晚都去墓地上与他爸做伴。家里人拿他也没什么好办法，劝阻不听，打骂也没用，时间久了，人们也就由他而去。

次年的秋天，有人发现他躺在他爸的墓地上。起先，人们以为他睡着了，后来才发现他早已死去。身边除了一大堆没有燃尽的烟蒂以外，一无所有。

第十九章

一

我想了再想，还是把金雪莲的事情也说一说吧。

转眼间，二十多年过去了，我都没有金雪莲的任何消息。偶尔间，脑子里也会浮现出她青春的容貌，但这美好的遐想很快就荡漾于忙碌的时光长河了，且越来越淡。要不是她突然给我打来电话，也不知猴年马月我才能想起她一次呢。

这是一个春夏之交的温暖季节，阳光毫不吝啬地把所有金黄都洒向这座美丽的小城。白的梨花，粉的桃花，黄的迎春花，还有一些我说不上来名字的花朵，阳光下，它们竞相开放。街道中间，来来往往的车辆疾驶而过；路边的行人，也一个个洋溢着春的气息。我的心情很好，因为，刚刚顺利地谈妥了一笔业务，我正漫步在人行道上。

裤兜里震动的手机，让腿部的肌肤有些刺麻的感觉。我赶紧掏出来，翻开一看，是北京的电话。如果在平时心情不好的时候，这些外地的电话，我会一划拒之的。但今天心情好，心想，即使骚扰电话，我也和他和蔼地聊上几句。

“学军吧，你能听出我是谁吗？”

电话的那头，传来熟悉而又陌生的女人声音。

我在大脑里飞快地翻阅着，关于这个声音所有印记，核对着它曾出现过的时间、地点、人物及其特征。终于，在尘封的记忆深处，一下就找出了一丝痕迹。

“金雪莲吧，你这神仙，从哪儿飞来的呀！”

我一下就能听出来她的声音，让金雪莲惊喜万分。

她在电话里，咯咯地笑着，并且用不容商量的口吻说：

“我知道你就在临汾城。今天晚上六时，在解放路中段的上岛咖啡见面吧。我请你。”

就这样，二十多年过去了。我与金雪莲就要在这座晋南小城见面了。对于我们的不期而遇，我想，我俩都是异常高兴与激动的。过去的一切，一幕幕，在我的头脑中闪现着。

距晚上六点，就几个小时而已，而我甚至有些急于见到她的难耐之感。

我实在等不到晚上六点了，就早早地去了上岛咖啡屋。

我坐在她提前预订的一个僻静的卡座里。服务生轻轻地向我走来，深色的托盘里放着一个酒精炉。炉子上面，放着一把透明的玻璃茶壶。她轻轻地把炉子放下，拿起茶壶，顺手“啪”的一声，用打火机点着那雪白的酒精膏。那颤动的火苗摇曳着，不断升高。火焰由黄变红，又由红变蓝。接着，服务生又轻轻地把茶壶放在上面。在寂静的卡座间，我能听见酒精燃烧时轻微的爆裂声。我不时地把头扭向门口，或者窗外，想着金雪莲是否也会早点过来？

服务生端过来一只精致的玻璃杯，给我倒了一杯茶水，又要去忙碌了。我示意让她再拿一只杯子过来。她微笑着应诺。

就在服务生拿过另一只杯子的时候，我一眼就看到，金雪莲推开了上岛咖啡屋那扇褐色的木门。她身着一件暗红色的长裙，一头流过脖颈的黑发，脸上一层薄薄的汗珠。她面色红润，气色芳雅，正向四周展望着，似乎要询问服务生的样子。

我站起身来，一边向她挥手示意，一边朝她走去。

二十多年没见了。我难以克制地想拥抱她一下，看得出来，她也有同样的冲动。但我们还是克制了激动的心情，我用手拍了一下她的肩膀，她用柔弱的拳头在我胸脯捶了两下。

我们对面而坐。

坐下后，她捋了一下遮住脸颊的长发，把随身携带的皮包放在靠里的座位上。

看着她年轻人一样瀑布般垂落的黑发，滋润透红泛着亮光的脸盘，还有黑白分明，清澈见底的双眸。我的内心有些难以自持的震颤。

我不假思索地说了一句："你的变化太大了。"

在我的记忆里，全是她在石头寨当山村教师时的印象，以及她初嫁刘红学后家庭主妇的模样。

"你没咋变，就是比以前胖点了。"

像看一只珍稀动物一样，她打量了我好久，才说了一句。

"快喝水吧。"我给她倒了一杯褐色的茶水。

她说："年轻不知普之味，知普已经到中年。你也喜欢喝普洱吗？"

"是的。年轻时哪里有茶可喝呀？应该说老了才知道这普洱之味。"

我也学着感叹起人生来了。

服务生递过来菜单，我与她相互推让了一下，还是服务生给我们推荐了几样菜：

一份巴西牛扒、两只鲽鱼尾、小碟桃仁西芹、半份荷兰豆，再加一份豆沙比萨与一瓶干红。

人们都说，酒是麻痹神经最好的东西，我觉得酒也是刺激神经最佳的工具。多年未见了，尽管彼此都觉得有许多话要说，但真正见面后，坐在了一起，反而觉得又无话可说了。菜还没有上来，我就给酒杯里，斟满了酒。并说："多年未见，先喝一杯吧。"

雪莲犹豫了一下，与我碰杯后，脖颈向后一仰，满满的一杯酒，喝了下去。

我看见，她的脸上泛起了一阵红晕。

"太高兴了。多年来，都想着有这么一天，能与你喝一杯酒。聊一聊内心压抑许久的话。"金雪莲把满满一杯酒，一饮而尽的气魄，还真让我为之一惊。我还是第一次见她喝酒的样子呢。多年不见，看来她确实变了许多。

二

我并没刻意让金雪莲回忆那段不快的记忆，可她借着酒意，还是给我讲起了她多年来，那段早已尘封的经历。

金雪莲说，接到录取通知书后，我彻夜无眠，不是因为激动，而是我知道，我这一走后，可能就要与刘红学彻底分开了。尽管我在内心里，多少次告诉自己一定要与他分开，甚至多次想过与他分开的方式与方法，但要真正下这样的决心，要真正离开他的时候，还是有些复杂的顾虑与难以割舍的情感。

她说，人们都说，婚姻是爱情的坟墓，但我们婚姻的坟墓里却没有掩埋爱情，而是掩埋了年轻时的轻率、无奈与无知。当年我是在家里出现变故的情况下，稀里糊涂地嫁给刘红学的。当时，我确实一时着迷过他那身军装。结婚后，我发现，我俩根本不是一条路上的人。

金雪莲接着说，我一心想着，通过勤劳过一个安稳的踏踏实实的日子，而他总是那么着急，喜欢冒险，凡事总想着走捷径。为此，我俩争执不断。在漫漫的长夜里，我们相互冷漠对待，在众人面前，我还得努力保持着家庭和睦的假象。

你想一想，几年来，我活得多么累呀！可以说，多年来，我表面上维护，内心里一直在挣脱。这种挣脱，一直是想象中进行着。这使得我变成了真正的两面人，白天与晚上，人前与人后，我对他或者说他对我，完全是不同的两种人。当然，这也是我能在恢复高考后，考上学校的一个主要原因。我几乎每天晚上都用看书的方式，消磨时间。你知道，我们能看到的书太有限了，我就看我们以前学过的课文或者我当小学教师时的那些学生的课本。一遍又一遍，我重复着阅读这些书，许多语文课文几乎达到了能背诵的程度了。

刘红学也知道，如果我上学走了，可能就要与他离婚了。他根本不愿意让我去上学，他同时也知道，他是阻拦不住的。就是阻拦了我的身，也阻拦不住我的心。

他和那个东北女人搞在一起的事，我早有耳闻。但我并没有在乎。我知道，我没有权利，也没有心情阻挡他。即使没有这个东北女人也会有其他女人闯入他的生活的。这一点我深信不疑。

他是身体强壮的男人，而我也没有尽到一个妻子应该尽到的责任。

那天我回到家里，正好碰见那个东北女人躺在我的床上。我确实是有些愤怒的，转眼一想，既然他愿意就随他而去吧。

是的，我是赌气离开的。即使没有那件事我也会很快离开这个家的。他与四川人勾结在一起，套取队里的煤矿之事，我非常清楚。我觉得，报应迟早一天会到来的。我没想到，那个煤矿他还干了那么长时间，还能干得如此红火。他敢贷那么多钱给你们，想独吞那一片煤炭开采面积，实际上说明他已经利令智昏了。或许你不知道，为了这件事，我曾劝阻过他多次，但他根本听不进去。这人呀，一旦被欲望把控，自己就会变成魔鬼。

也好，他的失误从另一个方面来说，成全了你。要不是他那么贪心不足，你哪里会有那么一大笔启动资金呢？我觉得，或许上苍真正眷顾的是你，而不是他。看看你现在的事业，更能说明这一点。你想过吗？这究竟是为什么？

要不是那次透水事故，或许他还会赚很多的钱。我觉得，钱对他来说，不一定是好事。他能适时地退出，也是算上天还顾念着他，不想让他栽更大的跟头吧。

那天，刘红学送我的路上，我始终一句话也没说。我觉得实在没话可说了。事情已经到这个地步了，还有什么可说的呢？好在我们之间没有孩子，都无牵无挂。

相反，倒是他在车上，一直指责着我，说我这不好，那不对。对我，还一副财大气粗的样子。说急了，我就对他说："红学，别说了，事情已经如此，我们就这样结束吧，反正我俩也没有孩子。今天就到此结束吧，让我下车去。"

当时，我也是一些生气的话，哪能想到，这个狠心的刘红学，果真把我扔在半路上。

他自己开车走了。

我蹲在路边哭了整整一天。直到天黑，也没有见到刘红学的踪影。

我彻底绝望了。

我设法联系到了我的一位同学。他就是我现在的老公。我们是初中同学。上学时，他多次给我递过小纸条，都让我一一回绝了。你知道，我心里，一直想着王星农。那时的我，很纯很真，觉得自己非王星农不嫁，谁能想到，后来扭七拐八地走了这么多弯路呢。

那时，我看不上我现在老公的一个重要理由，是他的脾气火暴。上学时，动不动就与同学们打架斗殴，让我非常害怕。但此时的我实在没有办法啦，刘红学把我扔到半路上了，我无依无靠，我能想到的只有他了。当然，我曾想起你与星农，但你们两个都不可以，你们谁也无法帮我。

我现在的老公姓柴，他爸给他取了个挺吓人的名字叫“虎”。他当时在省城经营着一家建材市场。别看他没有文化，脾气火暴，但胆子大，有魄力，敢闯敢干。

当柴虎从省城开车，找到我的时候，已经是深夜了，我浑身乏力，饥寒交迫。他把我带到他在省城宽大的房子里，我突然有一种久违的家的感觉。我还是第一次入住如此豪华的屋子呢。我知道，他也是刚刚离婚不久，他也渴望着爱的滋润。就这样，我们两个同病相怜的人，就迅速地结合在了一起。也可以说，我又一次把自己轻率地交给了另一个男人。

说起来，这确实是一次草率的决定。与柴虎结合以后，我突然发现，我从一个婚姻的旋涡中，刚刚爬出来，又进入了另一个更深的旋涡。

我与刘红学尽管志趣不投，但我俩毕竟是同一个村庄长大的。与咱们一样，我们有一种故土的亲情。我们俩，矛盾再大也只是个冷战，而与柴虎则恰恰相反。柴虎为人正直，做事讲规矩，待人真诚，就是粗鲁，还是像上学时候一样，动不动就口出粗话，动手打人。对我也是如此。

说实话，我实在无法忍受他这种对人粗暴的态度。可与他同居后不久，我就有了身孕。为此，我既感到惊喜，又十分地纠结。我想，我应该把孩子生下，并且要把他养大，孩子是无辜的。不能因为我的冲动与无知，把一个小生命给断送了。况且，我们家一直就人少，父亲在世时，唯一的希望就是家里能多个孩子，特别是有个男孩。更何况，我也是非常喜欢孩子。

所以，我选择了忍受。

和柴虎在一起的日子里，可以说，我享受着物质上的盛宴。宽大的宅子，做梦都不敢想的衣物与奢侈品。只要我喜欢，柴虎都会满足我物质的需求。也许我彻底成了他物质的俘虏，也许我感受到了他内心对我的爱慕，尽管他脾气火暴，我还是非常依恋他这个家的。

有时我想，这人呀就是难以完美。要不是他那性格、脾气，让我无法适应，我会觉得，我是世上最幸福的人了。

就在孩子过了一周岁生日以后吧，他在外面喝酒了。他醉醺醺地回到家里，我忘了我说了句什么话，他就抡起拳头打我。

你可以想到，他当着小孩子的面打我时我的感受了。你知道，我是被父母宠着长大的，从来没有人这么对待过我。多年来，生活中的一切磨难，我都忍受过来了。被人殴打，被自己同床共眠，并生儿育女的人，如此粗野的对待，我是实在无法忍受的。这次我彻底怒了，我没有哭，没有闹，也没有还手，我保持了沉默。

第二天早晨，他还没有醒来，我就拿走家里能拿到的钱，抱着孩子，就回到了咱们县城。

我发誓再也不回去了。

三

当时，我妈妈给别人家当保姆，租住在一个低矮的小屋子里。她住的地方，有一个铁制的双层床。平时，她老人家住在下铺，上铺放一些东西。见我回来了，她就收拾好了上铺，让我与孩子暂住在上面。

两年来，我与柴虎住着那么宽大的屋子。生下孩子以后，我们母子俩躺在一张宽敞舒服的大床上。我早已习惯了那种生活。如今躺在这狭窄、拥挤，摇摇晃晃的高低床上，怎么也无法入睡。

就在我迷迷糊糊感觉天快亮的时候，孩子醒来了。他的一声啼哭，惊得我猛然起身。结果，我的头碰在了屋顶的木梁上。顿时，鲜血直流。我的脸颊、衣物、床铺等到处都是血迹。

我妈妈惊慌得不知所措。她一个劲儿地哭。我当时也难受透了，心想，我的人生怎么如此可悲呀！

我用热水，洗去脸上的血迹，找了一块白纱布裹在额头上，我对着镜子看了又看，活像一个服丧的寡妇。

这时，柴虎打来了电话。他还是那种硬折不弯的口气，告诉我，三天以内回来，如果不回来，就永远不要回来了。

我抱着孩子在那低矮的屋子里，哭呀哭。我不知道我该做出怎样的选择？

对于一个母亲来说，孩子就是她的一切。没有孩子以前的女人，可能是一个感性的弱者，一旦有了孩子，女人就成了母亲，她可能会突然变得理性、坚强与勇敢。

就在我处于进退两难的抉择关头。我那孩子好像并不知道我们母子身处的困境，他反而不时绽放出开心的笑容。他那美丽的笑容，是世界上最美的花朵。这种花朵具有神奇的功能，它能迅速化解作为母亲的一切忧愁。我看着孩子如此开心，心中的愁云也被秋风吹得无影无踪了。

我平生第一次坐下来，想呀想。想这么多年来我走过的每一步，想我做过的每一件事。

我觉得，除了学习文化知识以外，好像我什么也不懂。我总是跟着自己的情绪跑，被自己的情绪左右着。情绪好像从门口经过的一辆粪车，我没有摆脱它，或者让它走开，而是一个劲儿地跟在它的后面。

与刘红学的不幸婚姻就别说了，与柴虎相处的日日夜夜里，难道都是他的错吗？我把他给我每一次发脾气的事，都认认真真地想了一遍。

说句良心话，两年与他的共同生活与相处，我觉得他，乃至他们一家人，尽管说话不够圆滑与艺术，脾气都有些急躁，有时或许使人难以接受，但确实是一家待人厚道，心地善良，能够忍辱负重的人。这一点在柴虎身上表现得尤为突出。

我想，我们每个人都是与别人的优点恋爱，与别人的缺点结婚，就是现在重新找对象也逃不过这个怪圈。关键是我应该如何认识这个问题。我觉得，人到了一定的年龄，婚姻不再是一种理想与追求，而应该是一种亲情与责任，是一种相互的容忍、适应与不断地调整。

家庭更需要包容，夫妻之间的不足与差异，需要接纳与修正，采取拒绝、放弃与逃避的办法是不能解决的，更何况有时千方百计地逃避也逃避不了。许多人的婚姻经历一再证明，即使身子逃避了，心也逃避不了，即使心逃避了，千丝万缕的牵挂与联系，也会使自己心里憔悴。最后，走了一个大大的弯路，又回到原处。这样，既浪费了自己对生活的享受，又荒废了子女的学业与前程，留下的只有别人茶余饭后的笑料而已。我真不想走上这么一条路，我想，我的母亲更不愿看到我走上这么一条道路。

我想，其实，夫妻之间在一起，如果觉得很烦或者总是吵闹，短时间的分居也是一种理智的选择。最起码彼此能够静一静心，较为冷静地分析一下自己与对方。我发现这一次对我是一次很大的触动，不管你相信与否，我确实有了脱胎换骨的变化。

我想，我们两个闹矛盾关键是他喝酒后总是打我；而他说，我说话很犟，说不过只好动手了。我觉得这完全可以克服与调节的，不应该因此而分道扬镳。家庭不是儿时的游戏，孩子的成长离不开一个和谐而充满亲情的家庭。孩子未来人格的塑造与学业的获取，不允许我们对峙下去或者分裂开来的，单亲家庭孩子的悲剧难道我没有见过没有听过吗？再者，我的母亲，身体欠佳，还在给人当保姆，难道她看到自己的女儿家庭破裂，孤身一人，心情会舒畅吗？

我想，婚姻家庭不应该是一个索取、斗争、追求对错与胜负过程，而应该是妥协、磨合，相互适应的过程。

说实话，我翻过来倒过去，想了很多。这几年我与刘红学，更进一步说，与柴虎的相处，是不是太较真，太任性，太自以为是了呢？我在家庭生活中究竟给他们分担了什么？如果我能在柴虎繁忙的工作中替他分担些，他还会对我这样吗？如果我对待柴虎还像对待刘红学一样，一走了之，我的未来将应该怎样走下去呢？

这一夜，尽管我紧拉了窗帘，但我觉得窗外有数千只眼睛看着我，在这沉静的光芒里，我回望自己，似乎突然明白了许多。我决心要改变自己，从每一件微不足道的事情中改变，我要成为一个清风拂面的人，而不是相反。

第二天，我用非常轻松的口吻给柴虎打了电话。我第一次在电话里给柴虎撒娇，让他来接我，说孩子想爸爸。前面说过，柴虎脾气不好，但确实是一个内心善良的人。当他见到我额头上的伤口时，还心疼得流泪呢。

回去以后，我彻底变了。我不仅是柴虎的妻子，更成了他的秘书。我发挥了我的知识特长，从经营管理、财务预算及业务洽谈等方面，对他的业务深度介入，把柴虎从那些繁杂的业务中解脱了出来。慢慢地他开始依赖我，特别是一些重大的业务，都要听我的意见，连他那些合作多年的伙伴，都愿意与我洽谈。

金雪莲讲到这里的时候，开心地笑着。

她说，以后嘛，我这秘书不知不觉慢慢地成了领导，而他这个领导却不知不觉成了我的秘书。现在，他旗下的两家公司，都是我说了算。柴虎也懒得过问了。

我这次来这里，就是洽谈一笔钢材业务呢。就是在那个地产老板的嘴中得知你的联系方式以及你在这里的信息的。

我俩光顾着说话与喝酒，满桌的菜几乎没吃。

金雪莲说到伤心处时泪流满面，说到高兴的时候又开怀大笑。她似乎又回到了纯情而美丽的少女时期。

我问她，这几年，她是否了解王星农的情况。她说，知道他的一些情况，说着从她的皮包中拿出一份报纸。

第二十章

一

金雪莲从她那乳白色皮包里，慢慢地取出两份折叠整齐的报纸。她把报纸轻轻地展开，用手抚平报纸的折痕，递给我看。

这是一份《晨报生活》。顺着金雪莲的手指，看到一篇《吴金刀客》的文章。这篇文章是一位化名为愚夫的人撰写的。接过报纸，我认真地阅读起来。

……国庆长假的第三天，我照例坐在家里休息。早饭后，随手拿起路遥的《早晨从中午开始》，没看几页就被他宗教般的意志所感动。心里琢磨着是否应该趁假期去路遥的故居感受一下，或者做一个他的头像放在我的书房。

这可能已成了我近几年的一个嗜好。如果看谁的书入迷了，或者被他的精神与思想所鼓舞，就把他作为自己崇拜的偶像。一般的情况下，我会亲自动手或者请人雕刻一尊崇拜者的头像，把他摆放在我那偌大的核桃木书桌上。最近，读路遥的《人生》《平凡的世界》与《早晨从中午开始》有些入迷了，又琢磨着雕刻路遥头像的事情。这个念头一经闪现，我的眼睛就机器般地转向了摆放在电视柜上的那件用崖柏木劈雕的鲁迅先生。

这是一件让我非常满意的作品。我的好友吴金先生用别具一格的刀法，寥寥数刀，就把鲁迅先生的冷峻、蔑视、反抗，“硬骨头”精神，刻画得惟妙惟肖。这也让我忽然想起了吴金，想起了他身上那种独特的力量。

是的。好长时间没有见到吴金了，应该去看看他。

我写文章的时候可以称他为先生的，如果当面称他为“先生”，他一定会惊得目瞪口呆，或者干脆一挥手把我赶走。他本来就沉默寡语，不愿与人说话。如果说的话再酸溜溜的，不爱听，那还了得？在他看来，跟人闲聊毫无意义，一方面会影响他干活儿，另一方面他觉得生活早已把自己封闭起来了，只要能够维持生计即可，不需要与任何人交流。我可不这样认为，不管他愿意不愿意与我交流，我隔一段时间总要去看看他，也要没话找话地与他聊一会儿。

他常常说，“对你也实在没有什么好办法。”

这么想的时候，我已骑着单车走到了他的门外。

早些年，素有花果城美称的临汾最具标志性的街道就算花果街了。当年，街道两旁的石榴树、桃树、梨树，春花秋果，格外迷人。而今这条街道早已沦落为一条小胡同了。路边，仅剩下几棵石榴树；这几棵树也确实有些老了，树干上长满了疙疙瘩瘩的树瘤；有的树枝上还稀稀拉拉地挂着几颗果子，有的树只长一些稀疏的细长树叶。

吴金就住在这条街道的中段，右边是临汾日报社高大的办公楼，左边是一排低矮的平房。他的大门临街，算是坐东朝西的门面房了。

推开那扇透明的玻璃门是一条暗黑的过道，要在往常，我只要径直走过过道，再轻轻敲一敲里面那扇咖啡色的防盗门，就可以知道他是否在家了；或者，根本就不用敲门，一般情况下，他的门总是敞开着；甚至在玻璃门外就能听到里面“嗞喇，嗞喇”，用电动工具雕刻木头的声响。如今有些不同了，他盖起了“新房”。在原来二层的楼顶加盖了一个工作间。这样，他平时就在楼上工作了。

对于现代人来说，在“楼上”工作，再平常不过了，对于吴金来说，却是一个很大的难题。他的行动完全依靠轮椅，这二层的楼梯可怎么上呀？他决定盖这个工作室的时候，我都替他犯愁。没想到，他竟然先为自己制作了一部专用电梯。在进入玻璃门两三米的地方，用角铁焊接了一个向上通道，通道里装了一个类似于建筑工地上运送货物的升降机。就靠这个“升降机”，他坐在轮椅上就轻而易举地上了二楼的楼顶。刚才说了，这是他的专用电梯，而我要上去找他，就必须沿着他焊接的那个铁质楼梯，蜿蜒而上。我每次走上他那铁皮楼梯时，脚下总是“咯嘣，咯嘣”地响个不停，总担心那楼梯是否会被我踩塌。他看着我提心吊胆的窘迫样，总是笑着说：“没事，没事，那是焊接工艺的问题，并不影响楼梯的质量。”我也曾开玩笑说：

“这是一条防盗楼梯，如果有贼上来你早就知道了。”

他总是那样，“站”在他工作室窗外的平台上，一边同我说话，应承着我，一边低头干他的活儿。

可今天，我走上楼梯的时候，并没有看见他在窗外劳作的身影。他工作室门外的凉台上，横七竖八地摆放着一些初步加过工的木雕件；两边的防护栏上缠满了各种绿藤，有爬山虎、紫藤，还有南瓜藤。这些藤蔓顺着头顶的几根引线一股脑儿地爬向了屋顶。他曾说过，要用这些藤蔓做天然的凉棚。看来他的目的达到了。紧靠护栏还有几个零散的塑料泡沫箱盒，里面种着一些普通的蔬菜。尽管已经是秋季了，这些蔬菜，丝毫没有枯萎的迹象。凉台的护栏也可谓别具一格了。他几乎把所有能用的东西，都焊接在护栏上了。废弃的角铁、破旧的自行车，生锈的盆架，还有我也说不上来的一些不用的器物等。他的防护栏简直是一首反映旧时代的陈旧歌曲，一刻不停地萦绕在他的周围。

他工作室的墙壁是用木头横截而成的“砖”垒起来的。这对于一个从事木雕的人来说，并不是难事。因为废弃的木料很多，只要善于积累，材料的问题不难解决，但这薄薄的墙壁能隔音保温吗？面对我的疑问，他曾神秘地告诉我，墙壁的中间有保温层。还有“保温层”？他略带自豪地说，他去修理冰箱的门市部，把冰箱拆解出来的隔层用轮椅拉回来，夹在了墙壁的中间了。哎呀，亏他能想到！

他在盖这间工作室的时候，我曾来看过多次。有一次，我走上楼梯远远就看见他挥舞着菜刀似的东西，头朝下，在地上砍着什么。我看见轮椅几乎都要歪倒了。“老吴，你这是干吗呀？”

我惊讶地问道。“我在铺地板砖。”他随口应着。“哎呀，你能干了这活呀？不会请个工人吗？”我一边往前走，一边说。“工人干不了这活。这活只有我自己能干”他回答的当儿，我已经走到了他的跟前。哎呀，哪里是工人干不了呀，实在是没有工人给他干这活儿。他把在建筑垃圾里捡到的大小形状各异的破碎的地板砖捡了回来。难怪“没有工人能铺了这种地板砖”了。

说起来，吴金先生的生活挺艺术的，但他的艺术人生却与苦难联系在一起。说起来，还有故事呢，刚开始认识他时，是经一位朋友介绍的。那几年，我对木雕非常着迷，我朋友说，一个人瞎琢磨不行，给我介绍一位师傅看看。这座北方小城我也是颇为熟悉的，从来没有听说过谁在木雕方面有独特的技艺。朋友告诉我，此人叫吴金，早年在洪洞广胜寺以照相为生，双腿残疾，常年在轮椅上度过。他说，在广胜寺的时候，曾见他做过根雕，也曾帮他推过轮椅，现在是否还相互认识那就不得而知了。抱着碰运气的态度，我俩竟冒冒失失地找到了他。记得，刚看见他的时候，他正在干活，头也不抬，给人以冷漠的感觉。当说起他在广胜寺照相的历史时，他才抬起头，露出了一丝深藏的无奈的微笑。

猛然间，我俩的目光对在了一起。你，你不是……

这样，我们算再次认识了。我常常在闲暇之时来打扰他。他有时也说，“你的到来，还影响我的收入。”我也经常打趣地给他说，“我给你上课，你不给我学费，就不错了。”

平心而论，我是应该给他付学费的。在与他交往的过程中，我不仅学到了许多木质、雕刻、防裂、美术、哲学的知识，更重要的是在他身上学到了一种逆境中求生的精神。几年来，我甚至我的不少朋友们在生活中遇到困难无法自我释然的时候，我常常想起他。他那种不屈、向上、坦然面对现实的态度与意志，让人深思、鼓舞与钦佩。

按理说，他身卧轮椅行动不便，是应该深居简出的，但他并不是这样，为了参加全国的雕刻大赛他多次前往福建等地。就在前些日子，他还去太原展示他的作品。他从太原回来不久，我去看他，在愉快的交谈中我问了他一个我多次想问而没有敢问的问题。

“您在火车上如何上厕所？”

没想到他对这个问题的回答竟如此的轻松。他笑着说，“没上车以前就要做好一切准备，在火车上从不上厕所。”

此刻我想，上苍对人是多么的不公平呀！对于上厕所，这么一件自然而然的事情，对他来说却需要提前做许许多多的计划、安排与准备。

他很少提及他的伤残过程，只是偶尔说说，是自己的缘故，在年少时，被倒塌的土方砸的。他经常愿意说的是他的心愿。

他说过。有一年，他去广胜寺周围的一个村庄的朋友家赴宴。当他走到一个土沟的谷底准备爬上一面陡坡时，突然发现他的轮椅出现了严重故障。两边都是陡坡，进退两难，他被困在了谷底。这时，天空又乌云密布，眼看一场大雨将要顷刻而至。他犯难了。

这可怎么办呀？

就在这时，他看见从坡上小跑着下来一对夫妇。男人怀里抱着一个一两岁的孩子，女的手里提着一团简单的衣物。他求助于这对夫妇时，方才知道男子怀抱里的孩子突患重病，要赶往附近的村庄寻医治疗。他有些为难了，而这对夫妇更为难。最后，这位男子经过片刻地犹豫，还是把怀抱里的孩子，送给妻子，快速地帮他把轮椅推上了陡坡。这时，已经是暴雨大作。他甚至没有来得及说一句客气话，这位男子便转身跑下了山坡。

多年来，他一直纠结于此，纠结于为了自己摆脱困境让一位父亲放下自己生病的孩子。他一直牵挂着这对夫妇，牵挂着怀抱中的这个孩子。他想打听到他们的下落，想听到这个孩子健康成长的消息，想向这对夫妇表达他深藏多年的谢意。终于有一天，他告诉我，他的愿望实现了，他经过多方打听找到了这家人。孩子已经长大，目前在县城上班。他去看望了他们。这对夫妇告诉他，送他上坡后，碰巧有个骑摩托的人路过此地，毫不犹豫地把这母子俩送往医院。由于治疗及时孩子平安得救。

我掏出裤兜里的手机，滑动着屏幕，已是上午十点二十了，难道他还没有起床?

对于他晚睡晚起的习惯我是知道的。由于身体的缘故，他穿衣脱衣都是一件非常麻烦的事情，所以，他一旦起床就开始工作，中午从来没睡过午觉，甚至要干到深夜。他常常说，他选错了职业。说来也对，作为根雕不仅是一个艺术活，更是一个体力活，把几十斤甚至上百斤的木头来回倒腾是常有的事情，这对于一个身体正常的人来说，也是一个考验，何况他呢?他总是用两只粗壮的手挪动着每一块粗糙的木头。我经常想，他的胳膊发挥常人胳膊与腿的双重作用；我也常常想，他为什么能够雕刻出如此传神的作品呢?是因为，他把他的经历挫折，把他对生活的理解刻入了木头中，他的每一件作品其实就是他心灵的投射。我曾在《精神的单间》写过关于他的一首小诗“雕刻刀下的完美”。

下班后的闲暇时间，我消遣在

吴金刀客的工作室里

一件件形态各异的作品

欣赏着我

刻刀，演奏着

完美的乐曲

孤独，念想，不屈的心。楔入的音符

一双粗壮的手

通过眼睛，询问着大脑

梦，远航在深处

魔幻般，山林中跃出了动物

人物在沉思或诉说

雕刻家吴金，四方着脸

皱纹。像崖柏陈化的沧桑

身下的轮椅，默默地承受着

天赋与兴趣诠释着倔强

无奈的自卑

一度封闭了外面的世界

这一切，起源于

几十年前一场幸运的意外

灵魂眷顾着生命

紧紧地拽着，没有松开

确实这样，我觉得吴金先生的身体是不完美的，但他的每一天都是完美的，他用执着的追求，不屈的精神，生活的热爱诠释着美好。他的一件件作品，就是他美好的见证。

今天既然来了，我还得继续打扰他一下。我对着窗户喊他：

“老吴，还没有起床？”

“哎，还没有，还没有。你不要等我，我很慢。”从他的回答声中，我听出了他此刻的安暖。

不能再打扰他了，也许他昨晚又加班了，也许他此刻正躺在床上雕刻着东西。我知道，这对他来说是常有的事情。

“你别急，我走啦。改日再来看您。”说完，我又“咯嘣，咯嘣”沿着他那铁质的楼梯走了下去。

太阳已经升到了头顶，照着我，更照着这间简易的屋子。这时，我突然想起了路遥的书名“早晨从中午开始”。是的，“早晨从中午开始”这不仅是对路遥，也是对吴金劳动的写照。

二

看完这份报纸以后，金雪莲又递给我一份，她把她用红色的圆珠笔圈过的文章，指给我看。那是一篇《他身下的轮椅》的短文：

这么一个阳光灿烂的午后，他一定在三楼阳台的凉棚下干活吧。这是我骑车路过位于L城花果街“吴金刀客”的住处时，瞬间的猜测。那就去打扰一下他吧。捏闸停车，我把刚刚从画家谷先生手中接过的旧自行车，斜靠在路边石榴树上，锁也没上，就直接推开吴金家的玻璃大门。顺着左手那条狭窄的S形楼梯，走了上去。

以前，我曾写过一篇“吴金刀客”的短文，文中介绍过吴金少年腰部受伤，大半生在轮椅上生活的点滴事迹，也介绍过他为了能坐着轮椅上三楼，还自行设计制作了一部电梯的事儿。现在，我看见电梯底部那几个方形的塑料板，就可以断定，此刻，他一定在楼上。因为，这几个塑料板是防止电梯下落时直接撞击地面而放置的。如果这些“缓解板”在，他就在楼上；如果这些“缓解板”被压住了，那他一定是外出了。我看见那几块塑料板歪歪斜斜地躺在地面上，便把握十足地走了上去。

二楼的拐角处，依旧堆放着形态各异的杂木，在春日的燥热中，飘荡着呛人的气味。

当我踩着他那铁制楼梯，“咯嘣，咯嘣”走上去的时候，竟然发现，阳台上静悄悄的，空无一人。那些用于雕刻的虎钳、电钻、角磨机等与那些杂木，正和谐相处呢；阳台边上，用废旧的热水器改造的“花池”里，长出了绿油油的香菜；头顶之上，用各种材料搭建的凉棚并没有遮住所有的阳光。金币、菱形、长条似的光照，洋溢着午后春日的温暖。

他可没有午休的习惯呀？他去哪儿啦？

“老吴？怎么？睡着呢？”老朋友了，不必客气，况且已是下午三点多了，我大声地叫着。

“嗯”他低声地应了一声。并没有说明是睡着，还是醒着。

我随手撩开条状的塑料门帘，推开虚掩的门，走了进去。

卧室的门是敞开的。他坐在轮椅上，背对着门。我能看见的只是他的方形后脑，花白头发，还有穿了不知多年的深色毛衣，以及毛衣上套着的那一件深色坎肩。还有，紧挨额头的那只吊灯还亮着，散发着柔和的白光，尽管灯泡上满是木屑与尘埃。

让人眼前一亮的是，他身下的轮椅似乎变新了。轮胎是新的，车架也是新的，只是那靠背坐垫与扶手，还保持着岁月的沧桑。

他知道我来了，但没有回头。他正在为一个泥塑聚精会神地涂抹最后一笔胶泥。我知道，此刻，他就要大功告成了。

他做这件作品的想法，我也知道。喜爱木雕的我也曾急切地希望他尽快做出其他的作品来。其后，曾经来过两次，第一次现场有好几个客人，大家七嘴八舌地说着一些国内外趣闻。我看见他的阳台上散落着一些车架、车轮及电焊工具，有一点疑惑。而一位年长的客人则给我开玩笑说：“吴师傅不搞雕刻了，开始造宝马车了。”

他说完笑了笑，我也跟着笑，并没有在意他说的“造车”，真正的含义是什么。还以为是他的轮椅坏了，他正在维修呢。

另一次来的时候，阳台上一位年轻人正专心地低头干活。

“吴金师傅呢？”我的问话打断了他的工作。他放下手里的电焊工具，站了起来。

他交叉搓着双手的脏污，笑着说：“吴师傅去找车床工，加工配件了。”

“哎呀，犯得着吗？买上辆新轮椅罢了，干吗要费这么大劲儿修理呢？”我表达着我的不解。

“哈哈，哪里能买下呀？他的轮椅是他特制的。你看看，座椅要高，脚踏板要宽，不但要便于腿脚活动，还要能放下东西。你看看，这一桶一桶的沙土就是他用这车运回来的。告诉你吧，这前面的脚踏板实际上是他的车斗。”

我听着来了兴趣，接着问：“这么简单的车架还有那么多特殊之处？”

这位年轻人干脆不干活了，给我介绍起这辆特殊的轮椅了。

他说："你看看，后轮附近的这两个螺丝，是负责车身宽窄调整的，脚踏板附近的螺丝是负责车身长短调整的。你知道，吴师傅主要从事雕刻，下肢不能动，全凭这辆车的灵活多变来调整身体的姿势。"

他接着说："你看看这两个车扶手，看似寻常，其实很不一般。平时在行走的过程中，起着托扶稳定身子的作用；在工作或者下车的时候，可以向后推移，方便下车或者操作。"他一边说，一边前后滑动着车的扶手。

"那干吗还需要车身的宽窄长短变化呢？"我好奇地问他。

"哈哈，吴师傅想得可周到呢？他平时在路上为了稳定性好，车身宽一些，如果要乘坐火车或者飞机，他就需要调窄调小车身，便于进入车内。他这轮椅在火车的过道里还能掉头呢！"这位电焊工饶有兴趣地给我介绍着。

"他这人呀，成天琢磨着这些东西。听说这车还申请过专利呢，哈哈！"

年轻人说完，又低头干活去了。我只好走啦。心想，等他的新车下线了，再来参观吧。

今天，我终于看见了。"吴先生坐上新车了？"我开玩笑地问他。

他一边把完工的泥塑像轻放在博古架上，一边笑着说："没办法，原来那辆车坏啦。你知道的，我离了这不行。"

"听说你这车还有许多特殊功能呢？"我继续给他开着玩笑。

"哎呀，那都是逼出来的。多年前，我要去省城参加雕刻展览。乘坐火车的时候，购买的轮椅太宽，进不了车门，好几个人抱着我的腰，扶着我的腿，才使我上了车。哎，裤带差点掉了，丢人现眼的。这才使我回来下决心，改造轮椅。它现在宽可以七十厘米，窄也可以收缩到三十厘米，开着上火车，坐飞机也没有问题。”他充满自信地说。

接着，他给我讲述了他去日本坐飞机的经历。

“在日本，残疾人乘坐飞机，有专用的手推车把人推上飞机。为了防止人从车上摔下来，还把人捆在推车上。哎呀，我看见他们推一个残疾人上机，就跟着走。因为是∪字形通道，可吓坏了工作人员。他们一个劲儿地给我摇手，意思是‘不可以，不可以’。结果，我开着我的轮椅直接上了飞机。日本工作人员看后，一直给我竖起大拇指，表示赞赏呢。”

说到高兴的时候，吴金竟然给我现场表演起了他轮椅的特殊功能——在狭窄的阳台上三百六十度转圈；身体九十度前倾与后靠，而车身稳定不倒。还有脚踏板放置物品及活动腿脚等特点。

他用手指着车架前一个弯曲的铁管说：“这完全得益于车架前这个弯曲的支架与前后两个车辆支点的合理位置。”

“那你车座下的支架为什么要设计成弯曲的呢？直的不是更好吗？”我看出一个问题，急切地问他。

“弯曲有弯曲的用处，轮椅在关键的时候是需要人抬的。前后支架弯曲的设计是为了让人抬的时候手抓方便。”他微笑着给我解释。

哎哟，就连这也考虑到了。

说完这些，他倒退着轮椅，去往阳台边的水池。在水池边，他伸出宽大而厚实的手掌，慢慢地清洗着沾满胶泥的池沿。水管的水汩汩地顺着他的手背流了下去，不一会儿，那脏污的水池便露出洁白的容颜；午后的阳光正照着他的轮椅、他的肩背、他的白发。我看见，他黝黑、方形、坚毅的脸上，渗出一层油油的汗。……

见我看完这两篇文章后，露出了疑惑的表情。金雪莲说："我注意到这位化名愚夫的作者好久了。他接连写过关于这个吴金的文章好几篇了。我觉得，他笔下的吴金有我心中的王星农的影子。"

"哦！那我们是否应该去找一找他呢？"我在征询金雪莲的看法。

金雪莲带着一种复杂的感情说："其实没有必要了，最好不要去打扰他。我们能看到他的影子就可以了。他的自尊、顽强与抗争，连同他对艺术狂热的追求，早已融入他的生命。他的生活或许很苦，但他不需要别人的帮助，也不会接受别人的帮助，让他保持他的自我状态吧。我们谁也不要去打扰他。"

不知不觉，我与金雪莲在这里已经坐了四五个小时。当我们走出咖啡屋的时候，一股清新的空气扑面而来。

夜深人静了，这座静谧的小城，依旧灯火辉煌；街道显得异常宽阔，一辆辆车疾驶而过，去赶赴远处的黑暗。我们俩都不约而同地抬起头，深蓝的天空上，挂着一轮明月，明月是那样的安静。

金雪莲说："真美呀！家乡这座美丽的小城。可惜不能久留。我明天就要去北京了。"

我说："没关系的，走吧，不管我们身在何处，我们都在这同样的月亮下。"

第二十一章

一

张五工上任桑木乡党委书记后，短短几个月的时间里就彻底查堵了所有非法开采的煤矿，这在当地引起了很大的反响。起先，几乎所有的村民们都拍手称快。他们再也不愿意看到那些私开矿主们每天吆五喝六的样子。但是，仅仅过了一个月的时间，他们就发现，自已也没活可干了，反而埋怨起了政府，“这样下去让老百姓怎么活呀！”

他们都想着，过一段时间，这些私开矿或许又能重新恢复生产了。

私开矿主们的反应也是不一样的。有的矿主坚决支持张五工的工作，认为他铁面无私，要关闭，所有的非法煤矿都应该关闭，不要像以前那样，有关系的煤矿生产，没关系的煤矿每天被检查。现在好啦，都查封了，大家都没有意见了。那些挣了钱的矿主，拿着钱，纷纷远走高飞了。只有那些有外债的矿主，还留在本地。他们愤愤不平，等待着，看还有没有转机。

这一段时间里，张五工也是够风光的了。周边乡镇的领导都来参观取经，县里电视、报纸每天报道。全乡的所有村庄都传言，张五工要被提拔担任副县长的事。

我接管了县铁6号煤矿以后，实在忙得不可开交。张五工担任乡党委书记以后，我也仅仅见过他一两次。一次是他担任乡党委书记不久，我去表示祝贺。当时，去看望他的人很多，办公室里坐满了人。印象中，他只给了我一个请坐的手势，自始至终都没有顾得上和我说句话。第二次见面是在村里一位老人的葬礼上，这样的场合，他停留的时间也很短，况且有那么多人在场，也只是打了个招呼而已，并没有深入地交流。

如今传言他要被提拔担任副县长了，我想，应该去看一看他了。果真他担任上副县长，估计又很难见面了。

我选择了一个周一的晚上，去他在乡政府的住处见他。乡政府的二层楼，呈平躺的“凹”字形，坐北朝南静坐在夜色的幽暗里。楼周围的草丛里，窸窸窣窣，一阵阵下雨似的虫鸣。我看着那一个个透着亮光的窗户，判断着张五工的具体住处。

“你找谁？”黑暗中，迎面过来的一位年轻人问我。

“五工住哪间？”我随口问了一下这位年轻人。

可能是见我在乡政府大院，直呼张五工名字的缘故吧。这位年轻人判断出我与他们张书记的关系。他非常热情地说：“他不在住处，在办公室呢。”

年轻人把我带到二楼，轻轻敲了一下办公室门，得到答应后，送我进去，并随手给我泡了一杯茶，然后，年轻人轻手轻脚地退了出去。

“怎么晚上了，还忙着办公吗？”我看着五工俯首在案，打趣地给他说。

“哪里，哪里，我看闲书呢。你这大忙人，怎么今天能想起我呢？”五工从办公桌前站起来，走到我跟前，陪我坐在一个长条沙发上。

我说：“这不是来向你表示祝贺了。听说你要高升了？”

“哈哈，祝贺我？应该祝贺的是你。”五工笑着说。

“我？祝贺我焦头烂额吗？”我带着一点疑惑反问。

“当然，要祝贺你啦。祝贺你发财啦。”五工略带认真地说。

“发财？那还承蒙张书记照顾呀！”我继续和他开着玩笑。

张五工双手十指交叉在一起，向前向上伸了一下腰身，说：“你呀，命运不错。我已经给了你很大照顾了。”

“鬼话，你当任书记后，给我话也没说过几句，怎么照顾我呢？”我不太理解他说的话。

“听说你要当副县长了？”我单刀直入地问他。

“你觉得呢？”

“凭你最近的工作业绩与社会影响，我想应该是没问题吧？”

“什么业绩与社会影响？你是指，我关了副市长外甥的煤矿，砸了那么多私开矿主金饭碗的事吗？你觉得凭这些业绩我能当上副县长吗？”

说完这些，五工摸索着去找烟。我说，我不抽烟了，就喝茶吧。他说：“你不抽了，是好事，而我这几天总想抽几支。”

他说，这几天，我想了又想，看来，我在这里干得好不好，全靠你了？你想一想，如今，全乡只剩下你这一座有证煤矿在生产了。这对你来说，是一次重大的机遇，而对我来说会是什么呢？

他深深地吸了一口烟，接着说，下一步，我得对你念紧箍咒啰。

听张五工这么一说，我还真有些紧张了。

他说，你看看，把全乡的非法煤矿都查封以后，就你这么一座有证煤矿在开采。供求关系的变化，对你来说，是一次发展的大机遇。以前，你出的煤成本高，在价格上，怎么也竞争不过那些私人小煤窑。这下好了，这些小煤窑都关闭了，你成了独家买卖。我想，不出两个月，你就会迎来大的转机。但是，这也不一定是好事，对你对我都是如此。我担心煤炭需求过多以后，你的生产能力有问题。说白了，就怕你胡干，安全保障跟不上去。一旦出点小问题，我也会落人以把柄。现在就有人说，我在这里打击非法开采，实际上是给你的煤窑，鸣锣开道呢？

哎呀呀，我还真没想到这些呢。这人呀，要想干点事业也太难啦！

二

本来我是抱着轻松愉快的心情，来看张五工的，经他这么一说，反而使我陡然而增了很大的压力，仿佛他的前途也压在了我的身上了。

此刻，我再也没有在他这里闲聊的心情了。我匆匆告辞，也没有回家，而是直接来到了煤矿上。

煤矿上那两扇高大的铁栅栏门还没有关闭，透过门房的窗户，可以看见，灯光下那个值班的门卫正背对着窗户，整理着床上的被褥呢。想必他是准备歇息了吧。对于我的到来，不知他没有发觉，还是懒得去问。我想，就连一个门卫都如此懈怠与麻痹，难道其他地方不存在安全隐患吗？

我连夜叫来负责安全检查的工作人员，让他明天再抽调几个工作人员，加强安全检查工作，绝不能出一点纰漏。

确实不出张五工所料，哪里需要两个月呢？一月以内，我就接到了许多部门的用煤需求。我实在没法满足他们的需求了，就把价格提高了一百元，结果，他们还是要预定。许多单位，都提前支付了预付款。

财富的积累，有时真像一个童话。一夜之间，就让你赚得盆满钵满。每天以五位数字财富的增长，让我的管理团队，都进入一种云里雾里的感觉。就连那几个一直跑外销的村里娃，也好像成了大权在握的人，一副财大气粗的样子。

我知道，山上的煤矿都是低瓦斯煤窑，在瓦斯方面用不着多操心，关键是怕塌方与透水。限于当时的条件，预防透水的主要办法，一方面靠打眼勘探，另一方面靠人工观察。而对于塌方只能用坑木支顶，或者叮嘱工人不要去危险的地方。

2005 年9 月15 日，我们十几个人正围坐在乡村公路边，一个简陋的小餐馆里吃饭。请我们吃饭的是邻村一个老实巴交的农民，他的孩子考上了省城的一所理工大学，明天就要送孩子上学了。

按理说，这位老乡与我虽然认识，也没有多深的交情。碰巧前不久，张五工带着一帮人到我矿上检查安全工作，检查完以后，已经错过了午饭。我就提议，去这个小餐馆随便吃点。我们来到这个小餐馆以后，本来平时没有多少生意的小餐馆顿时热闹了起来。再加上不知是谁，叫了一声“张书记”，这让善于察言观色的餐馆老板知道，来他餐馆用餐的客人身份。

他让餐馆的服务员，赶紧端茶倒水，格外殷勤。

人越是在忙乱的时候，越容易出娄子。本来餐馆老板是想让这个年轻的服务员给大家服务好，让大家满意，给乡里的党委书记留个好印象。结果，紧张的服务员一不小心，把饭菜洒在了张书记身上。

由此，张五工知道了这位服务员是刚刚考上大学的中学毕业生，为了减轻家里的负担来此打工，赚取点学费。他当即决定自己拿工资供养这位同学上学。

这件事感动了这位老农及餐馆老板。在孩子临走以前硬要设宴款待一下帮助过这个家庭的所有人。张五工因为有事没有参加。当然，我在他的感染下，也给了这个孩子一些生活费。

这一次偶遇之事，成全了这名孩子的大学之梦。此后的四年的学费都是张五工给她提供的。后来，尽管张五工已经离开了桑木乡工作，但他还是一直把这一善行坚持了下来。

时间久了，我记不清在一个什么刊物上看过一篇文章。文章的作者是一位山区县的中学教师。她叙述了她上大学的一个经历。在文章中写道：

我出生于一个贫困家庭。中学毕业后顺利地考取了大学，但大学的通知书却使整个家庭蒙上了一层愁云。因为，几千元的学费对一个贫困家庭来说，并不是一件小事。作为一个刚刚走出中学大门的女孩来说，能有什么办法呢？在家呆坐的日子里，我一直思考着能否找个地方打工，能挣多少算多少，反正能为家里减轻一点负担也可以。在邻居朋友的介绍下，我去了乡下一条公路边的小饭店打工，具体的工作就是端盘，洗碗，招呼客人。

一个小小的山区本来就没有多少人，而一个开设在偏僻地段的小饭店，显然顾客也是十分有限的，大多是一些从乡下进城的过客，简单地吃一点饭菜。

在我刚来的这段日子里，确实没有招待过几个客人。一天中午，突然饭店里来了几个贵客，从他们说话的语调及穿衣打扮来看其中的好几位不像是本地人。饭店老板非常高兴，热情迎接，我也忙着招呼他们洗手、喝茶。在我们忙碌的过程中，不知谁说了一句，他们是乡里的领导。乡里的领导来我们这个小店吃饭，我可有些慌了。本来对饭店的业务就不太熟悉，再加上要给领导们服务，就更慌了。人在慌张的时候最容易出娄子，我一不小心竟把饭菜洒在了一位领导身上。我吓坏了。心想这可怎么办呀？饭店老板赶紧过来，赔不是："张书记，张书记，对不起，这孩子是刚来的，刚来的。"

"怎么能让这么小的孩子端盘子呢？"那位被人称作"张书记"的站起来询问老板。

"这孩子刚中学毕业，考上大学啦，家里条件不好，来这里打工。"饭店老板一口气说了很多话。

"了解一下，这孩子家确实出学费有困难，她上学的学费我出。我用我的工资资助一位大学生吧。"

饭店老板听了张书记的话，愣了一下，吞吞吐吐地问："张书记，这，这是真的？"

"那还有假！"张书记随即安排随行人员落实这件事。

就这样，我就成了张书记的资助对象，每个学年开学时，张书记就会按时足额将学费送到我的手里。

大学快毕业的时候，我向张书记诉说了我有报考研究生的打算，张书记表示支持，并答应继续资助我研究生期间的所有学费。研究生面试通过的消息，我第一时间告诉了张书记。因为，当时的学校招研究生的规定需要提前交纳学费，张书记立即帮我交了一年的学费。让我没有想到的是，我同时报考的县教师入编考试也通过了。怎么办？从深造的角度来说，我希望读研究生，何况张书记已经给我交付了一年的学费，但从家里的实际情况来说，我希望早点工作。就在我拿不定主意的时候，我征求了张书记的意见。张书记没有帮我决定，而是让我自己和父母商量。经过再三权衡，我还是决定参加工作，放弃了继续攻读研究生的学习。

从内心里我非常感激张书记，我觉得生命中遇到了一位恩人，我应该用一生来报答。张书记却给我说：我能够资助你，是你遇上了一个好时代，如果说感谢，你就感谢这个社会吧。既然你的学业已经完成，我的资助也就完成了，你的内心不要有负担。从今后你就安心工作吧，咱们以后就不需要再联系了。如果你觉得我这是一份爱心，那你就把这份爱心接过去，并传递下去。

从此后，张书记就删除了我的电话，我再也没能联系上张书记。

她上文中说的张书记，就是张五工，当年他曾在桑木乡任党委书记。那天，他正好下乡路过此饭店，遇到了这个打工的孩子。他资助了这个孩子读完了大学，又替她交纳了一年的研究生学费。就在这个学生心怀感激的时候，让她放下了包袱，引导这个孩子，不，现在的中学老师，把“爱心”传递下去。

其实，在这个孩子上大学后不久，给她提供学费的“张书记”，已经不是张书记了。而让他离开书记岗位的不是别人，正是他多年的老朋友，我。

可以说，此后的日子里，张五工确实给我上了紧箍咒了，不仅隔三岔五地来县铁6号矿检查工作，还专门给矿上安排了一位专门负责安全的工作人员，监督矿上的生产活动。他的苛刻与不讲情面，让不少人产生了误会，以为我俩的关系出现了问题。

只有我心里清楚，他怕我麻痹大意，坏了大事。

世界上的事往往这样，你只能管好你自己本身的事，却左右不了客观。按理说，自从那次去张五工办公室做客以后，我对煤矿的安全生产已经高度重视了。按理说，乡政府也加强了监督检查，特别是对于煤矿的透水与塌方采取了严格的措施。怎么也没有想到，一场连绵不断的秋雨，却改变了我们的命运。

这年秋季，愁云不散，连绵的秋雨下个不停。为了慎重起见，我要求煤矿开采面，加大探水的频率与深度。同时要求，探水的工作人员注意观察窑内水量的变化。一般情况下，探水的工作人员，只负责在工作面的前方钻探，从来不在巷道的下方或者头顶钻探。许多时候都是这样，死神往往就隐藏在人们麻痹大意的地方。

这一段时间内，我一直感觉心烦意乱，噩梦不断，甚至怀疑自己身体的某个地方出了问题。一天，我觉得，这雨一连几天下得都很大，且昼夜不止，就心生不安。我通知所有生产人员，停止生产，要求安检人员，按照常规进窑检查。

就是这一次安检人员下坑检查的过程中，煤窑发生了透水事故。所有的安检人员全部被淹。

事后得知，这是由于雨水下注到多年前开挖过的煤窑巷道里，因为虹吸现象，洪水压进我煤窑里的。当时，煤矿的安检人员进入巷道例行检查时，巷道地板突然冒水，让人猝不及防，酿成灾难。

事故发生后，我被有关方面即刻控制。关押半年后，才知道，张五工也受此牵连，被免了乡党委书记之职。

此后，我便转战省外，摸索起了其他行业。

第二十二章

一

张五工被免职以后，据说安排到县文化馆工作，担任什么职务，我也搞不清楚。有人称呼他局长，有人称呼他馆长，当然还有人称呼他张书记。在一些社交场合，当他遇到这些不同称呼时，常常打趣地说，以后就统一称呼“老张吧”。这样长久些。有人跟他开玩笑说，那可不一定，如果你家儿子以后发达了，闹不好大家还得再改口称呼你“张老”呢。张五工哈哈大笑，说，是这样是这样的。

他到县文化馆工作后，我曾去找过他，没有找到。我也曾打听过几个工作人员，大家对我上下打量一番后，没做回答。我想，是否所有人都知道，是由于我的原因让张五工把大好前程给毁了呢？还是张五工被免职以后，虎落平阳被犬欺，没人愿意再听到他的名字了？

在一次饭局中，我才确切地知道，他现在的工作单位叫文联。哎！这几个名字，文化馆、文化局与文联，还真把人给弄糊涂了。一般人哪能搞清楚呢？我问他现在是什么职务？他说：“说出来能把你吓一跳，我现在是主席。”

哦，他现在是“张主席”了。

我说，近期，一定要去你那个“文……”地方，看看你。

他说，非常欢迎。

一个周末的下午，我去看他了。知道了他确切的单位名称，我一打听就找到了。门也没敲，我就直接推开他的办公室门。他还是那样，伏案阅读，头也不抬。如果你不叫他，他一副不理睬你的样子。

夏日的阳光透过窗外的树枝，把几块零星的金黄投射到他的屋子里，无数只乘凉的雀鸟在树枝间叽叽喳喳地叫唤着；不断伸长的树枝摩挲着窗户木质的窗框，发出一阵雨敲荷叶的声响；几只淘气的雀鸟从树叶间飞出来，跳到窗台上向里张望着，张望着，又迅速飞回树叶间；刺耳的蝉鸣声不时被这些雀鸟的跳跃一次次打断……张五工不为所动，背对窗户，专心地阅读着。

“哎呀，这真是个好地方呀！”我用很大的声音，打断了他忘我的阅读。

“别忘了，这地方可是你给我安排的。”

张五工抬头间，也不忘讥讽我一下。

“那当然，那当然，说起来你还应该感谢我呢。”我说。

“那当然啦，要不是你那破煤窑出事故，我还不能回归自我呢，这下可好啦。你看，你看，我现在又开始苦读神仙书了。”五工一边给我沏茶，一边笑着说。

“当真不怪我吗？”

“怪你？怪你当年没娶上金雪莲。你看看她，现在是呼风唤雨的大老板。而你开了那么个煤矿，还弄了个牢狱之灾。”

“你也见过金雪莲吗？”

“废话，就能你一个人见吗？”

“要不约一下，咱们抽个时间聚一聚吧？”

他哈哈地笑着，没有理睬我的提议。

到文联工作以后，张五工确实又回归到“文”上了。他又一头扎进书堆里，还爱上了书画与雕刻，闲暇之余常常去市里那个僻静的地方，找他文中的吴金交流去了。

二

直到现在，我才知道，那次在上岛咖啡，金雪莲拿给我看的那两篇署名愚夫的文章确实是张五工写的。原来，这家伙一直知道王星农的下落与境况，只是我还蒙在鼓里。

如今的山村，早已恢复了往日的宁静。随着那股挖煤风潮而去的，还有那里的烟火气息。年轻人都出去打工了，几个留守老人支撑着一片蓝蓝的天空。原来那些在村里干农活的人，很少回村里了，反倒是原来不常在村里的张五工，经常回村里住一住。一方面，看望他年迈的父母，另一方面，他似乎想补偿过去没有种过地的缺憾。

他在老家的房前屋后，种了许多菜蔬。每到春夏季节，他都陶醉在那几块绿色的菜园里，享受着清新与快乐。

我这里还有他最近的一篇博文：

知道我要清明期间回家扫墓，吴金早早就给我准备了四棵树苗。他在电话里告诉我，是两棵凌霄与两棵紫藤。我曾在电话里给他说，山上有的是树木，特别是那些爬山虎之类的藤蔓植物多得很，何必要从城里往山上弄呢？他说，这是两株开花的藤蔓，你把它栽种在大门两侧，过上一两年长起来以后，再搭上个架子挺好看的。他还说，你不是爱看书吗？如果在凌霄与紫藤下看书、吹箫或者喝茶，会别有一番风味的。吴金近六十岁的人了，还是挺有情趣的。我当时心里这么想。

吴金是个细心之人，他为了保证这几株藤蔓能够成活，还真下了一番工夫。他把几棵小树苗先用土包裹好，再分别放在一个个塑料袋里，并在塑料袋子下面捅了个小洞。在等待我取树苗的日子里，他隔三岔五地给这些树苗上洒些水。他说，既要保持树苗的活性，也不能让树苗过快生长。

我是在清明节的前一天，去他家拿的树苗。四个包裹着树苗的塑料袋存放在一个水桶里。每个树苗的枝梢上，都吐露着若干个泛红的绿芽。我把这四个色彩不一的袋子提下楼，小心地放进车篓里，摇摇晃晃地骑车回家。一路上，引来路人的驻足观看。

掐指一算，我有近五个月的时间没有回村里啦。山上的空气，还是如此的清新；蓝天如酒，几朵白云挣脱了天空，向西北散去；空气过滤的阳光，投下无边的静美；背阴处的雪融化了，不过还保留着一朵一朵的湿印；泥土的芬芳、绿草的娇嫩、黄刺玫与迎春花的清香，还有春归鸟儿的润嗓……刚下了车，我就陶醉在家乡的美景里。如果没有周围这些窑洞拆除后留下的残砖碎瓦，还以为自己置身于乡间别墅呢。

顾不上旅途的劳累，下车后，我想到的第一件事，就是赶紧把这几株树苗栽上。

几个月不使用的铁锹，有些生锈了。我在砖墙上磕了又磕，又用木柴棍划去上面残留的泥土。究竟该栽在什么地方呢？我手握铁锹在房前屋后，来回走了好几圈，最后还是觉得，大门外的墙角比较合适。

融雪后的地面是松软的。没费多大的劲儿，我就挖出了两个小坑。我轻轻地捧着树苗，再轻轻地把它们逐一放在树坑里，并一一脱去外面的塑料布。当那些湿黄的土被一锹一锹地培上时，我才发觉自己开始腰酸背痛，满头大汗。哎，看来几个月不干体力活，已经有些不太适应了。

栽完这几棵树苗后，我后退了几步，站在离大门一两丈开外的地方，欣赏着绿色铁门、砖红院墙与这几株幼小的藤蔓；想象着，数年后这些藤蔓顺着墙角攀爬而上，翠绿的叶子遮盖门框，或红或紫的花朵噘嘴向天，那是怎样的美景呀！

突然，我想起院外西南处的那棵榆树来。去年冬季，本家侄儿说要伐掉那棵榆树，我是同意的。每年夏季，榆钱纷飞。左邻右舍的屋顶墙角都长满了榆树，挺惹人嫌的。再者，这棵榆树也确实有些老了，枯枝败叶的，也有些不太美观，伐掉也好。当我真正走到那伐掉的榆树木桩跟前时，却有一种缺失的感觉。联想到夏季时老人们总是坐在这棵榆树下乘凉。如今榆树没了，老人们缺少了一个乘凉的去处，反而陡然而生一种异样的负罪感。要不再在这儿植一棵树吧？我突然这么想。

那栽什么树呢？隔壁院子里一树雪白的梨花给了我启示。何不栽棵梨树呢？让老人们春季观花，夏季赏果，秋季品尝金梨的香甜，这不是两全其美的事吗？说干就干，稍有迟疑，可能就要等到来年了。我可是一个不愿等待的人。

大家都知道，梨树是由杜梨树嫁接而成的。首先得找一棵杜梨树。我叫醒了还在床上午休的本家老兄。他七十多岁了，经常采集山货。想必他应该知道哪里有杜梨树吧？他说，东面山上有个叫曲木坝的地方有一棵。他用手比画着方位与路线，以及树的形状与高低。天呀，就凭他说的那座山，那个位置，恐怕我用一天的时间也找不到那棵树。

走出他家的门后，恰好碰见了在外村教学的老教师。此刻，他正推着小孙子转悠呢。他听清了我的意思后，毫不犹豫地说："你去找阿保叔去吧，他一定能给你找到杜梨树。"

电话打通后，阿保还保持着那种做事的风格，立即答应了下来："你不用带工具，我带上了。你往北走，我朝西北走，咱们在'疙窝'里那块地里见面。"

隔着老远，我就看见阿保迈着两条细长的腿在草地里走着。他左肩扛着一把镢头，右手握着一把斧头。黑色夹克与迷彩服裤子，在这土黄的底色中，显得和谐无比。

"那个土沟里有一棵，笔直笔直的。"他指着一条纵深的土沟给我说。

"哎呀！那怎么能下去呀？"我无奈地回答着。

"不用你管，你站在这儿就是了。"走近跟前，我才发现他身后还紧跟着两条小狗，一黑一黄。

陡峭的土坡上，扬起了一股黄尘。眨眼间，他已从那杂草丛生的斜坡上快步走了下去。他就小我两岁，说啥我也不敢走这种路了。

远远的，我看见他挥舞着镢头，一股湿土顺着土坡流了下来。

但遗憾得很，这棵树并不如意。他挖了大半截后，发现是一个老根上长出的新枝。

他从那土坡上缓缓地爬上来后，没有丝毫的灰心，反而大步流星地向东面的土沟里走去。而我倒有些不好意思了，赶紧说：“算了吧，算了吧，以后再说，千万别耽误你干活。”

“没事。”说话间，他已经踩着没膝的枯草，消失在一片灌木丛中。好长一段时间，我只听见坡下有“咚咚咚”的砍伐声音，却看不见他人在何处。末了，听见他说：“你顺着地垄往前走吧。”

当我踩着松软的泥土到达地头的时候，他也从灌木丛中钻了出来。肩上扛着一棵带着根须的杜梨树，衣服上散落着经年的树叶。

“回去把它栽上就行了。记住把土培上后，浇水即可。千万不要用脚在树根处踩，也不要用镢头把子在根部筑。如果把树的胡根弄断了，树就活不了了。”他把树递给我的时候，一再嘱咐。

村子里大多数房屋已被拆除了，几位留守的老人，还是在村中间的南墙根晒着太阳。看见我在栽树，都好奇地围了过来。大家七嘴八舌地说着自己的看法。

“村里人都没了，还栽树干吗呢？”

“宁可没人，也不能没树呀。”

“干吗还要栽梨树呢？村里的梨树多得很，每年都没人吃。”

“梨子多得没人吃可以，不要人想吃的时候，却没有梨子了。”

“你再挖得深一些，根深易活，根浅则死。”

他们一边指挥着我干活，一边互相说着抬杠的话。

不知不觉中，太阳已经偏西了，夕阳洒向大地辉光依然迷人；一阵凉风吹过，满头大汗的我，也感觉到前胸后背有些刺冷。我抓过搭在篱笆上的褐色外套，披在背上。顺手提起一桶水，缓缓地倒向树坑。

从这篇博文中，我知道，张五工又回村种树了。人的命运是多么的奇怪呀！谁能想到，我们几个没怎么上过学的人，原本一直在村里忙活，而今，都跑到城里去了。而他这个上过大学，当过领导的人，却常回到乡下，干起了我们早已厌烦的农活。

第二十三章

一

多年来，我也经营过煤矿、洗煤厂、汽车运输、房地产等几个成功的企业。在别人的眼里，不知道我每天忙碌些什么大事。现在我的心里，却每天总琢磨着过去的那些人，那些事。总想着能够回到过去，回到那个无忧的童年。有时我想，人生不过是一场不断让人在回忆中追寻童年的过程。年龄越大，这种想法也就越强烈。这几年，我总是创造一切机会，去触摸过去的那些器物，去会见那些多年未见的老友。

这一次，我知道金雪莲回到尧都古城了，我主动联系了她。

还是多年前，我俩相见的那家咖啡屋，还是那些身着白色上衣与深色短裙的服务员，她们还那样年轻、安静与轻快。

这里的一切还是那样，没有什么变化，而变化了的是我们自己。

我走进2号包厢的时候，金雪莲已经在此等候了。几年不见，她的容貌确实有了很大的变化。过去那披肩长发，已经被蓬松卷曲的短发取代。乌黑卷曲的头发置于脑后及头顶，整个后脑勺像戴了一顶虚假的发帽；她的脸盘儿有些发胖或者说松弛了，虽然依旧白净，但已经缺少了年轻时那种照人的光亮。她的整个身子，好像套在一件暗红的宽松毛衫里，站着时，还给人一种风韵犹存的感觉，一旦坐下来，那种左右摇摆的体态与动作，有一种难以掩饰的老态。

其实在她的眼里，我何尝不是如此呢?

桌子上早已摆放好四个碟子，奶白的南瓜子、带皮的腰果、裂口的大松子，还有油亮油亮的小金橘。

我看见，旁边的储物柜上，放着一个银灰的纸袋。纸袋里好像装着两瓶酒。

我指着袋子问她："怎么，还带了瓶白酒吗？"

"是的，是瓶好酒。让你喝呢。"

说话间，我看见，她的眼里依然闪动着，没有燃尽的火焰。

"哈哈，我早已不能喝酒了。"我摆着手说。

"你？"停了一下，她接着说，"我也不能喝了。"

"哎！那我们就点几个好菜，吃吧。到这年龄了，别客气，想吃啥就点啥。"

我俩拿着菜单，看过来翻过去，就点了几道蔬菜。

看完我们点的菜，服务员笑了。

我俩也笑了。

她说，如今我们只能吃蔬菜了。

哈哈，是的，如今都吃素了。我半开着玩笑说。

现在，她也算身价过亿的老板了。说起生意，说起钱的事，她连连摆手。

她说，过去为了赚钱，为了赚更多的钱，让我吃尽了苦。现在，为了守住这些钱，同样，让我更苦。周围的人，包括自己的丈夫、儿女，好像都巴不得我快点放手，把这些财产统统分给他们。

她说，以前曾经听一位朋友讲过一个故事。大致意思是：相邻的两户人家，一户人家的老汉没有什么积蓄，就是每月有五千元的工资。这位老人的儿子、儿媳非常孝敬老人。儿媳常常说，一定得把老人伺候好，我们两口子没啥本事，还指望老人每月五千元的工资生活呢。那媳妇说，五千元呀！我以前养过猪，每头猪平均能赚取二百元，要挣五千元我每月要出栏二十五头。想一想，多么辛苦呀！她说，把这位老人照顾好了，就是我家的福分。我家这位老爷子才是我家真正的财神爷呢。

相反，另一户人家比较富裕。据说这户人家的老人有五六百万的存款。他却很难得到儿女们的照顾。女儿说，老爷子重男轻女，将来的遗产是给儿子留的，理应儿子家照顾。而儿子儿媳，也不怎么关心老人。儿媳说，私下里老爷子总是偷偷摸摸地给外甥们钱。谁知道给了多少呢？既然他那么偏心女儿，女儿就应该照顾。至于他那几百万元的存款，夜长梦多，谁知道将来他会挥霍地剩下多少呢？反而觉得老爷子身体不好，才是件好事呢。一是他不能出去瞎逛了，二来如果早点过世，他们还能继承更多的财产呢。

她说，我现在觉得，自己逐渐成了这第二位老人的角色了。

说到伤心处，金雪莲像童年时期那样，还流泪呢。

她说，现在，我觉得再多的钱也没啥意思了。

她接着说，我心脏不太好，好像家里的人并不太在乎我。我那老头子现在也不关心我，似乎巴不得我早点离去呢。

哎！不说这些了，心大事就小，心小事就大。我们好好吃饭吧。

事后，我才听人说，金雪莲的家庭出现了许多变故。她的丈夫，人闲钱多，或许得不到每天风风火火妻子的温存，常常在外面鬼混。曾经有位怀有身孕的女子，找上门来闹腾。无奈，金雪莲只好带着那女子去医院做了人流，还安排人照顾了那女子一段时间，给了五十万元，才算完事。

说起那女子，她说：哎！我说那女子呀，既可怜又痛恨。我觉得这女人呀，最主要的防御能力不是体力，而是观念与智慧。当一个女人具备贪婪、虚荣与不劳而获这三个条件的时候，她已经没有任何防御能力了，等待她的只有一次次的被伤害。

她说，这么多年，我总结出了一条，家庭也像企业，也需要经营。千万不能感情用事，或者用那几个干巴巴的，该与不该的教条，来做判断。一个家庭的完整、和谐与长久幸福是需要不断权衡、取舍与维护的。不能完全依靠双方的自觉，或者顺其自然。如果过于依赖一纸婚约的力量，那就大错特错了。没有外力不断推动的家庭，是会迟早走向乏味、无序与失败的。

我问她以后还有什么打算？她说，打算？现在还敢谈打算吗？能把手头的这个摊子经营下去，把这些事做完就不错了。说话间，不断用手按一按胸脯，或者半握拳头交叉着捶打肩膀与脖颈的交汇处。

此次会面，我们谈得很深入，我们都有些感叹过去，都原谅了所有能原谅或不能原谅的人，都觉得凑一个合适的时候，应该把过去那些儿时的伙伴们约在一起，吃个饭，聊一聊。

我问，还邀刘红学吗？她哈哈一笑，说，怎么不邀呀？他与其说是你的仇人，不如说是你的恩人，没有他的挤压，或许就没有你的现在。对我来说，也是如此，我现在满脑子里都是他的好。

所以，我现在认为，这好与坏，善与恶，还真在短时间内无法判断呢。福与祸的转换周期与路径，有时也太长久，太隐秘了，让在场的人总陷入迷茫。

好坏、善恶、福祸……让这些统统见鬼去吧。我现在最需要的是平和、安宁及愉悦的心情，可我得不到呀！面对周围的一切，我总是烦躁不安。不是表达愤怒，就是愤怒地表达，这就是我现在的状态。我不知道，我什么时候才能从这种状态中解脱出来。尽管我也知道百病生于气，大多数人都是被气死的，被怨气气死的，那又有什么办法呢？

让我在你面前说说这些话吧。说一说，我就好啦。

是的，交流是洞彻心灵的阳光，只要有阳光，世界就不会黑暗。

金雪莲前后矛盾，杂乱无章地说了这么一通话以后，又恢复了平静。

一挥手，又一副平和的笑容。

哎！这经营企业之路，非要把每个人都逼成演员不可！

“这几年我好像有些佛性了，如果没有更好的去处，明天就陪我爬一次姑射山吧！”晚饭后，金雪莲送我回家时，随口说了一句话。

“好吧，那就一言为定。”

二

仁者乐山。对于大山，我是有一种情怀的，况且，姑射山一直是我想要去的地方。一觉醒来，已是朝霞满天。按理说应该洗漱完毕，即刻出发的，我还是有些犹豫。至于原因嘛，说出来实在有些可笑。整整一个晚上，我都被噩梦缠身，尽管我是彻头彻尾的唯物主义者，但儿时乡下老人们讲的那些关于梦的谶语，还是影响着我的情绪。我草草吃了点早餐，她也早早发来短信，还有什么可犹豫的呢？瞬间，我为自己的封建迷信思想感到一丝羞愧。

车子沿着滨河路一直往北。车窗外，那些高楼与树木纷纷向后倒去。接连几天的阴雨过后，城市的早晨还是雾蒙蒙的，两边稀疏的车流，快速而急切地从雾中驶来，又驶入雾中。

我还没有回过神来，金雪莲已把车开过了汾河桥，并向西北方向疾驶而去。

“慢点，别急。”我一边提醒着，一边系上安全带。

姑射山我原本是去过的。这一晃，已经是二十多年前的事了。现在只记得，一条崎岖的山路上一辆辆拉煤的卡车艰难地挪动。我们几个不知天高地厚的年轻人，推着自行车往上走；卡车经过时扬起的尘埃使人有窒息的感觉。上山后，我们几个你瞅瞅我，我瞅瞅你，几乎相互认不出对方。因为，尘埃与汗水已经把我们每个人的脸化妆成矿窝子里出来的工人模样。我们相互取笑着对方。最后，在附近找了一个水泡子，洗了一把脸，并折了些树梢枝条拍打自己身上的灰尘。刚才上山时大家都热得大汗淋漓，几乎要脱掉浑身的衣服，上山后的片刻休息，却使人感到身上有丝丝的薄凉。

那时，大家相约爬姑射山是奔着仙洞沟的传说而来的。传说中的鹿仙女杀虎救民，与尧王邂逅山顶，又洞房于石窟，真是让人向往！但我们上山后却发现，除了进山口的地方有一座破败的庙宇外，其余就是一些悬崖绝壁上自然形成的石洞。实在找不到什么“仙”的感觉。偶尔，也有些石碑还坚守在那里，但字迹模糊，几乎不能辨识。山上游人很少，或许一些久居城市的孩子对大自然的陡峭山崖，茂密的树木颇有兴趣，表示惊叹。而我是从山沟沟里长大的，对这些早已经司空见惯的树木沟壑，反倒提不起什么兴趣。所以，第一次上姑射山除了感觉劳累与山上的寒冷外几乎没有什么太深的印象。

雪莲开着车进入了乡间公路，浓稠的晨雾完全覆盖了周围的一切，两边成熟的玉米秆黑黄黑黄的给人以湿漉漉的感觉；偶尔，有几辆农用三轮车哐哐当当地驶过。这种一滑而过的声音，使乡村的早晨显得更加安静。

这与我多年前的感觉不一样呀！“如果到了下午，这条路上车就多了，也有不少拉煤的车。”就在我这样想的时候，她的话算是对我疑惑的回应。

车还是沿着当年的那条山路盘行。所不同的是，路已经修得很好了，完全没有了当年的颠簸与尘埃，而且在路的外沿还加设了护栏，给人以安全感。进入山口的那座庙似乎不见了，但好像还在，我一时辨不清楚刚才擦肩而过的那几间屋子是不是当年我记忆中那座破旧的庙宇。

“看看这里的空气多好！”她一手紧握方向盘，一手扶着挡风玻璃前摇晃的吊坠说。

是的，山上的空气清冽，所有的雾霭都被甩到了山下。隔着很远，我们已经看见了依山而建的暗红色庙宇或楼台，以及那些石窟前的接口建筑。按照规定，雪莲把车停在了景区的停车位置，我们步行着朝景区的门楼走去。

进入仙洞沟景区的门楼也修缮一新了。门楼两边的楷体字对联，深奥难懂；门上面的那三个草体字“非人间”，也让我辨认了好长时间。我们继续沿着条石铺就的道路拾级而上，来到一座幽静的小院。一位身着深黄色长衣的出家人，正低头在墙根的水管上洗涮着什么。见我们来了，他双手合十，以示欢迎。随后，他示意我们进屋稍坐。我撩起他那扇遮阳的浅黄色竹帘，侧身而入。雪莲也紧随我进入了屋子，而后又出去转悠了。

金雪莲像是这里的熟客，显得随意自然，而我却有些拘谨。立在那一大两小的沙发前，还斟酌片刻。自己应该坐在哪里比较合适呢？千万不能在这种清静之地失礼或者不敬。最后，我选左边的单人沙发坐下，把主位留给那位出家的“师父”。

我是第一次近距离接触出家人居住或修行的地方。原来以为一定是幽暗神秘，香雾缭绕，进来一看倒是十分的简洁与清静。简易的沙发前安放着一个长条茶几，茶几上放着一个木质的茶盘，茶盘里扣着几只干净的茶杯；茶盘边有一只圆形的果盘，果盘里几个大大的苹果透红诱人；被竹帘与窗户切割成方块或长条的阳光投射在屋子黑灰的地板上，使地板敷了一层浅黄；沙发靠背处的墙壁上，挂着一幅字画。字画的书体为魏碑，古朴典雅，浑厚有力。靠近我坐的左侧沙发处，摆放着两个大小不一的供案，较大的一个上面摆放着一些我说不上名字的类似珐琅器的一些摆件或者法器吧。另一个小一些的供案，类似一张书桌，上面几只毛笔斜躺在练字的水贴上；一个类似砚台的瓷盘里有一些颜色的残留。水贴上有练字的痕迹。入户门的右边还有一个小门紧闭着，估计是师父的卧室吧。整个屋子并不算大，粗略估摸，不足十平方米，给人整洁、安静的感觉。

我一再说过，我是一个无神论者，但对一些隐居深山的高僧大德，还是有虔敬之心的。别说高僧大德，就是在乡下一些老农看上去衣着破旧，说起话来也很有见地。我曾经在一个山村遇见一位农民大叔。他给我谈起文学的话题，头头是道。我的天呀！我曾惊讶地问他，您怎么能知道这么多呀？他说，“除了干活儿，就是看书，我看过半窑洞书”。你说，对这些好学之人能不油然而生敬意吗？况且，能与一些放下尘世一切的人，深入交谈，探讨一些我们面临的个人或社会诸问题，或许另有一种收获吧。我这样想的时候，见那位“师父”也掀开竹帘，缓步而入。简单地谦让后，他坐在大沙发上，开始为我沏茶。温热的茶水从他那深色的茶壶中缓缓流出，给人以内有热浪惊雷，面如平湖宁静之感。说起来惭愧，我眼神不好使，只有这么近的距离，才能看清这位师父薄薄镜片下清澈而略显深邃的目光。

喝茶是次要的，褐色的茶水在我俩的面前只是装点的门面佐料而已，我们谈兴正浓。围绕宗教、哲学、科学以及古代思想谈论了很多，甚至对薛定谔的猫等量子力学的一些观点还进行了交流。我非常敬佩他的博学与睿智，也理解他的包容与虚怀。初次见面实在不应该耽误“师父”过多时间的，当我提出想随处转一转的时候，他竟然陪我们走过了一道道石阶，给我们讲解了沿路的景色以及壁画上的典故。我还是第一次听说孙思邈“铜环救虎”的故事呢。

参观完所有的景点后，我们顺着原路返回，窄窄的砂石铺就的小路有一些零星的蹄印般的落叶，毕竟是深秋了，但周围的树木好像忘了季节的劝解，还是绿意葱葱。只有黄栌露出了火红的颜色；一些山鸟会在你不经意间从一个树丛中飞出，几秒后，又钻入另一片树丛中。我注意到，谷底有一些施工的工人，在构筑着堤坝，而连接堤坝两端峡谷却层叠而起，势如天梯；而天梯之上的天空，不知什么时候已清空了所有的云朵，一股暖阳正毫无遮拦地倾泻而下。

师父把我们送到山门口，他合十祝福，我们挥手致意。

告别这位师父后，我坐在车里一直在想，这人呀，更多地要看遇过哪些事，认识哪些人。或许常与英雄们站在一起，自己也会成为英雄，常与高人相会，与雅人相交，自己也会成为高雅之人。

我胡乱地想着，金雪莲看见我若有所思的样子，并没有打扰我。她专心地开着车。

车子在下山的路上奔跑比上山时轻快了许多，但下山后并没有在山上时感觉有一丝轻快。

这次与金雪莲出游是非常轻松愉快的，怎么也没想到，这一次会面，将成为永久。

三

两年后，我突然听到了一个惊人的消息，说金雪莲在去福州出差期间，突发心脏病，病故于一家豪华宾馆。据说，当时她外出回到宾馆，准备冲个澡后午休。结果，在洗澡的过程中心脏病突发。当随行的人发现的时候，她早已没了气息。

据说，她走时，赤条条的，一丝不挂。

一年后，她的老公娶了一个小他十几岁的女子为妻，住在她新购买的别墅里。她的两个女儿与一个儿子，为了财产的事闹了个死活。最后，经过法院调解，每人分得一笔数额不小的家产。没有了她的管理，这个家好像也没有什么塌下来的迹象，大家都自得其乐。

事到如今，我不知道还有没有必要把我们几个人的故事继续叙述下去。但我又忍不住，不得不再说几句。

王星农是一个意志坚强的人，但再坚强的意志也会败给有限的体能。有一天，他完成了一件木雕作品后，感觉有点恶心。他以为自己累了，就稍做歇息。旁边的茶几上，放着一串红彤彤的葡萄，他随手掐了几个，塞进嘴里。不一会儿，他感觉胃里有些翻江倒海的难受，就赶紧转动轮椅跑到卫生间，一股红色的液体从嘴里喷出。起先，他以为那红红的葡萄吃多了，并没有在意，第二天，他继续忙碌着，但呕吐并没有好转，也是红色的。

实在支撑不住了，他去了附近的社区医院，医生一看他的眼睛，就知道他失血过度，需要马上去医院。王星农做梦也没有想到，自己近两天来，吐的红色液体，不是葡萄，而是血。

在医院里，胸透、彩超、抽血、化验，一阵忙乱后，医生要求他马上办理入院手续，而且迅疾给他下了一张病危通知。原来，他是由于丙肝引起了肝硬化，肝硬化导致胃血管破裂出血。目前身体里的血已经很少，很少了，几乎难以维护生命的运转了。

王星农，一阵眩晕，睡了过去。

当他在刺眼的阳光中醒来的时候，已经是两天以后的事了。这两天，他经历了生与死的挣扎，也享受了多年来从未有过的安宁。他觉得，自己确实是睡了一觉，做了一个很长、很长的梦。眼下，梦醒了，他又该回到现实了，回到琐碎的日常。

他又要拿起了刻刀，在凹凸不平的朽木上，啃食着过往。他确信，心中的美，就沉睡在这层腐木之下。也确信，他能唤醒她们，用震颤的雕刻刀声，还有，心灵深处的呼喊。

我还是原来的老样子，每天埋首于惯性的工作安排。手下那几家公司好像装配完备的机器，昼夜不停地运转着，似乎有没有我，对企业的发展，也没有多大的影响。

金雪莲的突然离世，对我们几个的内心震动是很大的。一连几夜，我都思考着一些以前从不考虑的问题。比如，当供养我们肉体的基本条件满足以后，如果财富的增加不能使我们感觉到崇高，反而感觉卑微与烦闷，是不是哪儿出了问题？我们应该如何抉择？

几十年前，我们都生活在偏远的山村，我们像山坡上那一簇簇细碎的小花，不管经历冬季多大的严寒，每年春夏又竞相开放，而且绚丽无比。如今，我们又像一株株被移植到大棚、花园或者楼堂亭榭的花卉，在那里争芳斗妍。现在，我在想，这种争芳斗妍的意义与价值究竟何在？

这人呀，走得太远了，是不是真的忘记了为何出发？

次年初夏，我回到了我们曾经生活过的这片故土。丘山染绿，夏花绽放，一片充满希望与诱惑的景色。

因为，移民搬迁及外出打工，村民大多离开了这里。偌大的群山之间，安静得像一望无际的风平浪静的绿色海洋。

当我驱车进入一片开阔的河谷地带时。路边的树木沐浴着清晨的阳光，早起的雀鸟鸣唱着动听的歌曲。玉米地里的禾苗，摇曳着娇嫩的叶子，它们虽然还没能完全遮蔽浅黄的土地，远远望去，层层梯田，绿意盎然。

我看见，一面绿色的山坡上，一位失去双臂的中年男子，在牧放牛群。他脖子上挂着一部手机，失去下半截手臂的胳膊腋下，夹着一根细长的木棍。阳光下，宽大的衣服遮挡着他黑瘦的身子，一条长长的身影倒映在绿色的山坡上。远远的，我看见，他那么恬静，那么高大。

这位中年男子，我是认识的。他名叫陈浩，是小时候爬电线杆掏鸟时触电而伤的。几年前，受张五工资助大学生的影响，我也通过地方政府，希望资助一些生活困难的人。我想帮助他们通过发展个体产业，摆脱生活困境。没想到当地政府给我提供的资助对象竟是冯家寨的陈浩。我知道，陈浩是当年被我二爷误伤的壮汉——陈强的后人。我欣然接受了这个资助对象，且一直坚持了下来。我说不清，这是一种巧合，还是一种因果，或者说，是二爷留给后辈的一种内心的忏悔？人生是一件多么奇妙的事呀，也许冥冥之中，自有天定。当年二爷与陈强被那个时代愚弄后，一个含冤九泉，一个浪迹天涯。冯家寨的陈家也许成了二爷心头一块不能触碰的伤疤，也如同我们开挖煤窑时，揭开的那一块绿色植被。多年来，一直在那里，任凭风吹雨淋，等待着自然的修复。哪能想到，多年后，作为二爷的后人，还能替二爷完成了一点，或许他做梦也想不到的心愿呢！

此刻，我不想去打扰陈浩宁静的乡间生活，我只是远远地望着他，望着镶嵌天地之间的那一幅牧牛图。

以前，我在村里见的最多的是黄牛，而他的牛群，却称得上五颜六色。有纯黄色的，纯黑色的，纯白色的，更多的是黄色的牛背上飘着白色的云朵，白色的牛身上绘上了黑色的美图。从乡村里长大的我，对耕牛是有感情的，我赶紧掏出手机，摇下车窗，准备拍照。而那些牛，好像欢迎我这位归来亲人似的，并不躲闪，反而晃悠悠地走过来，想透过车窗看一看车里的究竟。

在周围的村寨，我转悠了一天，回到我们村子时，已近黄昏。尽管西边的大山，撑开了有力的臂膀，在群鸟的惊呼中，还是没接住下落的太阳；风扯着夜幕而来，渐渐地，无边的黑静已完全覆盖了这个山庄。多年来，我一直感恩上苍的慈悲。如果不是它有怜悯之心，在黑幕上凿了无数个星洞，小时候，胆怯的我们，将怎样面对这一个个漆黑的魅影？现在，我们都年逾花甲了，还不明白，为什么窗外榆树上的孤鸟整整一个晚上，都“苦苦——苦”叫个不停？

我躺在那盘土炕上，迷迷糊糊地睡着了。

第二天，天没亮，我就起床了。我又爬上了家乡的山顶。

大地苏醒了，阳光正驱散那些懒散的夜色。

在这群山之巅，我望见了云雾缭绕中的李家寨、石头寨、冯家寨。我看见舞阳河像一条洁白的绸带，飘荡在这群山之间。当然，我也看见了，围绕我们村寨那些长满树木、荒草与野花的祖宗坟茔。这怎能不让人触景生情呢？我知道，这些漫长沉睡的祖宗们，还要经历沉睡的漫长。作为他们的后辈，作为传承了他们血脉的人，我们从这山沟沟里走出去了，我们摸爬滚打了多少年，我们都有一个共同的特点，那就是，能在黑暗中看到光明。更何况，眼前正是一个明媚的早晨呢。

我相信，每一个早晨都是春天。

这时，太阳被看不见的巨手完全托举起来了，万道金光，四射开来。

太美了！我即刻陶醉在这绿色的松涛之中。也陡然而起一种久违的顺畅。想一想，也是，头顶是深远的天空与洁白的流云，眼前是波浪般奔涌的松涛。站在此处，既有一种走向辽远的豪迈之情，又有一股四顾空茫的虚无之感。怎能不使人产生一种精神的高亢、幻化与眩晕呢？

此刻我想，如果他们几个，王星农、张五工、金雪莲、刘红学与刘红兵，还有傻子木娃，还有……能与我一起爬上这山巅，对着远去的白云，齐声高喊，该有多好呀。但是，这么一点点愿望，在多年以前是一件易如反掌的事情，现在却无法实现了。

我忍不住拨通了张五工的电话：

五工，我现在，在家乡的山顶上。你不是认识新上任的县长吗？

怎么？还想着回家乡发财呀！

不不，你误会了，不想着发财了。

这次，我想着圆梦！

2021 年 8 月 5 日，初稿，于我的家乡安头村窑洞

结语

或许，故事叙述到这里真的应该停止了。因为，当我坐在三县交界的群山之巅，坐在这静谧清凉，略有潮湿、沤霉味的窑洞里，敲完这一行文字的时候，我的手机突然急促地响了起来。电话是我在临汾城的住所，我的对门邻居李女士打来的。

快回来！你家门里冒出了黑烟。你家着火了！

我快速地拔下电脑插线，胡乱地把东西塞进包里，一边联系车，一边夺门而出。好在，送我的车及时赶到了。我坐在车里，满脑子里是屋子里滚滚的浓烟、窗户外不断延伸的火舌、四处逃散或围观的人，以及举着消防枪穿着消防服的救火队员……

真不敢继续再想下去了！

我一边打电话一再嘱咐邻居赶紧报警，一边通知附近的朋友快速赶到我房屋的附近，处理随时可能遇到的情况。

山上距临汾城有七十多公里的路程。我一边嘱咐着驾车的司机，慢点，别急，注意安全。但我的心，巴不得马上飞到着火现场。

消防队到了！

门被打开了！

正在灭火！

火势控制住了！

当我接完这一系列电话之后，我因紧张而快速跳动的心也逐渐有所平静。我靠在车座背上，闭上了眼睛。

或许是这几天过于投入叙写的缘故吧，即使在这样的时刻，我脑子里，还是不断闪现，在前面故事中，我要叙述而没有完全叙述的一些人，一些事。

——在金雪莲的葬礼上，遇见了多年没见的刘红学。在忙碌的间隙，他简要叙述了他这几年的情况。经营煤矿失败以后，他知道，如果几百万的债务缠身，自己再也没有翻身的希望了。无奈之下，就把债务债权全部转到傻子木娃的名下。本来想着，不论多大的债务对傻子木娃来说，都是无所谓的。哪能想到呢，上天有眼，眷顾着木娃。那个自命不凡的胡副市长外甥，竟出资五百万元购买了此矿。傻子木娃不仅一夜之间还清了贷款，而且还结余了二百多万。真是命中有时终归有，命中无时别强求。

后来，刘红学去了内蒙古做苦力，贩卖墓碑石，以及组织劳务，春季播种，夏季除草，秋季捡拾土豆。再后来，去了河北做安保工作。他在闲暇之余，总是帮公司的人搬运货物与安装设备。这样他慢慢地掌握了该行业的运营情况。因此，他组建了一个安装工程队，专门为该公司服务。现在，在内蒙古、河北一带施工。

还有，在故事中，我始终没有认真、详细地叙述到“我”的父亲。

这确实是一个缺憾。我爷爷是一个有文化的乡下人，他一生过得很平静。二爷爷是一个武功高手，过失杀人后，虽然在那个年代，没有遭遇牢狱之灾，但从此亡命天涯。其生活之苦是可想而知的。“我”的父亲就是在这样的家庭环境里长大的。他沉默、善思、敏感，既有庄稼人的踏实肯干，又有在关键时期决断的策略与魄力。“我”第一次承包县铁 6 号煤矿，就是他做出的决定。

“我”至今也不会忘记，那是一个秋后的夜晚，村子里忙碌了一天的人们，大多拖着疲惫身骨，进入了梦乡，而“我”的父亲却毫无睡意。他坐在炕沿上，披着一件分辨不出颜色的过时夹袄。他手中的“勤俭”牌黑棒香烟并没有点燃，他把那根点烟用的火柴棍，含在嘴里，咬过来咬过去。被咬扁的火柴棍在他嘴角的左右两端来回移动。顺着火柴流出的口水，挂在火柴红色的帽头上。

他起身走到门前，向里拉开吱呀作响的木门。一阵凉风，顺门而入，使得他的身体一阵小小的痉挛。他逆着凉风，吐掉嘴里的火柴棍，可那火柴不愿离开他似的，顺着风又折了回来，并沾在他褐色裤管上。他弯下腰，伸手去摸那根湿漉漉的火柴。秋夜的月光下，那根火柴散发着异样的亮光。他迅速地进屋，顺手把门闭上，并张开攥在手心的火柴。他仔细地端详着，端详着，仿佛这根弃而不去的火柴能给他带来什么吉祥的兆头。

秋后的夜晚，无限寂静。他再一次打开屋门，走了出去。凉风吹走了星星，月亮捧出了所有的清凉。他仰头看着，头顶一片晴朗的天空……

哦。我是睡着了，还是咋的？汽车继续在坑洼的山路上颠簸着，我又回到了现实，回到了当下，回到了摆在了我面前亟待处理的问题。家里的物品是否完全焚毁？邻居家的损失如何赔偿？还有没有其他风险？

文学与现实，突然间倒转了过来。我顷刻之间，成了故事中煤矿透水后的刘红学、卡车栽倒沟里的金娃、砖瓦厂遇上塌方的王星农，或者面对家庭突然变故的金雪莲……

文学与生活，文学与现实，它们之间到底是什么关系？这不是就明明摆在眼前吗？杨学军、王星农、刘红学、金娃等，他们是如何走出生活的困境？

下车后，等着我的人围了上来。消防队员进一步确认：你是房主吗？是。是你同意破门的吗？是。你有什么纠纷吗？没。亲朋好友，过来安慰，没事的，没事的，吃亏里面找便宜，只要人没事就好。也有人过来说，由于你家着火，引起电路电压波动，把我家的部分电器也损坏了。好，知道了，是我的问题，我负责。也有人过来说，总电路电压有问题，烧坏了别人家的电器，引起了你家的火灾，应该让物业公司赔偿。是吗？

整整一个下午，我在记忆中深处苦苦地寻找处理问题的最佳方案。找来找去，我刚刚写完的故事中，那些人，那些事，又挥之不去，在我的眼前闪现。他们似乎在张嘴闭嘴之间，要告诉我一个什么道理。

文学需要的是回望，但生活是必须向前的，应该像家乡的夏花一样碎小而绚丽，像那些低矮的丘山一样，积卑小而高大。

我想，不应该向任何人索赔了。所有的事情，自己完全承担起来吧。不要推诿，不要逃避，勇敢地面对一切，这就是结论，就是最好的处理方案。

看得见的火已经熄灭了，我不能让没看见的火重新燃起。这就是撰写《夏花丘山》时，给我的启迪，我深深感受到了文学的力量。

2021 年 8 月 8 日

一个遥远的梦想

——《夏花丘山》创作谈

王承吉

说起来，也算一个遥远的梦想吧。四十多年前，我还在上初中的时候，总觉得自己对周遭的景致、人事、爱恨、世故等，有了非常清晰的认识，也总想把这些认识付诸笔端。从那时起，写作的冲动，就时刻萦绕在我稚嫩的心中。那时，山村里还没有电。夜幕降临，为了节省少之又少的灯油，父亲总是催促我早点睡觉。可躺在黑漆漆的屋子里，听着由远及近，又由近及远，此起彼伏的犬吠，我总是难以入睡。我恐惧于伸手不见五指的黑暗，也贪恋偶尔透过薄薄窗纸射进来的柔和月光。我思绪起伏，我浮想联翩。

有几次我趁家人入睡后，悄悄地点灯伏案，想写下我的心之所想。但每次都是，躺在炕上才思泉涌，一旦起身挑灯，头脑则一片空白，无处下笔。多年来，每每谈及此事，我还是心有戚戚。

四十年后，我那少年的冲动，又萦绕于怀。周围的景物人事，爱恨情仇，又一次次涌上心头。它们在我的内心搅扰、起伏、翻滚，折磨着我，使我夜不能寐。与四十年前所不同的是，尽管年龄长了几十岁，但周围的一切反而变得模糊，令人费解、迷惘、犯晕，甚而孤独与悲哀。

我一直认为，即使再令人喘息的生活，也是可以找到空隙的。在热水泡脚的惬意时，在嘈杂与汗味交融的乡间公交车上，在等待、不安与急躁的候机大厅，更多的是，在乡下劳作结束后，把充满汗臭的胶鞋扔到门外，用瘙痒的脚丫摩挲着干爽黄土时……我又回到了四十多年前，躺在黑漆漆窑洞的土炕上；我又成了，或恐惧黑暗，或才思泉涌的那个少年。所不同的是，现在的这个“少年”，提起笔的时候，已经不再是一片空白。他已经能通过滑动手机的屏幕，点击方寸之间的小键盘，能把所思所想，所感受的喜悦，孤独与迷惘，用书写的形式表述出来了。这一写，就如同轨道上疾驰的列车，一时很难停下来。这就是近几年，诗集《精神的单间》《别挡住我的阳光》与散文集《故乡，灵魂存放的地方》相继出版的缘由吧。

在这些诗歌与散文的撰写过程中，我像一位沉浸于山河之间写生的画家，把生活中美好的图景，都一一收录于两扇精美的画夹间。等待着有一天，这一段段，一片片美好的图景里，能升腾出我的追求与梦想。我知道，这些小篇幅的写作，能为我撰写长篇小说，积累不可缺少的素材。不可否认，这种等待是漫长且难耐的。期待中的喜悦与难熬，外人是无法体察的。

为了使这种等待早点结束，我不断地阅读他人作品，期望从中找到某种启示。再后来，有一段时间，我隐约觉得，我或许要写一部长篇小说之类的作品了。有一次，我与我的好友朱晓民教授，谈及此事。我说，我觉得我要写一部长篇小说了，尽管怎么写，写什么，我还没有一点眉目。但我觉得，我的内心有一种涌动，有一种似乎灰蒙蒙迷雾中，透出一丝光芒的迷幻。

在我的理解中，小说不能完全等同于故事。表现上看，小说是一团缠绕的麻线，在这层层缠绕的麻线下，有一颗耀人心智的核。高明的作者总是刻意地掩埋这个核。但是，不管怎么掩埋，这个核总能被细心的读者，从不同的层面，不同的角度，用自己的心，剥茧见蛹。对于我来说，这些缠绕的麻线，可能已经拥有了。它就是几十年来，我生活过的周边，我认识到的或近或远的世界。可几十年来，所接触的人与事，是那么的繁杂无序。它不是一根根滑顺的麻线，而是一团理不清的乱麻。我如何能把它们，按我所需，一丝丝地缠绕成团，又一丝丝织锦成缎呢？我不得而知。同样，那颗耀人心智的核，或许早已经藏于我的内心了，但我不能说出，说不明白，也许这就是“名可名，非常名”吧。这就是很长一段时间里，我内心的状态——纠结，冲撞与急于挣脱的渴望。

迟子建的《白雪乌鸦》对我有一定的启发。在阅读这本以晚清鼠疫袭击下冰城哈尔滨的图景时，我仿佛看见，迟子建正面对着一张晚清的冰城地图，手握一根教鞭似的竹条，不紧不慢地给我讲着这里的故事。她那细长的竹条轻轻敲触着每一条街道，每一条街道上的人家，每一户人家的生活故事，以及他们交往、发展与命运。那竹条顶端所有滑过的地方，在这张陈旧、暗灰的图景上，留下了一丝丝或深或浅的痕迹。细看这些痕迹，我感受到一种结构主义的美感。我想，我何不用这样的形式，把我的故乡，吕梁山深处，舞阳河畔的那些人，那些事，也一一勾略出来呢。

在一次冗长且与我所学专业不相符的学术报告会上，我坐在最后一排，实在听不懂那一组组数字分析，于是，我索性把笔记本翻到最后一页，开始画起了家乡的地图。在笔记本的最后一页，我尝试着画出了平生第一张地图。这是一张家乡的地图。我在那些只有我自己能看懂的山川、河流之间，标注了我熟悉的村庄。对着每一个村庄，我想着那些我熟悉的人与事。这样不知不觉，三个小时的报告会就结束了。我居然不知道，会议中间，还有过短暂的休息。

其实，这一次"地图构思"并没有为长篇小说《夏花丘山》结构所用，但它确实成了我学写长篇小说的开始。

真正让我找到写此部小说感觉的，还要感谢我的发小。他长我几岁，是一位成功的企业家。他仅仅初中毕业，按理说，应该归类于没文化人群中了。但他却几十年如一日，坚持写日记，或者说是一种生活札记。当他把他的生活札记，提供给我，让我帮他整理成册的时候，我突然看到了，故乡的人们，为了生活，奋斗不息的原生态的粗粝的美。我当即就决定，我要在这一堆乱麻中抽出一根根精美的细丝，慢慢地缠绕，缠绕，一层又一层地包裹那一颗颗不屈的心灵。

或许，我的手是笨而又笨的，后来的写作实践也一再证明，任凭我怎么缠绕这些丝麻，始终没有包裹住那一双双能在黑暗中看到光明的眼睛，那无时无刻不在力图挣脱的身影。还有，那些眼泪汗水，憨厚真诚，以及事与愿违的结局。

小说中涉及到的人物，主要有张五工、王星农、刘红兵、刘红学、金雪莲，还有故事中的"我"即杨学军，以及新生老伯、傻子木娃等众多人物。这些人物中的名字，大多选择了当时报纸上的关键词、字，是一种时代的烙印。故事中，有浸满汗水的奋斗，有深藏心底的爱情，有事与愿违的结局，有变幻莫测的命运。奋斗者在寂寞中迎接繁华，拒绝者把真爱埋在了心底，事与愿违者都是上天的另一种安排，还有那些变幻莫测的命运，或许是冥冥之中的天定吧。

整个小说的写作，我是一气呵成的，有点像中学时代的作文课。起先，也没有一个完整的构思，仅凭灵魂深处的记忆，不断调动着人物的出场与退场。

在故事即将结尾的时候，我发现，故事中的“我”，或者说“我们”在成长的过程中，都远离了故乡，成了“农业的背叛者”，而在内心，对故乡，对农村与农业，有了一种更加真确的回归。所以，在故事的末尾，“我”看到“二爷仇家的后代”尽管双臂尽失，依然坚守着故土。他宛如一道美丽的风景，不得不引起我的深思。好在，弃官从文的张五工，也开始回归故土了，我为何不与他一起“圆梦”呢？

2021 年 12 月 18 日